未来恐慌

機本伸司

祥伝社文庫

目次

プロローグ

東京駅丸《まる》の内《うち》口構内は、相変わらずひどく濡《ぬ》れていた——。シャッターのたぐいはプリーツスカートのようにまくれ上がり、線路上では強風で列車さえも横転している。浸水は八重洲《やえす》口方面にも広がり、地下街はすでに水没していた。東京駅に限らず、鉄道網はいたるところで寸断されている。また航空機も船舶《せんぱく》も、首都圏で全便が欠航していた。赤坂《あかさか》など、高低差の激しい地域や高台では、土砂崩れが発生している。また荒川《あらかわ》をはじめ多くの河川《かせん》の上流で土石流が発生、さらに下流の堤防は各地で決壊し、家屋が押し流されていた。

首都高速道路の高架につながる出口でも入り口でも、遊園地のウォータースライダーのように大量の雨水が流れている。

満潮時と重なった沿岸部では高潮《たかしお》が発生し、幾隻《せき》もの船が内陸部を彷徨《ほうこう》した揚げ句に座礁《ざしょう》していた。ビルの一階部分や駐車場のほぼすべては、今や水面下にある。強風で鉄塔の架線はあちこちで断線し、停電のエリアは時間の経過とともに拡大していった。

気象衛星は、巨大な目をはっきりと捉《とら》え続けている。中心気圧八五〇ヘクトパスカル、最大風速九〇メートルのスーパー台風がもたらす暴風雨は、耳をつんざくような風音を伴いながら、高層ビルが立ち並ぶ都心をも容赦《ようしゃ》なく破壊し続けた。窓ガラスの破片や書類がビジネス街に高々と舞い上がり、数限りなく散乱し続ける。

スーパー台風が通過中の地域では、二十四時間の雨量が軒並み八〇〇ミリを超えていた。人間が営々として築き上げてきた文明の砦《とりで》など、ひとたまりもない。都市機能を完全に麻痺《まひ》させるほどの災害が、さらに社会全体に影響を及ぼしていくことは、想像するに難《かた》くない……。絶望的な台風上陸シミュレーションを見せつけられた僕は、思わずつぶやいた。

「これが未来なのか……?」

第一章　ウェブ万国博覧会

1

「おっちゃん、このたこ焼き、いくら？」

不敵な笑みを浮かべて、店主が答える。

「高いで。三百万円……」

深夜番組で観客が爆笑する有り様《あ さま》を、僕は脱力しながらながめていた。関西出身の僕にとっては、もう聞き飽きたようなネタだ。確か客が一万円札を差し出すと、おっちゃんが大声で「はい、一千万円入ります！」と言い、それでお釣りがいくらか分からなくなるというバージョンもあった。

シャワーで濡《ぬ》れた髪をタオルで拭《ふ》いた後、テレビのリモコンのボタンを押した。

花の盛りの二十代をとっくに過ぎてしまったと思われる女性キャスターが、海外で起きた暴動の続報を伝えている。国内では梅雨《つゆ》末期の豪雨《ごうう》に見舞われた各地の状況の後、人口の都市部への集中化により限界集落が次々と廃村の危機に直面しているというニュースを特集していた。

僕にはまったく興味のない話題だったので、チャンネルを替える。今度はデビューしたてのアイドルグループが元気よく歌っていたのだが、やや耳障《みみざわ》りだったために、僕は消音ボタンを押した。そして窓の外に目をやる。

夜景が奇麗《きれい》なのが、この部屋の自慢と言えば自慢だった。十五階建ての十三階で、東京スカイツリーも辛《かろ》うじて視界に入ってくる。いつか彼女ができれば一緒に見るつもりで、都心に近い賃貸マンションを、無理して借りたのだった。

近くの堤防には桜並木が延々と続いていて、僕は花見のシーズンがくるのを楽しみにしている。その下の河川敷は運動公園にもなっているので、早朝から深夜まで、ジョギングする人たちが行き交《か》っていた。

僕は冷蔵庫から缶ビールを取り出し、早速それに口をつけた。リモコンで、エアコンの設定温度を少し下げる。

何だろうな……。ふと違和感をおぼえた僕は、無音のままのテレビに目をやりながら、首をかしげた。それは、ここには何でもあるようなのに何かが欠けている気がしてならないという、奇妙な感覚だった。

いや、まわりがどうのこうのというより、もの足りないのは今の自分自身に対してなのかもしれない。確かに去年――つまり二〇二八年の四月、就職浪人もせずに、CEN――コンピュータ・アンド・エレクトロニクス・ネットワークという会社に入ることができた。けれども研修を終えたばかりの六月、いきなり出向を命じられたのだ。

それから丸一年……。今の仕事が面白《おもしろ》くないわけではないが、このまま続けていてよいのだろうかという思いはある。自分が本当にやるべきことは、何か他にあるはずなのだ。せっかくこの世に生を受けたのだから、自分の夢を叶《かな》えたいものだと思う。漠然《ばくぜん》とだが、僕は学生のころから、コンピュータ《C》・グラフィックス《G》・アーティストとしていつか独立したいと考えていた。それは僕の好きな映像メディアで、しかも人付き合いの苦手《にがて》な僕にでもできそうな仕事だったからだ。もちろん、自分の才能に不安がないわけではない。

ただ僕にとって、それ以上に不安なのが、未来だった。強風で横転する列車、河川堤防を削《けず》り取りながら流れる濁流、浸水した家屋……。夕方までテストしていた三次元《3D》シミュレーションによる台風上陸のCG映像は、今も脳裏《のうり》に焼きついている。

僕はビールを飲み干し、空き缶をゴミ箱に捨てた。地上を走る救急車のサイレン音が、かすかに聞こえてくる。

いや、そんなことより、今は頭と体を休めておかないと。明日も仕事がある。そんなふうに自分に言い聞かせながら、だらしなくベッドに横になった。

何だかんだ言いながらも、今日と似たりよったりの明日が、きっとやってくるはずだ。結局自分の人生なんて、そうやって何事もなく、退屈な日々が過ぎ去っていくに違いない。僕はそう思っていた。

あの日、彼女と出会うまでは……。

2

朝霧にかすむ、ゆるやかな登り道――。低い石垣の周辺には、草木が生い茂っている。小さな集団の先頭を、ゆっくりと〝アンティーク人形〟が歩いていた。その人形が、ふり返って言う。

「空撮による3Dの実測データなどを基に、私の方で若干デフォルメしました」

人形のすぐ後ろには、パンツをはいた猿人――アウストラロピテクスがいる。彼は軽くうなずきながら、あたりの様子を確かめるように歩き続けた。

「坂の勾配《こうばい》も、現実世界よりは少し急にしています。展望台を高くしたかったので」と、人形が補足する。

背中にカゲロウのような翅《はね》をつけた小さな妖精が、人形のそばをかすめ飛ぶ。

「別に問題はないと思うけど」と、その妖精が答えた。「実際に登るわけじゃないんだし、私みたいに〝分身《アバター》〟を飛ばしちゃえば、坂道なんて関係ないもんね」

「アバターは、容積制限以下なら体の大きさも自由に変えられますから」特撮ものに出てくるような全身銀色のキャラクターが、口をはさむ。「会期中、入場者がいくら増えても、自主的に体を小さくしたり消したりすることで、混雑も緩和《かんわ》できる。自分以外のアバター情報を選択消去することもできるし、基本的に入場制限なしでいけますよ」

妖精が、銀色のキャラクターの顔のあたりを旋回した。

「それより、さっきから気になってたんだけど、一体何なの、君の今日のアバターは？」

アシスタント・プログラマーの僕はマウスを操作し、やはり銀色をしたマスクを指し示して答えた。

「これ？　一応、変身ヒーローのつもりなんですけど。テンプレートじゃなく、自分で作ってみました」

「へえ」妖精は、彼を足元から見直していた。「で、名前はあるの？」

「ええ、もちろん」そう言いながら、変身ポーズを決める。「ビジネス戦隊、ルサンチマン！」

しばらく絶句していた妖精が、首をかしげた。

「ルサンチマン？」

「ドイツの哲学者、ニーチェが主張した概念なんですけど、聞いたことないですか？」

「まあ名前なんて、別にどうでもいいけど……」

そうつぶやくと、妖精は彼を無視するように飛び続けた。

人形、猿人、妖精、そして変身ヒーローの集団が、だんだんと頂上に近づいていく。

「先生のご指示の通り、ベースは奈良県明日香《あすか》村の甘樫丘《あまかしのおか》にしています」人形が猿人に話しかける。「そこから見下ろせる景色も、基本的に現代のそれに準じています」

一行《いっこう》は、眺めのいい場所で立ち止まった。

先程まで立ち込めていた朝霧は、日の出とともに消失していった。山々に囲まれた平地が、彼らを取り巻いている。田畑には、耕作をしている人々の姿も見ることができた。

「なかなかの絶景ね」と、妖精が言った。「何か、清々《すがすが》しい気持ちになれる。空気まで新鮮になったような感じ。そんなはずはないのにね」

「信じられるか?」猿人が、妖精の方に目をやった。「見ての通り、今はのどかな田園地帯だ。しかしここには、かつて都があった」

人形が、魔法をかけるように片手をふり上げると、甘樫丘の上空にいくつかのフレームが現れ、遺跡などが映《うつ》し出された。

感慨深げに、猿人が見上げている。

「石舞台古墳、亀石《かめいし》、酒船石《さかふねいし》、そして〝鬼の雪隠《せっちん》〟ともいわれる巨石……。ここにはいろんなものが残されている。今となっては、何のために作られたのかさえ、分からないものもある。ある意味これも、〝兵《つわもの》どもが夢の跡《あと》〟なのかな……」

それらの映像を見つめながら、アンティーク人形が言った。

「各遺跡には、この甘樫丘からトリップできるよう、リンクを張ってオプショナル・ツアーをセッティングしておきます」

「そうだな」猿人がうなずく。「で、肝心《かんじん》の、飛鳥《あすか》時代の３ＤＣＧは？」

「作成中です。それもオプションで、各アバターが選択できるようにする予定ですが」

「できているところまででいい。見せてくれないか？」

人形が再び片手をふり上げると、今度は眼下の田園風景がフェードアウトしていく。

再び朝霧に覆《おお》われたかのように真っ白になった後、次第に飛鳥時代の都が姿を現し始めた。しかし、瓦《かわら》屋根や朱塗りの柱などの間に、ところどころグレーの直方体が混じっている。

「すみません、資料の見当たらないところは、想像で補《おぎな》うつもりですが……」

人形の頭の上に、猿人が手をあてた。

「それはやむを得ないだろう。けどまあ、大体の感じは、いいと思う。戻してくれ」

再度、かつての都の情景から現在の明日香村に変化する。

「この落差が面白いだろ」彼は満足げに微笑《ほほえ》んでいるかのようだった。「生活していた人間も何もかも、遺跡を残して消えたんだ。そうした過去から学び取るべきものも、我々にはあるんじゃないかな……」彼が軽く手をたたき、みんなに言った。「今日はこれぐらいで、ログアウトしよう。君たちは残りのCGを、至急仕上げてくれ」

僕は一つうなずくと、室内の明かりをつけた。長机と椅子が整然と並べられていて、二十人ほどが入れるごくありふれた会議室だ。

現実世界の僕は、髪型はサラリーマン風だが、Tシャツにジーンズというラフな服装で、首にはIDカードをぶら下げている。

他の三人も、会議室の大型モニターの前で、3Dグラスを外していた。

モニターには、まださっきのアバターたちが、所在無げに映っている。

アンティーク人形をアバターにしていた倉木依理《くらきえり》さんが、一度眼鏡《めがね》をかけ直した後、ノートパソコンでプログラムを初期メニュー画面に切り替える。

彼女には〝クール・ビューティ〟という形容がぴったりではないかと、僕は前から思っていた。モニターの映像を操作していたのが彼女で、二十代後半という若さにもかかわらず、このプロジェクトのチーフ・プログラマーとディレクターを兼ねている。人形をアバターに選ぶだけあってか、フリルのついた臙脂《えんじ》色のワンピースを着ていた。

むしろ、アバターとの落差が大きいのは、妖精になっていた周防仁子《すおうさとこ》課長だろう。

内閣府からの出向で、チーム・リーダー兼プロデューサー役をこなす、三十代前半のキヤリア・ウーマンだ。名前の本当の読みは、サトコなのだが、みんなはニックネームの方の〝ニコ〟に〝さん〟をつけて呼ぶことが多い。シェルジャケットに美少女戦士のアニメキャラが描かれているスマートフォンで映像をチェックしていた彼女も、画面を初期メニューに戻した。

そして大竹阿礼《おおたけあれい》先生は、アバターの猿人とは似ても似つかない知的な顔立ちで、椅子に腰かけていた。やはり三十代前半で、眼鏡をかけている。

「操作と反応の、タイムラグは？」スマホに触れながら、大竹先生が聞いた。「こっちでアバターを動かしても反応が鈍いようなので、ずっとイライラしていたんだ」

「それは多分、大丈夫だと思います」即座に依理さんが答える。「通信回線はともかく、開催期間はスパコンが替わるので、レスポンスはもっと良くなるはずです」

依理さんは今後、そのプログラムの移植作業もする予定になっていた。彼女は国際的なハッカー・コンテストに入賞したこともある秀才で、今回のプロジェクトでは、ネット・セキュリティも担当している。

「CGの質感はあんなもんだろうが、飛鳥時代の雰囲気をどれだけ再現できるかだろうな」

先生は、見ていたスマホをテーブルに置いた。

「できれば動物なんかも出した方がいい。野鳥とか、カエルとか。昔はもっといたはずだし、その方がリアルだ。第一、出会うのがアバターばかりじゃ、つまらないじゃないか。木々や草花が風でなびくような感じも出してほしい」

「それもある程度、可能ですが」依理さんはモニターに映ったままの映像に目をやった。「ただメイン画面が甘樫丘では、そうした演出効果にも限界があるような気がして……」

大竹先生が、表情を変える。

「どういう意味だ?」

返事をしない彼女のかわりに、仁子さんが答えた。

「ずっとペンディングにしていた問題ね。日本の過去を手短に見せるなら、戦国時代なんかの方がダイナミックで分かりやすいということよ。遺跡を出すにしても、〝日本のマチュピチュ〟といわれている兵庫県の竹田《たけだ》城跡の方がずっと絵になる。山城《やまじろ》だから、雲海も奇麗だし。依理は前から、そういう考えだったからね」

僕は遠慮がちに手をあげた。

「メイン画面は長崎の軍艦島《ぐんかんじま》がいいという意見も、委員会で出てましたよね。視覚的なインパクトは強いし、ある意味で過去の日本の象徴とも受け取れるから。それにデータが豊富だし、CGも作りやすい。僕もそっち派だったんですけど……」

先生は、首を横にふった。

「それらもリンクを張って紹介すればいいが、俺の考えるテーマに合っているのが、こういうものなんだ」

彼が、モニターのメニュー画面を指さす。

「これで、企画の意図は出ている。あとは演出面での工夫をすべきではないか？」

「だったら、もっとエンターテインメント的な要素があった方が面白いと思いますけど」と、依理さんが言う。「飛鳥時代の戦《いくさ》の様子を描くとか」

「いや、今回はそれも不要だろう。じっくりと、日本の現在と過去の情景を対比して見せるべきだ」

「でも、見るだけでは……」

「BGMや音声ガイドを、入場者の選択によって聞こえるようにするんだろ？　さっきよりも、情報密度は上がる。BGMのイメージは、俺の方でもう決めている」

再びスマホを手にした先生が流した曲は、僕もどこかで聞いた記憶があった。

「こんな感じの曲、子供のころに怪獣映画か何かで聞いたような……」と僕が言うと、先生は一つうなずいた。

「伊福部昭《いふくべあきら》作曲『管弦楽のための日本組曲』。伊福部は日本を代表する作曲家の一人で、『ゴジラ』を始めとした映画音楽も数多く手がけている」

横を向いた依理さんの口が「ダサ……」とつぶやいたように動くのが、僕には見えた。

それでも先生はかまうことなく、その第二曲『七夕《たなばた》』を流し続けたのだった。どこか郷愁を感じさせるような、穏《おだ》やかな曲だ。

彼はその後も、スタッフたちの意見をふり切り、自分の主張を通していく。依理さんも僕も、まるで彼の助手のように動いていた。

しかし大竹先生は、ディレクターでもプロデューサーでも、ましてスポンサーでもない。T大学教養学部の准《じゅん》教授で、今回の企画においては、〝監修者〟に位置づけられている人物だった。

彼が選ばれた理由はいくつかあったが、同じT大で教鞭《きょうべん》を執り、このプロジェクトの実行委員でもある柳《やな》井亨《いとおる》教授の推薦を得られたことが大きかったといえる。文化人類学における日本の第一人者であり、関係者の間では学長就任間近とも噂《うわさ》されている人物である。

そして今回、プロデューサー役を務めている仁子さんと大竹先生は同窓生で、その柳井教授のゼミ、通称〝ヤナ研〟のフィールドワークなどで、あちこち旅をしてまわった仲だったのだ。そういう腐れ縁のせいか、依理さんや僕よりも、仁子さんはまだ、彼に意見しやすいようだった。

彼女はスマホを操作しながら、小声で言った。

「やっぱり、見て回るだけじゃね……」

「そう心配するな」大竹先生が微笑む。「ウェブ万博における日本館の展示は、ここで完結しているわけではないだろ？」

「それはまあ、そうだけど……」

「この〝過去ゾーン〟は、いわばオードブル。メイン・ディッシュは、〝E計画〟じゃないか」

E計画——。そうだった。これからまだ、そっちも仕上げなければならないのだ。出向して以来、僕が携《たずさ》わっているのは、そのE計画を含むプロジェクト——〝ウェブ万国博覧会〟の日本館における、テーマゾーンの企画なのである。

3

仁子さんは壁の時計に目をやると、大竹先生に言った。

「そろそろ、下に行った方がいいんじゃない？」

先生は黙ったまま、軽くうなずいている。

「下って、もうお帰りですか？」と、僕はたずねた。

「いや、下の総務部」彼女が首を横にふる。「野暮用《やぼよう》でね。私と先生は、一応出なきゃならないの」

「ああ、〝アンバサダー〟でしょ」依理さんが教えてくれた。「これから確か、二次審査の打ち合わせでしたよね」

　彼女の説明を聞いた僕は、ようやく納得する。

　アンバサダーとは〝大使〟の意味で、僕たちはガイド役となるマスコット・ガールのことを、こう呼んでいた。日本館全体のイメージ・キャラクターでもあるので、選考業務は総務部の仕事になるのだが、テーマゾーン担当の仁子さんと大竹先生も、審査員として参加しなければならないのだ。

「決まったら、ちゃんと君にも紹介するから」仁子さんが意味ありげな微笑みを浮かべ、僕の肩をたたく。「君たちのやっかいにならないといけないしね」

　そのことについては、依理さんも僕も聞かされていた。アンバサダーは最終審査で一人に絞り込まれるが、PRや展示ではその女の子を〝素《す》〟で出すのではなく、CGで衣装などを若干加工する予定になっている。

「君にも、早く紹介してやりたい」大竹先生もニヤニヤしながら、僕に言った。「実は一次審査の通過者のなかに、ちょっと面白そうな娘《こ》がいてね……」

　四人はとにかく、会議室を出ることにした。

　企画部のフロアは、一見すると他のオフィスとさほど大差はなく、デスクトップ・コンピュータがのっかった事務机が、整然と並んでいるといった感じだ。そこで何十人というスタッフが、パソコンと向き合っている。

日本ウェブ万国博覧会協会はある意味、急ごしらえなので、ここで働いているのは、仁子さんや僕のような出向組がほとんどだった。そんな僕たちが、翌年の二〇三〇年三月の開催に向け、協力しながら懸命に作業を続けていたのである。しかも、監修の大竹先生や委員たちがあれこれとクレームをつけることもあって、スケジュールに若干の遅れが出ていた。また、事務所でのデスクワークだけではなく、たとえば大竹先生が行おうとしているシミュレーション完成のためには、外部に委託しなければならない作業も数多くあった。

依理さんは早速、自分の席に戻り、パソコンのスリープ・モードを解除しながらスマホをチェックしている。ウェブ万博の準備期間だけという条件付きで〝GTハート〟という大企業から出向してきた彼女には、課長の仁子さんも一目おいていた。ちなみに〝GT〟は、〝巨人〟を意味する〝ギガ《G》〟と、〝怪物〟を意味する〝テラ《T》〟をくっつけたもので、〝ハート〟とは、〝ハード〟と〝ソフト〟の合成語だという。

CENからの出向後、僕はその依理さんの部下ということになるのだが、そんなふうにクールでビューティで仕事もできる彼女には、個人的にあこがれのような感情もいだいていたのだ。

スマホを見ていた大竹先生が、眉間《みけん》に皺《しわ》を寄せている。

「仁子、ちょっと先に下りててくれ。緊急のメールが入った。大学に連絡を入れてから、俺もすぐに行くから」

そう言うと彼は、早足で企画部のフロアを出ていった。

仁子さんは壁にもたれながら、先生を見送っている。

「何であんなに熱心なんだろ、あの人……」

そうつぶやく彼女に、僕はたずねてみた。

「どういう意味ですか?」

「いや、別に」彼女は微笑みながら、首を横にふる。「まあ、適当にやってくれというわけでもないけどさ、そんなに頑張らなくてもいいのにって、思うときもあるわけ」

そして課長席に戻ると、緑茶のペットボトルと書類の束《たば》をつかみ、企画部を出ていこうとする。

その後ろをついていく僕に、彼女が聞いた。

「君はどこへ行くの?」

「いや、ちょっとトイレに……」

廊下に出た彼女は、一つため息をもらす。

「どうかしたんですか?」

「さっきの話よ。竹ちゃん先生」そしてまた、彼女は苦笑いを浮かべた。「仕事熱心なのはいいけど、年相応の落ち着きようもあるでしょうに……。自慢じゃないけど、私なんかもう、惰性《だせい》で生きてるのに。ところがあの人、いまだに全力疾走。とてもじゃないけど、ついて行けないわ」

　口をとがらせる彼女を見ながら、僕は内心、またかと思っていた。彼女のそうした愚痴《ぐち》は、飲み会でもよく聞かされていたからだ。

　そもそも彼女は、優秀な成績で大学を卒業して希望通り官僚になったにもかかわらず、今回の出向で完全に出世コースからは外れたと思い込み、少々ふてくされているのだ。かつては事務次官を目指していた、という話を聞いたことがあったが、それもすぐに冷めたとか言っていた。人間関係も難しく、次第に出世にも関心がなくなっていったという。もっともそんな有り様だったから、出向させられたのかもしれないのだが……。

「竹ちゃんも、昔はあんなふうじゃなかったんだけど」

　首をかしげる彼女に、僕は聞いた。

「というと?」

「何年か前までは、同じように冷めてたような気がする。いや、私なんかよりずっと落ち込んでいたかもしれないなあ」

　二人はゼミが同じだったということもあってか、卒業後もたびたび会っていたらしい。

「そう、やっぱり〝未来学〟にのめり込んでから、人が変わったかもしれない……」

　彼女は腕時計に目をやると、「御免《ごめん》、続きは今度、飲みに行ったときにでも話すわ」

僕は彼女から、少し体を離した。

「そんなに嫌がらなくても」仁子さんが僕の肩をたたく。「相変わらず、人付き合いが悪いわね」

「そういうわけでもないんですけど、人の多いところが苦手で……」

「君らしいわね。そう心配しなくても、今日は駄目」

「どうして？　ひょっとして、デートとか？」

「まさか。いい男がいるなら、苦労しないわよ」彼女は僕の胸のあたりを、拳《こぶし》で軽くたたいた。「今、フィットネス・クラブに通ってるの」

「じゃあ、ダイエット？」

「そんなところね。ウェブ万博の開会式までには、何とか余分な脂肪を落としておきたいから。それに君だって、今日は依理を手伝ってあげないと」

しぶしぶうなずく僕を見て、彼女が笑いながら書類の束を掲《かか》げる。

「そうね、このアンバサダーが内定したら、部長にもお願いして盛大に歓迎会をやろうか。

CG加工はこっちの仕事なんだし、うちは寄り合い所帯だから、コミュニケーションも、ちゃんととっとかないとね。じゃ、そのとき、また一緒に……」

そう言うと彼女は、階段で総務部のあるフロアへ下りていった。

結局その夜も、僕は残業することになる。過去ゾーンの仕上げに加えて、数日後に予定されている航空撮影の準備もしておかなければならなかった。

企画部に残っている人間は他にも何人かいたが、テーマ課は、もう二人だけになっていた。チーフ・プログラマーの依理さんが頑張っているので、助手である僕も残らないわけにはいかないのだ。

本当はこんな職場ではなく、高級レストランかどこかで二人きりになりたいものだと、僕は思っていた。依理さんは僕より年上だったが、メイクや服装の趣味をちょっと自分好みにしてもらえれば、彼女がアバターにしているアンティーク人形よりもはるかに美しい。

しかし仕事に集中している彼女の横顔を見ていると、とても食事に誘うような雰囲気ではなかった。第一彼女は、職場で僕が何か話しかけても、なかなかのってきてくれない。彼女も僕と同様、人付き合いは苦手のようだった。

けれども共通の知人の話題なら、会話の糸口になるのではないかと僕は思った。大竹先生の悪口だ。

「未来に向けての情報発信なのに、何で過去の遺跡を事細《ことこま》かに描く必要があるんですかね」僕は彼女の方を見つめた。「それに依理さんの言うように、竹田城跡か何かの方が映像的には……」

「今さらそんなことを言っても仕方ない。早く片付けてしまいましょ」

彼女は怒るわけでもなく、落ち着いた声でそう言うと、それ以上何も話さなくなる。本当にクールでもの静かな人だ。

それに比べて大竹先生は……。上から目線で強引で、いつも無理難題を押しつけてくる。プロジェクトの牽引《けんいん》役なのは認めるものの、製作現場はそんな彼にいつもふり回されっ放しなのだ。

特に下っぱの僕は、使い走りのようなことまでさせられていた。忙し過ぎて、自分の時間もほとんど取ることができない。しかも、安月給ときている。

僕は思わず、ため息をもらした。自分は一体、何のために生きているのかと考えてしまう。職場でもどこか浮いているし、少なくともこんなことをするために生まれてきた人間ではないはずなのだ。声に出して言うつもりはないが、そもそも仕事のために命を捧《ささ》げる気なんて、最初からない。わずらわしい社会とはかかわり合いをもたず、なるべく一人で生きていきたいものだ。かと言って、自分一人では何もできないことも、僕はよく理解していた。

ふと、窓の外に目をやる。

ただ、僕にとって自分のこと以上に不安なのは、やはりこの星の未来だった。一体、どうしたものだろうかと思う。過去の政治家や識者の言う通りなら、今の世の中はもっと良くなっていて然《しか》るべきなのに、ちっともそんな気がしない。

そもそも子供のころに空想していた未来とは、こんなふうだっただろうか。ひょっとして自分は、どこか違う未来にきてしまっているのではないか？　そしてさらに、違う方向へ行こうとしているのでは……。

ひょっとしてこの星に、未来なんてもうないのかもしれない。何となく、こうした〝ぐだぐだ〟が延々と続いていくのだろうと、漠然と考えてはいた。けれども心のどこかには、こんなアンバランスな状態がいつまでも続くはずがないという思いもあったのだ。

地球温暖化にともなうさまざまな自然災害や巨大地震もそうだろうが、自分はこれからも、破滅のリスクに怯《おび》えながら生き続けなければならないのだろうか？　いや、果たしてこれからの時代を、生きていけるのかどうか。そのことを考え出すと、到底自分のかなわないような大きなものと、戦っているような気さえしてくる。

僕は急に吹き出してしまった。一方では、自分の思い通りにならない世の中なんてもうどうにでもなれ、とも考えていたからだ……。

「さて、今日はこれぐらいにしましょうか」

依理さんが帰り支度《じたく》を始めたので、僕もパソコンの電源を切った。

こんな具合に、また一日が終わっていく。自宅に帰れば今晩も、一人夜景を見ながら缶ビールか……。そしてまた、代わりばえのしない明日がやってくるのだろう。

先にビルを出た僕は、通用口で彼女を待ちながら、警備用の犬型ロボット〝ガードッグ〟ににらまれていた。僕たちは、皮肉を込めて〝ガードワン〟と呼んだりしている。完全自律型で、自分で電源を探して充電もする。体格や顔つきは警察犬にも使われるドーベルマンに似ているが、警備ロボットに愛想があるわけもなく、僕にとっては生身の警備員以上に苦手な存在だった。

ところが依理さんが出てくると、そのロボット犬が尻尾《しっぽ》をふり始める。そして彼女に近づくと、おとなしくひざまずいた。

彼女は満足げに、犬の頭をなでていた。

「うちのガードワン、相変わらず依理さんには従順《じゅうじゅん》なんですね」と僕が言う。「ひょっとして、プログラムはまだ？」

「そう」ラージサイズのスマートフォンを見せながら、悪戯《いたずら》っぽく彼女が微笑む。「私の人工知能《AI》に相談しながら、ほんの少し書き換えたまま」

警備のロボット犬を自分のペット同然にしてしまうなど、ハッキング技術に長《た》けている彼女だからこそできる芸当だろう。もっとも、このビルの警備会社は彼女が属するGTハートの子会社にあたるので、この程度のプログラム操作なら黙認してもらえているのかもしれない。

僕はその後、乗換駅で彼女と別れ、自分のマンションへ帰っていった。

数日後の朝、僕はいつも通り、ロビーの人型警備ロボットを避けるようにしながら出社した。企画部にある自分の席で仕事を始めようとしたとき、仁子さんに呼びつけられる。

「オーディションの撮影係？」と、僕は聞き返した。

彼女は大きくうなずいている。

「今日が二次審査なんだけど、総務から連絡があって、ビデオ担当が急用で撮影できないって言ってきたの」

「それで僕に？」僕は自分の鼻のあたりを指さした。「依理さんは？」

「彼女は飛鳥時代の３ＤＣＧを仕上げてしまわないといけないでしょ」

「じゃあ、総務の他の連中は？」

「君の方がカメラに詳しいし、合格者はいずれこっちでも撮影する予定だから、慣れておいた方がいいでしょ。それに給料もらって若い女の子が見られるのに、何が不服なの？」

僕は頭に手をあてた。

「僕の人見知り、仁子さんも知らないわけじゃないですよね？」

「人見知りというより君の場合、単に人付き合いが苦手なだけでしょ。でも仕事はまあまあできるし、ある種の天才に多いタイプなのかも……」

「そんな褒《ほ》めてくれなくても……」

「別に褒めてません。依理にも大竹先生にもそういう傾向はあるみたいだし、使う側の立場としてはなかなか骨が折れるの」彼女はひとつ、ため息をもらした。「しかし残念ね。水着審査だって、あるっていうのに」

「え」僕は思わず、両目を瞬《しばたた》かせた。「水着……ですか?」

4

その日の昼休み、僕は総務部の会議室に三脚を立て、黙々と撮影の準備を始めていた。総務の担当者と打ち合わせたときにもらった簡単な進行表で、仁子さんの言っていた水着審査が嘘《うそ》だと知り、僕は気落ちしていたのだ。

その仁子さんが会議室に入り、僕に挨拶をする。無言で会釈《えしやく》だけする僕の肩を、彼女は軽くたたいた。

「よ、役得ね」

「役得って、何がですか?」

僕は少し、むっとして聞き返した。

「アイドル志望の女の子なんかもいるみたいよ。みんな美人だし、女に縁のなさそうな君には、やっぱり役得じゃないの……」

一次審査の合格者たちは、開始時間まで隣の部屋で待たされているらしい。何も見えるわけがないのに、僕の顔は何故《なぜ》かそっちの方を向いていた。

「気になるのか？」

僕がふり向くと、大竹先生がすぐ後ろで微笑んでいた。

「先生は、気にならないんですか？」

「俺はこれまでの審査で一応、顔ぐらいは見ているからな」先生は一度、舌打ちをする。

「みんな明るく、健康的な娘ばかりだ」

「だったら、いいじゃないですか」

「確かにいけないわけじゃない。ただ、それでは何か今度の企画とうまく合わないような気がしないでもない。将来の夢を聞いても、ほとんどが女優とか歌手とかだ。まあ、例外がいないこともないが、そんな時代が、いつまで続くと思っているのか……」

先生は急に表情を変え、ドアの方に目をやった。

柳井教授が入ってきたのだ。五十代で、表情からもその知性が感じ取れるような紳士だった。

先生は早速、彼と挨拶を交わしていた。

仁子さんも早足で寄っていき、深々とおじぎをしている。

柳井教授は二人の恩師であり、今回のウェブ万博の実行委員だけでなく、GTハート日本支社の特別顧問なども務めている。教授は総務部の担当者たちに挨拶した後、カメラのそばに立っていた僕にも声をかけてきた。

「今日の映像は、公式記録に使うことになるかもしれない。よろしく頼むよ」

「あ、はい……」

僕はやや緊張しながら、短く返事をした。

定時までにはウェブ万博実行委員やGTハート日本支社役員の選考担当者などが会場に到着し、予定通りオーディションの二次審査が開始された。

二次まで残った候補者は十数人で、面接は一人一人行われ、三、四人に絞られる。

僕は一人目から順に、全身、バストショット、表情のアップ、さらにオーディション会場の様子を撮影していった。

仁子さんたちが言っていたように、みんな美人だし、ハキハキとものを言う。だが、不思議と僕の印象には残らなかった。

審査員が将来の夢を聞くと、女優やアナウンサーなど、こういう場ではありきたりと思える回答しか返ってこない。応募の動機についても、世界を明るくしたいとか、日本のいいところを紹介する案内役になりたいとか、企業の面接試験のような差し障りのないことばかりだった。僕も撮影を続けているうちに、ややうんざりした気分になっていた。

しかし、それでいいのかもしれない。仕事はどうせ、決められた原稿を読むぐらいだろうから、個性など取り立てて必要とはされない。ＣＧでの加工が許されるのなら、美人かどうかもさほど問題ではないかもしれない。

さらに言えば、彼女たちに魅力があろうとなかろうと、自分には関係ないことだという気もした。受賞者と話すことぐらいはあるだろうが、何か共通の話題があるようには思えないし、仕事以上の関係になることは、まずあり得ないだろう。

そんなことを考えながらぼんやりしていたとき、彼女が現れた。


会場に入ってきた彼女は、スカートがちょっと短い気はするものの、胸にリボンのついた制服姿だったので、一目で高校生だと分かった。しなやかな黒髪を、肩のあたりまで伸ばしている。

他の候補者と同じように礼儀正しくおじぎをすると、用意された席に腰かけた。そして恥ずかしそうに顔を伏せ、上目《うわめ》づかいで審査員たちの様子をうかがっている。

僕はカメラで彼女のクローズアップを撮影しながら、可愛《かわい》い娘だなと思った。いや、ひょっとして、一目惚《ひとめぼ》れをしてしまったのかもしれない……。けれども彼女を、そのルックスだけで判断しない方がいいというのは、オーディションの過程を通して見せつけられていくことになる。

審査員を代表して、四十代の気難しそうな男性が質問をした。日本ウェブ万国博覧会協会企画部の植田和人《うえだかずと》部長だ。

「まずお名前から聞かせてください」

すると彼女は急に立ち上がり、いきなりふりあげた両手を、自分の胸の前で止めた。僕も大好きな戦隊ヒーローの変身ポーズである。

「灘城《なだしろ》、小梅《こうめ》だぁ！」

大きな声でそう叫ぶと、何事もなかったかのように、彼女は再び着席した。

見ると、審査員たちの顔がほころんでいる。

それをながめながら、彼女も微笑みを浮かべた。

「元気が取《と》り柄《え》の、十六歳でーす」

大きな瞳を、きらきら輝かせている。

次にスリーサイズを聞かれた彼女は、正直に申告した後、

「一応、出るとこは出て、くびれるところはくびれてまっせ」と、一言つけ加えるのだった。

その後もそんな調子で、質疑応答は続いていった。

「チャームポイントは？」

「さあ、天然なところですかねえ」

「性格は明るい方ですか？　暗い方ですか？」

「見れば分かると思います」そして片手を口にあて、ひそひそ話をするかのように言った。「本当はもっと、奥の深ぁいキャラなんですけどね」

「さっきからイントネーションが少し気になってるんですが、応募書類によると関西のご出身のようですね」

「はい。京都生まれで中学からは大阪です。でもクラブ活動は放送部だし、標準語も話せます。その点は、どうかご安心を……」

「あなたの将来の夢は？」

「さあ。ラーメン屋のスタンプを集めることですかね。二十個たまると、一杯タダになるので……」審査員たちの無表情をしばらくながめながら、彼女は首をかしげた。「いや、これと言ってないんですよね」

「でもアンバサダーに応募されたということは、何かあってのことじゃないんですか？」

「試しに受けてみたら、とんとん拍子《びょうし》にここまで来てしまって……。アンバサダーというのも〝未来へのガイド役〟と聞いていたので、〝ファウスト〟を誘惑する〝メフィスト〟みたいな感じでいいのかなと思ってたんですけど、何か違うみたいですね」

　これをきっかけに、質問は彼女のプロフィールから、次第にウェブ万博がらみの内容へと変わっていく。

「ウェブ万博の日本館については、どのような印象を持っていますか?」

「あの外形はいただけませんよね。ホームページでちょっと見たんですけど、日本の四つの島をかたどったなんて、あまりにオーソドックス過ぎる。こうなったら、中身で頑張らないといけないないなと思いました」

それを聞いて吹き出しそうになった大竹先生が、咳払《せきばら》いでごまかしていた。

「アンバサダーに選ばれたら、どんなふうにしたいですか?」

「私、ウェブ万博自体、まだ自分でつかみ切れてないしなあ……」

両手で頭を押さえながら、彼女は続けた。

「仮想商店街《サイバーモール》とかなら分かるんですよ。きっと、その風呂敷《ふろしき》を広げたようなものでしょ。すると私は、そこの〝呼び込み係〟みたいなものでいいんですよね」

ある意味、正解だと思って、僕は聞いていた。

「呼び込みなら私、得意なんです。学園祭でもやったから。そのへんの男子が、みんな入ってきたんですよ」

いぶかしげに、審査員の植田部長がたずねた。

「どんなふうにしたんですか?」

「どんなふうにって、別に秘訣《ひけつ》なんかないですよ。入ってくれたら、中でスカートのまま逆立《さかだ》ちするって言っただけです。やりましょうか？」

「今はいい」

「そんな大魔神みたいな顔をしなくても、分かってますよ」彼女は再び、ひそひそ話をするかのようなポーズをとった。「後で、別室で……」

「いや、それもいい」

両手をふって否定する彼を見ながら、僕なら返事はイエスかなあと思っていた。

しかし僕は、灘城小梅というこの応募者に対して、かなり違和感をおぼえ始めていたことも確かだった。第一印象は良かったにもかかわらず、彼女が何か喋《しゃべ》ると、自分の好みからはどんどん逸脱していくように思えてならなかったのだ。

次の質問を躊躇《ちゅうちょ》している植田部長に代わって、柳井教授が彼女にたずねた。

「ウェブ万博のテーマでもある〝未来〟については、どのように考えておられますか？　未来の自分は、何をしていると？」

「さあ」彼女は腕を組み、天井を見つめた。「未来になってみないと、分かりませんねえ。考えても分からないことは、なるべく考えないようにしています。アンバサダーも、受かったら一生懸命やるつもりだし、落ちたら落ちたで何とかなるでしょう。そうですね、次はアダルト・ビデオのオーディションでも受けてみますか……」

柳井教授は、応募書類と彼女を見比べていた。

「でもあなた、十八歳未満ですよね。そんなものには、まだ出られませんよ」

「じゃあ、私を合格させてください！」

彼女が笑顔でそう叫んだところでほぼ制限時間となり、総務部の担当者が、彼女に退場するよう告げた。

ホッとしたように立ち上がった彼女は、出口の方を向いて両手を広げると、ふいに大きなあくびをしたのだった。それを審査員たちに見られていることに気づき、肩をすくめる。

「すみません。いや、それが昨日、夜中にゴキブリが出て、絶叫して逃げまわってたら眠れなくなっちゃって……。あっ、それと忘れるところだった」

彼女は胸ポケットからスマホを取り出すと、会場の様子を撮影した。

やっぱり女子高生だなあと思って僕が見ていると、彼女は急に審査員の方を向き、

「私、どうでしたかね？」といった調子で逆質問を始めたのだった。

「結果はあとで通知いたします」と、総務の担当者が言う。

「いや、そうじゃなくて、できればご感想をもっと聞いておきたいんです」

「どうしてですか？」

「どうしてもこうしても、これ、私の夏休みの自由研究の課題ですから。仕上げるには審査員の先生方の印象も、私なりに寸評しておかないといけないじゃないですか。ねちっこ

い質問に答えながら大体の感じはつかんだんですけど、もうちょっと突っ込んで聞いといた方がいいかなと思って。そう思いません？」

僕は、笑い出してしまいそうになった。つまりこの場で採点されていたのは彼女一人でなく、審査員のお歴々も彼女に点をつけられていたのである。

あきれたように彼女を見つめている審査員に向かって、彼女はペロリと小さく舌を出した。

「私、お呼びじゃなかったですかね？」

そして僕のかまえるカメラに向かってウインクすると、小さなメモ用紙のようなものを僕に渡してオーディションの会場から消えていった。撮影機材の調整を装いながらメモ用紙をのぞくと、そこには手書きのハートマークとともに、メールアドレスが一つ書かれていた。

休憩をはさみ、別の会議室で審査員たちによる二次審査が行われた。彼らは、僕がセッティングしたモニターと、応募書類とを見比べている。

まず委員の一人が、ある化粧上手な八頭身美人を推《お》した。けれども推薦の根拠が曖昧《あいまい》で、どうやらコネで頼まれた娘ではないかと薄々感じられたせいもあってか、賛同する委員は他にいない。

その後、最終審査へと進ませる応募者を三人まで選出していき、あと一人追加するかどうかという意見が出たあたりから、会議は紛糾《ふんきゅう》し始めた。議論は続いたが、結論的には、応募者はどの娘も美人ではあるものの、こぢんまりまとまってしまっている感は否《いな》めず、甲乙《こうおつ》つけ難いということだった。ただ一人、灘城小梅を除いて……。

大竹先生は、彼女を強く推していた。

「他の応募者は、時代に迎合し、媚《こび》を売っているような感じさえする。それがかえって、よそよそしく見える」と、大竹先生は言う。「しかし彼女には、それがない。とてもエキセントリックだし、人を愉快にさせる」

「洗練されていないだけではないのか？」他の委員が首をかしげる。「どこのタレント事務所にも所属していない、まったくの素人《しろうと》だろ」

「その方が、屈託がなくていいと思いますが」

「けれども大使役を真剣にやろうという、熱意がうかがえない。遊び半分で、表情も猫の目のように変わる。つかみどころがないし、何をしでかすか、分かったものじゃない」

「だから、面白いんです」大竹先生は、微笑みを浮かべながら答えた。「皆さん、面白い娘を探しておられたのではないんですか？」

小太りの中年男が、落ち着いた声で先生に聞いた。

「容姿的には申し分がないとしても、問題は、アンバサダーとして務まるかどうかだ」

ＧＴハート日本支社常務の古沢靖史《ふるさわやすし》だ。髪の薄さが、それなりの貫禄《かんろく》をかもし出している。

「確かに彼女、アンバサダーとしては、何一つ完成されていない。けど私は、彼女に妙な胸騒ぎをおぼえるんです」

「胸騒ぎ？」

「言ってしまえば、どっちに転ぶか分からない危《あや》うさですかね。ただし予定調和ではない、未知の可能性のような」

別の委員が、机をたたいた。

「そんなのを採用していいのか？」

その様子に、柳井教授は苦笑を浮かべていた。

「私にもこの娘は子供っぽく見えるし、どちらかと言うと、知性も感じられない。下手《へた》をすれば、世界中に日本の恥をさらすことにもなりかねませんよ」

「確かにまだ、知性も十分ではないかもしれない」大竹先生は、他の委員たちを見て言った。「それでも彼女は、私たちが見失っているような、キラキラしたものを持っている気がしてならない」

「キラキラしたもの？」

「ええ、〝生命の意欲〟――未来に立ち向かっていこうという、モチベーションのようなものです。今こそ、ああいう未完成な〝元気印〟が必要な気がする。どうです？　皆さんも、彼女の可能性に賭《か》けてみては？」

考え込む審査員たちをながめながら、僕は大竹先生の意見について考えていた。そもそも彼も、灘城小梅に惚れてしまったのではないかと、僕は疑っていた。もちろん彼女のルックスは、僕にとっても好みだと言っていい。僕と同じく関西の出身らしいことにも、親しみを感じる。

しかし僕の胸中は、それほど単純ではなかった。ひょっとすると灘城小梅は、他の候補者たちと違う意味で、僕の苦手とするタイプかもしれないのである。要するに、彼女が享《きょう》楽《らく》的に生きる現代っ子のように思えてならなかったのだ。先のことなど、何も考えていないかもしれない。他の委員たちが指摘していた通り、そもそも大使としての素養にも疑問が残る。

ただ、大竹先生が述べていたように、人間としても、大使としても、完成されていないことだけは確かだった。自分たちに突きつけられているのは、やはりその可能性に賭けるかどうか……。一つ確実に言えることがあるとすれば、彼女が参加してくれるなら、毎日毎日似たりよったりの職場の雰囲気が、大きく変わるだろうということだった。ひょっとして、自分の人生も……。

「あの、ちょっといいですか？」僕は遠慮がちに、片手をあげた。「ここであの娘を落とすと、アダルト・ビデオに出ちゃうかもしれないですよね。彼女、そんなこと言ってたし」

　委員の一人が顔を上げ、僕にたずねる。

「君は見たくないのか？」

「いや、そういう問題じゃなくて……。そういうのが出ると、ネットなんかに悪い噂も流れるかもしれないし、こっちも困るでしょ。彼女だって、道を踏み外すことになる」

「そんな理由で採用を決めるわけにはいかない」と、GTハートの役員が言う。「第一、道を踏み外すかもしれないような危うい娘を、採用するわけにはいかないだろう」

「逆もあるでしょう」大竹先生が、委員たちに訴えかけた。「我々の期待にしっかりと応《こた》えてくれる可能性も。どっちなのかは、正直私にも分からない。しかし、そういう危うさこそ、今回の企画にふさわしいのではないですか？　うまく制御できれば、不確実な未来だって見通せるようになるかもしれない。そういう意味で、彼女のような人材はまさに〝未来への架け橋〟ですよ」

　結局、大竹先生の強い推薦もあって、灘城小梅を含む四人の選出が決定したのだった。

　審査員たちが会場を出ていこうとしたとき、柳井教授が大竹先生に近寄り、声をかけた。

「肝心のテーマゾーンは？」

「問題ありません。次の報告会を、楽しみにしていただければ」

大竹先生は柳井教授に向かい、自信ありげにそう答えていた。

僕は撮影機材を撤収した後、さっきの美少女から受け取ったメモ用紙を取り出す。そして、そこに書かれたメールアドレスとハートマークを見つめながら、これで連絡しない男はいるだろうかと思った。

5

七月最後の土曜日、僕は一人で遅い朝食を済ませた後、彼女とのメールのやりとりで指定された、渋谷《しぶや》の駅前へ向かう。

今日は二次審査のときとは違って私服姿だったが、少し離れた場所からでも、一目であのときの彼女——灘城小梅だと分かった。それほど初対面のときの彼女の印象は、僕にとって強烈だったのだ。

スマートフォンをせわしなく操作していた彼女も、ようやく僕に気づく。

「こら、女を待たせるなんて……」

小梅が微笑みながら、拳をふり上げるようなしぐさをする。

「こっちだって、せっかくの休みをつぶして来てやったのに」僕は、彼女のスマートフォンに目をやった。「スマホ、いいんですか？　誰かにメールしてたんじゃ……」

「大丈夫。ゲームしてただけやから」

「へえ、恋愛ゲーム？」

「ううん」彼女はスマホをスリープモードにしながら答えた。「シューティング・ゲーム」

「で、これからどうします？　どこかでお茶でも……」

「その前に、一つ聞いておきたいことがあるんやけど……。君の名前は？」

「名前って……、メールにも入ってたでしょ」

僕は名刺を取り出し、彼女に渡した。

「そうそう、この名前」彼女は名刺の〝別所暉〟を指さして言う。「ベッドコロ、フンドシさん？」

僕は眉間に皺を寄せながら、小梅を見下ろした。

「ベッドコロは見逃してやってもいいが、フンドシって、部首が違うだろ、部首が。第一、フンドシってな名前、つけるわけがない」

「じゃあ、何て読めばいいの？」

「ヒカル」

「ヒカル？」彼女は僕の顔と名刺を見比べた。「光るフンドシなんて、あるんですか？」

「あるわけないだろ。この漢字一字で、ヒカルと読む。ちなみに名字《みようじ》は、ベッショ。僕の名前は、ベッショ・ヒカル」

「そうか、残念……」

「何が残念なんだ?」

「だって、フンドシっていう名前の人が知り合いにいたら、みんなに自慢できたのに」

「自慢するな」

名刺を見直していた小梅が、急に「え、企画部テーマ課?」と声をあげた。

「それがどうかした?」

「総務部のオーディション担当のスタッフさんと、違うんですか?」

「ああ、急に撮影係の都合がつかなくなって、駆り出されたんだ。テーマゾーンのプログラミング助手をやっている」

「へえ、優秀なんですね」

「それはどうか知らないが、何とか勤まってる」

「じゃあ、使えないこともないかな……」

「どういう意味だ?」

「ううん、何でもあらしません」

彼女は作り笑いを浮かべながら、僕の手を握って歩き出す。

積極的というか、飾り気のない彼女のキャラクターは、対人関係が苦手な僕にとってもかなりハードルが低いのは確かだった。

とにかく近くの喫茶店にでも入ろうということになり、僕はアイスコーヒーを、小梅はアイスココアを注文する。僕は、単刀直入《たんとうちょくにゅう》に彼女にたずねた。

「何で僕を？」

するとと彼女は少し恥ずかしそうにしながら、小さな声で逆に聞いてきた。

「なあ、ウチのこと、どう思てはる？」

いきなりか……と僕は思った。

「どうって、別に……」とつぶやくと、小梅が僕の肩をたたいた。

「おいおい、勘違《かんちが》いしたらあかんよ。オーディションの話や。二次はパスしたけど、次の最終はどう思うかと聞いてるの」

僕はようやく、彼女の魂胆《こんたん》が分かったような気がした。どうやら僕を総務部の担当者の一人と勘違いし、探りを入れるつもりで近づいてきたのだろう。名刺の肩書に気づいたときに見せた、当てが外れたような彼女のそぶりも、それでうなずける。

しかし彼女についての審査員たちの印象など、聞くまでもない。せいぜい〝お調子者〟の一言ではないかと考えていたが、口には出さなかった。

「君自身は、どう思う？」

「ウチ？」彼女は自分の鼻のあたりを指さした。「質問に受け答えしていて、よく分から

う話なんよ」

ないことがあったなあ。適当にごまかしてたけど、それで最終審査に受かるかどうかとい

「個性的なのは個性的かもな」僕は彼女の全身をながめながら言った。「ただし、複数の候補者を選ぶという二次審査の、バリエーションの部分で残ったのは否めない」

「バリエーション？」

「要するに最終の審査員に対して、『こんなんもいてますよ』的な。それが他を抑《おさ》えてアンバサダーになれるかというと、正直、難しいだろう」

「何で？　こんなに個性的なのに？」

「そのへんが、そんじょそこらのミスコンとはわけが違う。ウェブ万博の大使に任命するわけだから、知性も教養も求められる。特に最終審査では、焦点の一つになるだろう。大竹先生は君を推していたようだが……」

「大竹先生？　そう言えば審査員のなかに、一人だけ違う感じの人がいてはったなあ。ちょっと暗い気もしたけど、ウチのポイントは、結構高かったんよ」

「あの先生の、どこがそんなにいいんだ？」

「どこと言われても、何か、ウチにないものを持ってはる気がして」

僕はポケットからスマートフォンを取り出し、彼の写真を小梅に見せた。

「そう、この人！　この人が、ウチのことを……」

小梅は、スマホを握りしめた。

「大竹阿礼。日本館テーマゾーンの監修者だ。しかし、いくら押しが強い大竹先生でも、一人で最終審査を粘り切れるものかどうか……」僕は、ネットで先生のことを調べようとしている小梅から、自分のスマホを取り返した。「君の方で、他の審査員にも評価してもらえるような何かがないと」

「でも、何をどうしろと。ウチの色仕掛けは、最終審査では効かない言うの？」

「二次でも効いてたとは思えないが……」僕は首をかしげた。「とにかく知性と教養は、アンバサダー合格の最低条件だ」

「そんな……。ウチ、何としても受かりたいのに」

「どうして？　落ちたらまた、アダルト・ビデオか何かのオーディションに申し込むんじゃなかったのか？」

「あれはただの冗談で、本心やない。うまくは言えないけど、この大使役は、自分がこの社会になじんでいく大きなチャンスやと思てる」彼女はテーブルに両手をつき、僕に頭を下げた。「お願い、何とかして」

「そんなこと、僕に言われても……」

「もちろん、選考に手を加えてほしいなんて頼んでない。その知性と教養の面で、レクチャーだけでもお願いできませんか？」

「いや、特定の候補者に便宜《べんぎ》を図《はか》るわけにはいかない」

「あんさんが合格不合格を決めるわけやおませんでしょ。むしろ二次を勝ち残った候補者に対する、最低限のサービスでは？」

「そんな無茶《むちゃ》な。僕は僕で忙しいし」

「もし受かったら、付き合ってあげてもいいよ」

思わず微笑みそうになった僕は、首をふった。

「あり得ない。仮に合格したとしても、いきなり恋愛禁止になる」

「じゃあ、ファンクラブの会員ナンバー一番にしてあげる」

僕は、店員がアイスコーヒーをテーブルに置くのをながめながら、その場でしばらく思案していた。

「交際かて、アンバサダーを卒業してからなら自由や。せやからお願い。基礎知識でいいから」

手を合わせる彼女に向かって、僕はつぶやくように言った。

「ネットで調べれば分かる程度のことなら、問題ないだろう」

「え、レクチャーしてくれるの？」

「それだけで受かるとは考えられないな。受かるかどうかは、やはり本人次第……。それと最終審査では、レクチャーのことはもちろん、僕の名前は絶対出すなよ」

「もちろん。出しても逆効果になると思うし」

「何だと？」

小梅は笑いながらメモ用紙を取り出し、自分のスマートフォンの録音ボタンを押した。

「そしたら、気が変わらんうちに早速お願いします」

「レクチャーの前に、ちょっとしたアドバイスだが」僕は一度、咳払いをする。「何も、今の君の個性を殺す必要はない。大竹先生も、それが気に入っているようだし。けれども、オーディションに受かるための手段として、自分の見せ方を変えてみてはどうかと思う。ベースに知性があって、その上でふざけているようにふるまってみるのも一つの手だろう」

「見せ方を？」

「平たく言えば、正統なアイドル系のキャラが、おバカキャラもできる、というふうに見せないと」

「それには肝心の知性がないと……」

「それを今から詰め込むんじゃないか。と言っても急に身につくものでもないだろうが、審査員の質問に受け答えできる程度の知識なら、与えてやれるかもしれない」

「ほな、お願いします」小梅はまた頭を下げると、僕に顔を近づけた。「まずお聞きしますけれども、ウェブ万博って、何？」

「おい、そこからかよ……」

僕は、飲みかけたアイスコーヒーをこぼしそうになった。

「ホームページとかは見たけど、ウチにはよく分からないこともあったし……」

「〝ウェブ万国博〟、〝ウェブ万博〟、あるいは〝ウェブ・エキスポ'30〟、さらに略して〝ウエキスポ'30〟と、呼び方は様々だ。さらにマスコミなどでは、〝電脳博覧会〟とも称されている……」

テーブルのアイスコーヒーを時折ストローで混ぜたりしながら、僕は説明を始めた。

「博覧会国際事務局の認定を受け、会期は来年——つまり二〇三〇年の三月十五日から約半年間の予定になっている。テーマは、『未来への架け橋』。ネットによって広がった横のつながりを、さらに未来へも向けていこうというものだ」

「なかなか景気のいい話やね」

小梅がそう言って微笑むと、僕は首をふった。

「いや、開催決定の背景には、当時まで続いていた世界経済の停滞感がある。それを打破するための起爆剤として、主に民間から博覧会の企画がもちあがったんだ。展示に関しては、過去の国際博覧会を踏襲するような内容で、主に参加各国や企業のパビリオンが会場を埋めつくすことになる。

企業のパビリオンについては、毎回のように出展しているグローバル企業の他、今回はゲーム制作会社やネット通販会社なども参加を表明していた。また他では見ることのできない著名アーティストのスペシャル・コンサートも、期間内にここで開催されることになっている。ウェブ万博では、こうした今までにないようなコンテンツを数多く集めるため、文化芸術面、科学技術面、そしてもちろん、経済産業面においても大きなインパクトを与えることが、各方面から期待されていた」

「それを日本で開催すると？」

「お前、そんなことも分からないで応募したのか？」僕はあきれたように彼女を見つめた。「開催地は一応、アメリカとなっている。〝一応〟というのは——それが最大の特徴でもあるんだが——このイベントはその名の通り、ネット内にのみ存在する〝仮想世界〟において開催される万国博だからだ。だから、主催国は一応アメリカなんだが、日本からでも仮想世界へは交通費ゼロ円で入れてしまうわけだ」

首をかしげている小梅のために、僕は念のため、仮想世界についても大まかに説明することにした。

「仮想世界も、ソーシャル《S》・ネットワーキング《N》・サービス《S》の一種で、ネット内に複数開設されている」

そして仮想世界には、現実世界における、ありとあらゆるものが存在し得ることを、僕は説明した。さらには火山の噴火口や深海などの危険な場所、あるいは宇宙ステーションのように現実には行くことが困難なところへも安全に行くことができてしまう。

「タダで？」

「そういうサービスもないわけではないが、大体は金を払って行くことになる。仮想世界内で遊んだりビジネスをしたりするにも、仮想通貨が必要になってくる」

スマホを操作しながら、僕は説明を続けた。

「仮想世界で使用できる仮想通貨は、ＳＮＳごとに異なってはいるものの、基本的に現実通貨と交換可能で、そうした仮想通貨によってショッピングもできるし、働くことによって報酬を得ることもできる。カジノのような遊戯施設も豊富にあるので、ギャンブルで大金を稼ぐことも夢ではないんだ……。もちろん、仮想通貨の発行元は、ユーザーから現実通貨への換金の要求があれば、それに応じなければならない」

小梅は感心したように、僕の話を聞いていた。

「実は、仮想世界の企画というのは今世紀前半にはすでにあったんだが、パソコンの性能などの課題によってできることも限られていて、普及は進まなかったと言わざるを得ない。しかし現在、グラフィックス《G》・プロセシング《P》・ユニット《U》をはじめとするコンピュータの性能向上にともない、仮想世界の人気も再燃したんだ。またスマートフォンやウェアラブル端末でも使いやすくなったことが、人気に拍車をかけたとされている。ＣＧも、草創期に比べると格段にリアリティが増した。一方で、ソフト面における充実が求められていたのも確かだった」

「魅力的なコンテンツを、さらに開発する必要があったということ？」

「ああ。その最中《さなか》、仮想世界ビジネスの最大手、〝GTイマジン〟が記者会見を開いた」

僕はスマホのアプリを使ってログインすると、それを彼女にも見せた。

「彼らが展開している仮想世界は、〝イ《I》マジナリー・フィ《F》ールド〟というネーミングで、会員登録数も、他のSNSを圧倒している。その仮想世界で、万国博を開催するというわけだ」

「そのへんの事情は、何となく分かってきた」

「しかし、これぐらいのこと、他の応募者は当然知っているぜ」

「じゃあ、もう少し教えてくれる？　選考委員の好みとかが分かるといいんだけど。そもそもあのおじさんたちは、どういう人たちなん？」

「僕も直接の担当じゃないので、よく知らない。でも、連中の会社のことなら……」

僕は、スマホの操作を続けた。

「名前を聞いただけで分かるかもしれないが、GTイマジンというのは、実は巨大なグループ企業の一つでしかない」

「グループ……。GTハートのこと？」

僕は大きくうなずいた。

「グループには、大規模集積回路《LSI》やスーパーコンピュータ、あるいはロボットを製造している企業の他、ネットバンクや証券会社までが含まれている……」

それらの統括的役割を果たしているのが、〝ＧＴハート・ホールディングス〟だ。ハード、ソフト両面で市場を席巻《せっけん》しているＩＴ界の巨人であり、時価総額もすでに一兆ドルを超えていた。

ただしそのＧＴハートも、やはり頭の痛い課題をいくつもかかえていた。たとえば、仮想世界における投資ビジネスは、他社とのサービス競争の激化などで、伸び悩み傾向にあった。そこでＧＴハートでは、そうした課題のテコ入れ策を考えざるを得なかった。

「その一つが、ウェブ万博の開催だ」と、僕は言った。

ウェブ万博によって生じるはずの莫大《ばくだい》な利潤がグループ全体に行き渡るよう、ＧＴハートがコントロールしようというのだ。

そのためウェブ万博は、アメリカ政府よりも、民間企業であるＧＴグループが主導している感は否めなかった。運営形態も、そうした彼らの目的に沿う形になっている。

まず、ＧＴイマジンのＳＮＳ自体は、基本的に広告収入でまかなわれているために無料でログインできるが、そこで開催される今回のウェブ万博については、仮想通貨を入場料として徴収《ちょうしゅう》する。入場料はテーマパーク並みで、会期内に延べ五億人の入場者を見込んでいた。

「ちなみにイマジナリー・フィールドでは、〝ＩＦ＄《アイエフドル》〟という仮想通貨が用いられている」

僕は自分のスマホに、イマジナリー・フィールドの仮想通貨の解説ページを表示し、小梅に見せた。

各パビリオンの展示は、数多くの人に入場してもらいやすくするため、高価で特殊なヘッドギアを必要とするようなものはなるべく避け、オプションとして用意しておいた方がいいのは、せいぜい３Ｄグラス程度となっている。一方で、充実した翻訳ソフトを用意し、さまざまな言語に対応できるような体制を整えていた。

パビリオンでは、特に事実上の主催者であるＧＴグループ館が際立ってアトラクティブで、無人探査機が持ち帰った火星の石の３Ｄ映像や、宇宙の始まりから遠い未来までを３Ｄで見ることができるバーチャル宇宙旅行体験などが目玉になっている。

また今回のウェブ万博では、国や企業だけではなく、原則的に個人でも参加可能だった。審査はあるものの、一定の条件を満たせば、会期の終了まで、誰でも出展できるのだ。それに応じて会場の敷地面積も広くできる。

というのも今回のイベントには、仮想空間ビジネスの拡大を図るという意図もあったからだ。もともと低価格な仮想土地を、ウェブ万博による特別措置《そち》を利用してタダ同然で購入してもらえば、仮想空間がさらに広がる理屈である。

会期終了後、パビリオンの多くはリセット——つまり取り壊されるが、跡地は再利用される予定になっている。個人参加者が開設した店なども、そのまま営業を続けることができるし、安く手に入れた土地を転売することも可能とされていた。

そして正式なオファーを受けて、日本でもウェブ万博に出展すべく準備が進められることとなった——。


「それでようやく、ウェブ万博日本館の話だ」と、僕は言った。

景気の低迷が続く日本にとっても、ウェブ万博は〝渡りに船〟の企画だったといえる。国としては、外務省、経済産業省、文部科学省、国土交通省などの各省庁を、内閣府が横断的に調整することとなり、また経済界でも、経団連や商工会議所などが、早い段階から支援を表明していた。

こうした〝産・官・学〟の連携により、準備室を経て、財団法人日本ウェブ万国博覧会協会が設立される。また具体的な展示内容については、協会内に企画部が設けられ、検討が進められることになった。早速、いくつかのブロックに分けてプロジェクトチームが編成される。

「それで僕はCENという会社から出向させられて、テーマゾーンを担当する〝企画部テーマ課〟に配属されたんだ」僕はスマホに、事務所の写真を表示させた。「僕たちは他の部署と一緒に、都内にあるこの貸しビルを拠点としている。君も知っているように、アンバサダーの面接試験が行われたビルだ」

そしてプロジェクトを成功させるべく、広告代理店や設計事務所、あるいはゲーム・クリエイターなどといった、数多くの企業や個人に協力を依頼している。その一人が、大竹准教授だった。

また企画部の動きとは別に、協会では実行委員会を組織し、プロジェクト全体の監査を委《ゆだ》ねていた。実行委員には、政財界の面々をはじめとして、社会心理学、脳科学、統計学などの学者の他、経営コンサルタントなど各方面の有識者たちが名を連ねている。そうした委員たちからの意見を反映しながら、テーマゾーンを含めた日本館の企画が固められていった。

「日本館のテーマは『日本の過去、現在、そして未来』に、また外観は、著名な建築家の提案により、日本列島の四つの島をかたどったシンプルなものに決定した」僕はスマホに、日本館のデザイン画を映し出した。「そこに日本に関するありとあらゆるものを詰め込むことになるんだが、なかでも客寄せパンダ的な役割を果たすのがテーマゾーンで、僕たちのチームは、その企画をまかされているんだ」

僕たちは、テーマである日本の過去、現在、そして未来を、ストレートに三つのゾーンに分けて紹介することにしていた。

中核となる〝現在ゾーン〟では、日本の〝今〟を伝えるドキュメンタリー・タッチの映像展示に加えて、人工知能がビッグデータを活用しながら入場者のあらゆる疑問に答えてくれるコーナーが中心となる。またお国自慢のようなイベントや観光案内、物産展などの他に、コンピュータ・ゲームを競技化した〝エレクトロニック《e》・スポーツ〟の国際大会の開催も予定されている。一方〝過去ゾーン〟と〝未来ゾーン〟は、大竹先生の指導をあおぎながら、僕たちがＣＧ製作を進めていた。

　特に未来ゾーンは、日本館最大の目玉となる予定で、ズバリ〝未来〟を映像化して見せようというものだった。この先、僕たちの暮らしは、一体どうなるのか……。それを日本に限定せず、グローバルなレベルで大胆予測するのだ。

　具体的には、日本国内にあるスーパーコンピュータを用い、空前の大規模シミュレーションを敢行する。スーパーコンピュータで気象や地球環境の未来を予測するというようなケースは、過去にいくつもあったが、今回はそうした自然科学的な側面だけではなく、社会情勢の変化なども組み入れてシミュレートしてみることになっている。

　〝未来〟というテーマは、過去の万国博においても花形企画だったものの、意外にも今回、それを科学的に検証するというような企画は、他のパビリオンではやっていないようだった。そのため、真正面から未来を見つめようとしている日本館が人気パビリオンとなる可能性は、大いにあると予想されていた。実はそこに、大竹先生が監修者として起用された、一番の理由があったといえるのだが――。

「大竹先生が？」小梅が聞き返すと、僕は一つうなずいた。

「彼のキャリアと専攻科目が、他の誰よりも今回の企画に適していたからだ。大竹先生は大学で文化人類学を、大学院で総合人間学を学んだ後、母校の教壇に立ったんだが、准教授就任のころから〝未来学近未来学派〟を自称するようになっていたんだ」

「未来学？」と、彼女が聞いた。

「未来学にまつわる話は、君が聞いても、あまり面白くないかもしれないな……」

彼女が首をふる。

「参考になりそうなことは、今は何でも聞いておきたい」

「そうか。と言っても、はっきりとした定義付けは僕もよく知らないんだが……」

そう前置きして、僕は話し始めた。

「未来学は、大雑把《おおざっぱ》にはその名の通り、未来に関するあらゆる事象を取り扱う学問で、人類の歴史や現状をふまえた上で未来がどうなるか、あるいはどうなるのが望ましいのかを研究している。二十世紀後半には、未来学を掲げる学者は結構いたようだ」

彼女は真剣な表情で説明を聞いてくれていたが、それは未来学そのものについてというより、自分を強く推してくれた大竹先生に対する興味ではないかと僕は思っていた。

「ただし前世紀と比べると、今現在、未来学を研究する学者はさほど多いとはいえないみたいだな」

「どうして？」

「理由はさまざまだろう。ただ、予測される未来が明るく楽しいものばかりではなくなってきたことも、一因かもしれない。関係する諸問題に対して適切な対処法がなかなか見当たらないことも含めてね」

「え、そうなの？」

「ニュースを見れば、それぐらい分かるだろう」僕は彼女を見つめて、ため息をもらした。「大竹先生はあえてそうした未来学を名乗り、過去における未来学の挫折《ざせつ》も含めて、文化人類学的なアプローチを交えながら未来を検証していくんだという。さらに彼は、統計学などを持ち込み、単なる空想物語では終わらないような、情報重視の姿勢を強く示していた。そんな彼の研究が、日本館テーマゾーンのコンセプトに合致すると考えられたようだ。そして、スーパーコンピュータに未来を予測させるという企画に行き着く。ちなみにこの近未来シミュレーションのことを、僕たちは〝E計画〟と呼んでいる。実はこのシミュレーション自体が、日本で展開しているスパコン事業そのものの紹介にもなっているんだ」

「ふうん……」

不思議そうな表情を浮かべている小梅に、僕は説明を続けた。

スパコンの招致は、日本の経済復興戦略の一つであり、その利用価値は、学術研究だけではなく、産業面や医療面など、多岐《たき》にわたっている。博覧会は、こうした日本におけるスパコン活用の現状を示す機会でもあった。

ただ、スパコンの本体は、東京ではなく日本海側にある地方都市の一角に設置されていた。僕もそこへは、何回か行ったことがある。政府が地域活性化策により、後継者がいなくなった農地を買収し、学術研究都市として再生させたのだ。大規模な太陽光発電基地があり、また通信がさほど混雑していないこともあって、ネット環境にも優れている。地方空港の近くという利便性も評価されていた。

「一つ注意しておかなければならないのは、この学研都市にスパコンは、隣接して二基あるということだろう」

スパコンの世界も、世代交代の最中にあるのだ。

まず古い方のメーカーはCENで、僕の本来の就職先である。

スパコン名は〝極《きわみ》〟といい、国の支援を受けて建設された。完成当時は世界最速を誇っていたが、今ではベストテン圏外にまで落ちている。テーマ課では現在、この〝極〟を未来シミュレーションのプログラミング用として使っている。

そして新しい方は、GTハートの最新型、〝Z《ゼータ》〟シリーズのラインナップで、名前を〝Z－JPN〟という――。

　僕はスマホを操作し、白と青がシンボル・カラーになっているＣＥＮのスパコン〝極〟に続いて、赤と黒が基調のＧＴハートのスパコン〝Ｚ－ＪＰＮ〟の写真を、小梅に見せた。

「同型はすでにアメリカで稼働していて、やはり日本でも導入を決めたものだったが、現在はまだ調整中となっている。これを、ウェブ万博の本番に使おうというんだ」

「この、赤と黒の方を？」と、彼女は聞いた。

「ああ。つまり、プログラミングはＣＥＮの旧型スパコン〝極〟で作業するが、ウェブ万博開催中は、ＧＴハートの〝Ｚ－ＪＰＮ〟とつなぐことになっている。そしてウェブ万博日本館は、ＧＴハート新型スパコンのお披露目《ひろめ》の場ともなるわけだ。ＣＥＮの〝極〟は、そのバックアップにまわる予定になっている。もともと〝極〟は、〝Ｚ－ＪＰＮ〟の建設にともない解体される予定になっていたんだが、ウェブ万博のおかげでつかの間の延命が決定したんだ……」

　実は、これらのスパコンを世に送り出したＣＥＮとＧＴハートの関係も、ある意味で象徴的だった。かつて品質の良さで、市場の信頼を得ていたＣＥＮだが、価格競争などに敗れ、シェアをジリジリと下げていた。一方のＧＴハートは、その社名の通り、ハード、ソフト両面で市場を征服し、グループは今や、最高経営責任者《ＣＥＯ》のレオン・ハルトマンを頂点とするＩＴ帝国だと言われている。ウェブ万博は、そんなＧＴのプロパガンダとも、陰でささやかれていた。

　そしてＣＥＮも、そのＧＴの傘下《さんか》に入ることが決まっている。買収された当時、ＣＥＮは、沈みゆく日本の象徴とも見られていた。来年の四月には、社名もＣＥＮから、〝ＮＰハート〟に変わる。〝ＮＰ〟は〝ニッポン〟の略とされたが、ＧＴとの対比から、〝小人〟を意味する〝ナノ《N》〟と、〝少量〟を意味する〝ピコ《P》〟をくっつけたものであることは容易に理解できた。

　こうした結果になったのは、何も政治力や営業力の差ばかりではない。たとえばＧＴハートのスパコン〝Ｚ〟シリーズは、性能的にもＣＥＮを圧倒していた。超高速であるばかりではなく、消費電力も抑えられている。ただし基本設計《アーキテクチャ》は、ＣＥＮのスパコンと、ほとんど変わらない。根本的に違っていたのは、大規模集積回路《LSI》だった。

　スパコン業界では数年前から、ハード面における成長の限界がささやかれ始めていた。それまではゴードン・ムーアが二十世紀半ばに提唱したのがきっかけで広まったという〝ムーアの法則〟にほぼ従う形で、一年半で約二倍ずつ性能が向上し続けていたのだ。それに伴ってＬＳＩも超《V》ＬＳＩへと進化を遂げていたのだが、超《U》々ＬＳＩ以降は鈍化のきざしが見え始め、成長もそろそろ頭打ちではないかと言われていた。

　しかし、画期的なＬＳＩ――〝３ＤＬＳＩ〟の製品化をＣＥＮが発表したことで、事態はまた動き出す。３ＤＬＳＩとは、その名が示す通り基板の三次元化で、主に横ばかりに伸びていた配線を縦方向にも施《ほどこ》すことにより、さらなる回路の集約化を図ろうというものだ。したがって、大きさは2DのLSIと同じ一・五センチ角程度だとしても、やや厚みがある。ただし絶縁破損が起きないよう、放熱にも十分配慮されていた。ところがそれから間もなくして、より安価な3DLSIをGTハートが開発し、CENはまた、市場を奪われていった。

さらにGTハートでは、その改良型である〝3DOLSI〟を発売した。3DLSIとの決定的な違いは、素子をスクエアな配線でつないでしまうのではなく、オーガニック——つまり有機的に、より効率よくつなぐことで、チップのさらなる超高密度化に成功したことだった。それにより演算装置の処理速度も、主記憶装置の容量も、従来の3DLSIに比べて飛躍的に向上したのである。

この独創的な構造のために3DOは、LSIの世界に真のブレークスルーをもたらすものであり、コンピュータが生物のニューラル・ネットワーク——神経回路網の構造にさらに近づいたとさえ言われた。実は、CENでも同様の研究を始めていたのだが、GTとの吸収合併の方が先になってしまったのだ。

〝Z〟シリーズは、その3DOLSIが組み込まれた、GTハートの最新鋭機である。まずアメリカのニューヨークで第一号機〝Z－NY〟が稼働し始めたばかりで、学研都市のスパコン〝Z－JPN〟は二号機となる。

計算能力に相当余裕があるので、〝Ｚ－ＪＰＮ〟ではウェブ万博だけでなく、株の自動取引にも使われる予定になっていた。株の世界では、ハイ《H》・フリークエンシー《F》・トレーディング《T》――高速自動取引、あるいは高頻度取引と呼ばれるものがもてはやされていたが、さらに速い売買が要求されるため、その進化形ともいえる、スーパーコンピュータを用いた〝スーパー《S》・フリークエンシー《F》・トレーディング《T》〟――超高速自動取引というシステムが今、脚光を浴びているのだ。ニューヨークの〝Ｚ－ＮＹ〟は従来型のスパコンよりもさらに優れた特性を活《い》かし、こうした株のＳＦＴに特化して使われている。日本でも〝Ｚ－ＪＰＮ〟によるＳＦＴは、博覧会開催に先行して、来年一月から運用開始の段取りになっている――。

「何かこれ、意思をもって動いているみたい……」

　僕のスマホで、無数の発光ダイオード《LED》を点滅させながら稼働する〝Ｚ〟の動画を見ていた小梅が、そうつぶやいた。

「そんなはずがあるもんか」と言って、僕は笑った。「これらの発光ダイオードは新型のインジケータで、単に動作状況を示しているだけだ」

　一方、〝Ｚ－ＪＰＮ〟のバックアップにまわることで命拾いしたＣＥＮのスパコンは、ウェブ万博終了後に廃棄されることが決定している。建屋《たてや》は再利用することも検討されているが、次にそこへ入るのは、ＧＴハートの次世代スパコンになる予定だった。そのためにGTハートでは、すでに改良型の3DOLSIチップの設計に取りかかっているという――。

「あとは自分で勉強することだな」僕はスマートフォンをポケットにしまった。「最終審査までには、もう少し時間がある」

「何か他にアドバイスは？」小梅が僕に顔を近づけて聞く。「これだけは気をつけておいた方がいいこととか」

「そうだな……。二次審査で僕が気になったことは結構あるが、何より、受け狙いだとしてもアダルト・ビデオの話は良くない。貞操観念がないと思われるぞ」

「テーソーカンネン？」彼女は首をひねった。「低額所得者層が観念すること？」

「わざと言ってるのか？」

それには答えず、小梅はスマートフォンの録音ボタンをオフにした。

「それと、何か特技とか趣味とかはないのか？　審査員にアピールできるような……。スポーツでも何でもいい」

僕がそうたずねると、彼女は刀か何かを握るようなしぐさをした。

「スポーツなら、前に剣道をやってた。言うとくけど、通信教育と違うで」

「誰もそんなこと、聞いてないだろ」

「全国大会にも出たことがあるんよ。〝美少女剣士〟いうて、ちょっとした評判やった」

「凄《すご》いじゃないか。どうして面接で言わなかったんだ？」

「せやかて、中学のときに辞めてしもたし」

「へえ、どうして？　受験で忙しくなったから？」

「ううん、転校して、いろいろあって……。特技のことはそれ以上、聞かんといて。面接で言えるようなことでもないし……」

彼女は口ごもると、アイスココアの残りを飲み干した。

「じゃあ、もう一つ聞いてもいいか？」僕も、アイスコーヒーを飲み干した。「君みたいな娘が、何でアンバサダーに応募したんだ？」

「ウチには、向いていないっていうこと？」

「最初に話した通り、十分個性的だが、ウェブ万博のアンバサダーとしてはどうかな。知性も教養も落ち着きもないし、バラエティ番組のおバカ・タレントとかの方がまだ向いてるんじゃないか？」

「その通りかもしれんけど、ほんまはウチ、何か自分を変えるようなことがしてみたかってん。そんなときにネットで、ウェブ万博のテーマの『未来への架け橋』いうのを見たとき、これやと思った。特に日本館のテーマゾーンの、未来を予測するという企画には関心があるんよ。ウチかて、未来が知りたいもん。ウチの現実には居場所なんて見つからないけど、未来には希望も関心もある……。なるべく早く東京で一人暮らしもしてみたかったし」

「家を出る気なのか？」

「ヒカリンかて、今の仕事を辞めたいと考えてるんじゃないの？」

「ヒカリン？」

「あんさん、そんなお名前でしたやろ？　それとも、フンドシさんの方がええの？」

首を横にふる僕に、小梅は続けた。

「ヒカリン、人付き合いは苦手みたいやし、今いる場所が、窮屈《きゆうくつ》でたまらないのと違う？　ウチの勘やけど、組織になじめず、常にここではないどこかへ行こうとしている。ウチみたいな女の子に、ふらふら付いてくるのも、その表れかも。何か、悩みをかかえているっぽいし」

ただの当てずっぽうかもしれないが、図星《ずぼし》をさされたと、僕は思った。今の職場は、会社の出向命令にやむなく従っただけで、決して僕が望んだものではなかったからだ。何とか自分の才能を活かせるような仕事につきたいと考えてはいるものの、なかなか自分の思うようにはならなかった。

「それはお前も同じじゃないのか？」

彼女を見ると、作り笑いを浮かべていた。

「おおきに。ウチなんかに付き合ってくれて。でも受かるかなあ……」

「それは僕にも分からない。でも、親しみやすいのは確かかもな。人付き合いが苦手な僕からも、あれこれ話を聞き出せたんだから。それに、もし仮に勝算があるとすれば……」

僕は改めて、彼女の顔を見つめた。「この時代に、どうしてそれほど、明るく元気でいられるのか。そこがどう評価されるかかもしれない」

「皮肉かいな」

「いや、本音だ。他の女の子みたいに、ただはしゃいでいるだけじゃないみたいだしな。微妙にこの社会とはなじんでいないし、そこに何か、問題意識みたいなものを感じないでもない」

「社会となじんでいないという点でも、お互いさまやないの？」

僕は苦笑いを浮かべながら、レシートをつかんだ。

「さて、これからどうする？」

「この後？　ゴメン。一旦、関西に帰らんと。デートなら、ウチがアンバサダーに受かるまで、おあずけね」

「受かって、卒業するまで、だろ」

僕がそう言うと、小梅も愉快そうに笑っていた。

6

八月に入って間もなく、僕は朝から、荒川の河口近くにある東京都営のヘリポートに向かっていた。総面積は約五万平方メートルもあって、公共機関やマスコミなどの多種多様なヘリコプターがここから発着している。

僕たちは航空撮影のためだったが、それは〝空撮〟というより〝スキャン〟と言った方がいいかもしれない。〝3Dレーザースキャナー〟を用いて、地上のデータを取り込んでいくのだ。人工衛星や自治体などから得られるオープンデータも使うが、今回のように自分たちでも航空レーザー測量によって、最新の3Dデータを独自に取得したりしていた。それらを用いることで、テーマゾーンに使用するCGベースの精度を上げていくのだ。

仁子さんの尽力もあって、空撮には国土交通省のヘリコプターや機材を使わせてもらえることになっている。ただし撮影データは共有し、国交省も防災情報として活用する。国交省では、最終的に日本全土を網羅したいとしていたが、それではとても間に合わないので、ウェブ万博に必要な都市部などを優先的に撮らせてもらっているところだった。

僕はヘリポート正門の守衛室で手続きを済ませた後、管理事務所へ行くことにした。守衛室のすぐ外では、日本ウェブ万博協会事務所の通用口にいるのと同型の警備ロボット犬が、僕の動きを目で追っている。GTグループの一つ、GTセキュリティ社製の〝ガードッグ〟だ。デザインや機能は違うが、GTグループでは製造ノウハウのほとんどを活用して、軍事用ロボットも生産していた。

ガードッグに警戒しながら管理事務所に着いた僕は、運行を委託されている会社――開発航空株式会社《かいはっこうくう》の待合室に入る。

「お早《はよ》うございます」

僕は、すでに到着していた大竹先生と仁子さんに挨拶した。しかし、依理さんはまだ来ていないようだ。彼女が低血圧で朝は苦手だということは、みんなもよく知っていたのだが、プログラマーの彼女が来ないことには撮影できないので、待つしかなかった。

一方、別にいなくても撮影には支障ないのに、課長の仁子さんは「仕事だから」と周囲に言って、空撮にはよくついてきた。

大竹先生が前に一度、そのことを彼女に問いただしたことがある。すると彼女は、笑いながら答えたのだった。

「ヘリに乗りたいからに決まってるじゃない。ちょっとした気分転換よ……」

しばらくして、パイロットの堀近好雄《ほりちかよしお》さんがやってくる。

ツナギ服にキャップ帽という出で立《いた》ちで、彼は待合室に入るなり、「お早うございます」と「オース」が交ざったような挨拶をした。

いかにも体育会系のノリで、僕の職場ではあまり見かけないタイプの人物だ。ちょっと怖そうなので僕も最初は警戒していたのだが、何回か空撮を重ねるうちに、ようやく彼とも話しやすくなっていた。

「御免、プログラマーの倉木がまだなの」と、仁子さんが言う。

「かまわん」取り出したスマホで時間を確かめながら、堀近さんが答えた。「集合時間にはまだ早い。こっちも給油やら最終点検やら、作業が残ってる」

彼は引き続き、スマホのディスプレイを操作しながら部屋の壁にもたれかかった。

「絶好の空撮日和《びより》だな。まあレーザーに天気はあまり関係ないかもしれないが……」

僕は首を横にふった。

「いえ、ビデオカメラでも同時に撮影するので、晴れている方が有り難いです」

仁子さんは手持ち無沙汰《ぶさた》なのか、堀近さんのスマホをのぞき込んだ。

「さっきから何、見てるの?」

堀近さんは彼女にかまわず、操作を続けている。

「また株?」

彼女がそうたずねると、堀近さんは微笑みを浮かべた。

「市場が開くと同時に、最初の勝負をかけないとな」

椅子に腰かけ、タブレットのネット・ニュースに目を通していた大竹先生が、彼にたずねる。

「面白いか？　株なんて」

「最初は俺も、興味なかった。今の先生みたいに、ネットでは天気予報を見るぐらいでな。けど俺たち、待ち時間が長いだろ。すると間が持たないんだ。競馬や競輪もやるが、そう面白いレースばかり毎日やってはくれない」

「それで株を？」

大竹先生がそうたずねると、堀近さんはゆっくりとうなずいた。

きっかけは、天気だったと彼が言う。彼らの仕事は、天気が大きく影響する。堀近さんは、株にも似たところがあって、たとえば長期予報が発表されたりすると、結構敏感に反応することに気づいたらしい。そして自分が収集した情報をフライト計画だけに使うのはもったいないから、株にも手を出したというのだ。

「始めてみたら、競馬競輪より、断然面白い」スマホのディスプレイを見つめながら、彼が笑う。「世間のこともよく分かるしな」

「そんな自己流の株価予想なんて、あてになるのか？」

そう言う大竹先生を、堀近さんは横目で見た。

「確か〝未来学〟ってんですよね、先生の専攻。でも案外、俺の方がよく当たるぜ」

「怪しいもんだな」

「ただ同じ株をやってても、コンピュータまかせじゃ駄目だ。俺みたいに、自分でやらないと……」

堀近さんによると、株取引はやはり自動売買が主流になりつつあるらしい。特にスーパーコンピュータを用いたSFTは多くの注目を集めているという。ビッグデータなどを活用して、ネットに飛び交うワード数も判断材料としながら、株の動向をスーパーコンピュータが予測し、売買までしてしまうのだ。時間が勝負なので、ニューヨークでは証券取引所の近くにスパコンが設置されているほどである。

「けど、俺は違う」と、堀近さんが言う。「それでは面白味がないので、自分で予測してやっている。株価収益率《PER》、株価純資産倍率《PBR》、自己資本利益率《ROE》など、株価を左右する基礎的要素《ファンダメンタルズ》をきっちり分析するんだ」

その堀近さんが最近特に注目しているのが、仮想世界での株取引だという。

「仮想世界で？」と、大竹先生はたずねた。

「穴場みたいなものさ」スマホを操作しながら、彼が答える。「やってる奴《やつ》はやってるが、あまり教えたがらない。いい思いをするのは、自分だけにしたいからな……」

仮想世界には、現実にあるものは何でもあるというのが大前提なので、当然、不動産投資も株式投資もある。しかもその投資先は仮想世界という枠内にとどまらない。現実世界の上場企業に対しても投資が可能なのである。通貨が仮想通貨であることを除けば、基本的なルールはほぼ現実世界の株取引に準じ、投資額にも上限はない。ただし利用者は、SNS運営会社に対してもマージンを支払うことになる。とはいえ、それ以上にメリットの方が大きいと考えられていた。

とにかく、仮想世界へ誘い込むための特典が豊富で、現実取引よりもハイリターンのコースも用意されているから、少しでも儲《もう》けたい連中がエントリーしてくるのだ。また仮想世界にも、資産運用をSNS運営会社にまかせるシステムがあり、利用者は多かった。

堀近さんの場合は他人まかせでは面白くないので、なるべく自分でやっているのだという。仮想世界にはさまざまな投資メニューが用意されていて、ゲーム性も高い。

「まあ、カジノ気分で遊ばせてもらってる」と、彼が言う。「マージンを考えたら、直でやった方がいいのは分かってる。けど、ハマるとなかなかやめられないんだ……」

たとえば〝タイムマシン・トレード〟というコースを選択すると、決済の時間を進めたり、遅らせたりできるようになる。ある種の先物取引のようなものと考えられるが、現実世界のそれよりは自由度が高く、裏技的に使えば、ストップ高を無効化《オーバーライド》して投資することもできてしまうらしい。

本人名義だけでなく、アバターに投資させることも可能なので、一人で複数の名義を使い分けて投資することもできる。

仮想世界のなかには、国によって経済特区の一つとして指定されている区域もあり、法的な優遇措置が用意されている。特にその傾向は税制面において顕著で、ゲームと見なしてよいものなど、ある条件を満たしている枠内については、現実通貨に換金する際、非課税扱いになっている。それ故、仮想世界からの投資は、税金の合法的な抜け穴と考えられ、個人投資家だけでなく、投資ファンドなどの利用者も数多く見受けられた。

さらに現実には存在しない仮想世界の土地についても、特別措置法で担保《たんぽ》設定が認められている。それを元に系列のネット銀行から金を借り、投資することも可能だった。しかも仮想土地は安く購入できるにもかかわらず、担保価値は高く設定されているのだ。

「仮想世界じゃ、土地はいくらでも作れるんだから、安く手に入るのは当たり前よね」と言って、仁子さんが笑う。「つまり、安い金で仮想土地を取得して担保にすれば、そこそこの仮想通貨がネット銀行で借りられる。それを元手に仮想世界で事業や投資をさせようという、見え見えの戦略じゃないの」

「そうだろうな」大竹先生は、軽くうなずいていた。「それで仮想世界内の土地が増えていき、開発も進むという仕掛けだ」

ネット銀行での融資《ゆうし》についても、現実世界では稟議《りんぎ》決裁が必要な手続きが、仮想世界では、コンピュータによる自動審査で済むというのだ。

「とにかく、仮想世界での株取引の方が、俺には断然面白いわけさ」堀近さんは、自慢げにスマホを掲げた。「特に、GTイマジンのはな――」

堀近さんの話では、何故仮想世界に対してそこまでの優遇措置がなされたのかというと、背後にGTハートの関与があったからだという。

たとえば経済特区制度は、仮想世界での株取引が普及するよう、GTハートが強引に根回しをして、アメリカや日本などにおける法の制定にまで持ち込んだらしい。投資額について規制の動きがないわけではなかったが、利潤の追求に上限を設定しないのが資本主義の大原則だとして、現実世界の投資システムに準拠するよう、GTハートが圧力をかけて押さえ込んだという噂もある。

その結果、仮想世界における市場は、ほぼGTハート・グループの独壇場となっている。GTハートは、グループ内に証券会社はもちろん、ネット銀行なども擁《よう》しており、仮想世界での株取引がすべてグループ内でまかなえるよう、体制を整えていた。そのため手数料の節約やサービスの面で、すべてをGTハート・グループにおまかせしているユーザーも多い。

GTハートのスーパーコンピュータ〝Z〟は、現実世界の株取引だけではなく、仮想世界にも用いられていて、ニューヨークではすでに稼働している。来年早々に日本で稼働する〝Z－JPN〟でも、ウェブ万博の展示利用と並行して、仮想世界での株取引に使われる予定になっていた。

「ＧＴもこの世界では、しこたま儲けていやがる。カジノと同じで、ディーラーが損をしないようにできているんだ」

堀近さんが苦笑いをうかべる。

「あんたもでしょ」と、仁子さんが言った。

「いや、俺はそれほどでもない。けど退屈しないし、ゲームだと思えば、少しは割り切れる。それに今の世の中、先がよく見えないしな。俺も、安月給をコツコツ貯金するようなガラじゃない」

「だから株を？」

「まあね。見通せない未来を、自分なりにスリリングに見つめて、遊ばせてもらってるよ。でなきゃこんな世の中、とてもじゃないが、やってられない。それで儲けが出れば、言うことはないんだが」

「何だ、やっぱり儲かってないのか」

「トータルすると、そうなるかな。自分のやり方に限界を感じているのも確かだ」

「限界？」

「ああ。何だかんだ言っても、ＳＦＴには、かなわないさ。自分で考えてるつもりでも、結局はコンピュータ予測の後追いをしているだけだったりするしな。時間がかかるだけ、儲けも少ないわけだ。来年、ＧＴの新サービスが始まったら、否応《いやおう》なく乗り換えるしかないと思ってる。GTじゃ、さらに改良型チップの生産に取りかかっているというし、仮想世界でもSFTが主流になることは、もう間違いないだろう」

改良型チップとは、3DOLSIの新型のことに違いない。その話なら、僕も少し聞いたことがあった。

「性能は、かえって劣るという噂ですけどね」と、僕は言った。

堀近さんは、僕を見て首をかしげる。

「どういうことだ?」

「改良型の3DOLSIですよ。この前、依理さんから聞いたことがあって。彼女、GTからの出向だから、そういうこともちょっと詳しいみたいなんですけど、研究チームから聞いた話では、今のところ、現行の3DOよりも、幾分遅いらしいんですよ。それでGTでは、研究を続けているらしくて……。だから製品化は、まだ先のことでしょう。これ、内緒ですけど」

「変な話ね」と、仁子さんがつぶやいた。「一年半で性能が約二倍向上するとかいうムーアの法則に乗っけるつもりなら、計算速度はもっと速くしてもらわないと困るのに……」

堀近さんが、大竹先生の方を見て言った。

「ところで、先生はやらないんですか?」

「何を?」

「株に決まってるじゃないですか。何なら、指南いたしますが。もちろん、手数料はサービスで」

「結構」先生は、手にしていたタブレットを見ながら答えた。「金儲けのたぐいには、あまり興味がなくてね」

「もったいないなあ」堀近さんが残念そうに、首をひねる。「未来について、あれこれ研究してらっしゃるんでしょ。金儲けに使わない手はないと思いますが」

「ひょっとして指南を希望しているのは、君の方なんじゃないのか？」先生が、シニカルな微笑みを浮かべた。「確かに投資に必要とおぼしき情報なんかも、自分なりに研究はしているが……。悪いことは言わない。君が売り買いしているような銘柄の株は、早めに手放した方がいい」

「どうして？　今、あちこちでまた、上がり始めてるんですよ。手が回らないんで、もう今年のうちに手持ちの半分ぐらいは、自動取引に切り替えようかと考えているのに」

「それが危ない」先生が、眉間に皺を寄せる。「その自動取引ってやつが……。今の経済が、そういうものに頼らざるを得なくなっていることもね」

　隣で話を聞いていた仁子さんが、軽くうなずいていた。

「確かに好むと好まざるとにかかわらず、そんなものが世界経済を動かしているのは、まぎれもない事実かも」そして彼女は、堀近さんの方を見た。「売るときは、私にもちゃんと教えてよ」

「どういうことだ？」

先生にそう聞かれた仁子さんは、仕方ないといった表情を浮かべて、理由を説明した。

実は彼女も、出向のときに協会の上司から買わされたスポンサー企業の株を大量に持っていて、その運用について堀近さんにアドバイスを受けていたのだという。

「それよりお前、まず余分な脂肪分を何とかしないとな」

そう言って、堀近さんが笑う。

「ご心配なく。ちゃんとフィットネス・クラブに通って、努力してるんだから」

「それが無駄だというんだ」

「そんなことないわよ。合気道を取り入れたメニューもあるから、護身術にもなるし」

「痴漢対策か？　それこそ無駄じゃないか。お前が狙われるはずがないのに……」

「もう、本当に失礼な奴ね」

彼女は堀近さんの肩をたたいていたが、別に心底怒っているふうでもなかった。それもそのはずで、二人は幼なじみらしく、高校までは一緒だったというのだ。

仁子さんの話によると、堀近さんは彼女に気があったというのだが、彼女は出世の妨《さまた》げだと思い、まったく相手にしなかったのだという。もっとも、堀近さんの話は逆で、気があったのは彼女の方だというのだが……。

そんな二人のじゃれ合いのような喧嘩《けんか》を見ながら、大竹先生が独り言のようにつぶやいた。

「確かにフィットネスは無駄かもしれない。余分な脂肪分は、将来の食糧難に備えて蓄《たくわ》えておいた方がいいと、俺は思うが……」

しばらくして、依理さんが到着した。

簡単なブリーフィングの後、ヘリコプターの格納庫前へ向かう。

廊下で依理さんが取り出したラージサイズのスマホをのぞき込み、仁子さんがたずねた。

「ひょっとして、あんたも株？」

「え、何の話ですか？」

きょとんとしている依理さんを見て、みんなが笑い声をあげる。彼女はただ、自分のSNSをチェックしようとしていただけだったのだ。

事務所の外へ出ると、空を見上げながら、仁子さんがつぶやいた。

「晴れてるのはいいけど、今日も暑いわね。しかも尋常の暑さじゃないわよ」

それが地球温暖化の影響だということは、誰も口には出さなかった。

僕も〝地球温暖化〟という単語には、もううんざりしていたのだ。それを聞いただけで、何か暑さが余計に増すような気さえする。僕は、何で前世代の快適さのために、自分たちの世代が暑い思いをしなければならないのかと考えていた。

7

格納庫では数人の整備員たちが、点検を終えたばかりのヘリコプターを、外へ牽引《けんいん》する作業をしている。

僕は、今から乗り込む最新鋭機〝つる〟を見つめていた。

重量約四トン、全長約二十メートルというあたりは従来の小型ヘリとさほど違わないのだが、ローターの直径は約十メートルと、やや小さくなっている。それがこのヘリ最大の特徴で、〝つる〟は同軸反転回転翼《ローター》を採用していた。つまりプロペラが二段になっていて、上下で反対方向に回転する。尾部にあるのもテールローターではなく、推進プロペラである。

こうした構造により、さらに高速で安定した飛行が可能になり、国交省の他、消防庁のレスキュー・ヘリとしても試行期間を経て使われ始めていた。一方で、回転軸や動力伝達系統の構造が複雑であるとか、二重ローターの衝突を防ぐためにローターマストを高くしなければならないなどの難点があるのも事実だった。実際、国交省では、この最新鋭機導入にあたって格納庫の改修も行ったのだ。

その格納庫から姿を現した〝つる〟に、みんなは乗り込んでいった。撮影機材を操作する依理さんと僕、そして指示を出す大竹先生が前の方に座り、遊覧目的の仁子さんは、最後尾に腰かけた。

依理さんと僕で、撮影準備に取りかかる。３Ｄレーザースキャナーの本体は、ビデオカメラとともに、機体外部の防振装置《ウエスカム》にすでに据え付けられていた。僕たちは座席横のコントローラーで、それぞれ操作するのだ。

依理さんは早速、スイッチをオンにし、測定モードの設定を確認した。

堀近さんがエンジンをかけると、僕たちはヘッドセットを装着する。飛行中はヘッドセットを使った方が、会話が聞き取りやすいからだった。

誘導員の合図を確認した堀近さんが、「さあ、出発だ」と言う。

ローターの回転音が一段と大きくなった直後、機体はゆっくりと上昇していった。

堀近さんは、ブリーフィングで確認したコースに沿って、飛行を続けた。

依理さんと僕も、大竹先生の指示に従い、その日の撮影予定を順調に消化している。

撮影の合間、僕はしばし、爽快感を味わっていた。天気もいいが、それだけではない。仁子さん以上に飛ぶことが好きな僕は、仕事中、不謹慎かもしれないと思いながら、同軸反転回転翼ならではの飛行感覚を楽しんでいたのだ。たとえば前進加速するとき、従来のヘリのように前傾する必要はなく、その感覚はむしろ飛行機に近いといえる。またホバリングも非常に安定しているため、このヘリ本来の目的である災害時の情報収集や人命救助にとどまらず、僕たちのスキャニングにも好都合だった。

今回の撮影は都市部がメインなので、僕らは山手線周辺の繁華街を眼下にして作業を継続していた。

「やっぱ、素晴らしいよね、日本って」窓の外を見つめながら、仁子さんが言う。「手に入らないものなんて、一つもないいんじゃないかって思えてくる」

大竹先生が、小声でつぶやいた。

「そうかな……」

「またあ……」彼女は後ろの席から、大竹先生の肩をたたく。「本当に竹ちゃん先生って、悲観的なんだから」

「そもそも、ただの砂上《さじょう》の楼閣《ろうかく》だろ。借金の上にでき上がった、幻の街だ。しかもピークアウトしつつある」

「ピークアウト？」

僕が聞き返した。

「要するに、下り坂なんだ。何もかもが。にもかかわらず大臣たちは、〝経済成長〟なんて単語をいまだに使っている。それこそ、官僚の書いた作文だ」

「悪かったわね」と、仁子さんがふてくされたように言った。

彼女にかまわず、大竹先生が続ける。

「マニフェストだって、サギ同然だ。万人が幸福な社会など、いつまでたっても実現できてない。余計に気ぜわしくなっただけのような気がする。一体この下で、何人が生きがいを持って生きてるんだろうな。俺にはこの街が、かつて人々が描いた夢の残骸《ざんがい》のようにも見えるんだが」

「そんな言い方されると、こっちまで不安になるじゃないの」仁子さんがため息をもらす。「この先、ちゃんと子供を産めるのかとか、産んでも育てていけるのかどうかとか……」

僕はふり返り、仁子さんと大竹先生を見つめた。

「実は僕も、最近すごく不安になることがあるんですよね……。未来のことを考えると」

「案外みんな、もう分かってるんじゃないのか」ヘッドセットから、堀近さんの声がした。「この先のことなんて。認めたくないだけでな……」

「もう生きていたって、いいことなんてない、だろ?」と、大竹先生が言う。「統計としてカウントされるだけで年間約二万五千人もの自殺者がこの国にいるというのは、その表れかもしれないな。かつて人類が描いてきた未来に、意外な見落としがあったのは否めないが、今さら何を言っても、手遅れかもしれない。すると問題は、いかにこの世とオサラバするかぐらいしかなくなってくる」

「じゃああんた、そこまで絶望していて、何で未来学なんて研究してるわけ?」仁子さんが大きな声を出した。「この文明社会の何かを残して、次につないでいくべきと思ってるからじゃないの?」

大竹先生はしばらく考えたのち、ゆっくりと話し始めた。

「同じ〝未来〟という単語でも、数十年前のイメージと今とでは、確実に違ってきている。今は、負債はあるし、エネルギーはない。その一方で、ゴミなら山ほどある。ゼロどころか、マイナスから考えざるを得ない未来だ。だから誰も、昔みたいに能天気に未来の話なんかしたがらない。前世紀に脚光を浴びた未来学も、いま一つ元気がない。しかし、こんな状況からどんな未来を描けるのかという疑問が、俺にはあるんだ。みんなが漠然と考えていることが、本当に正しいと言えるのかどうか。だから俺は、未来学を研究している」

そう言うと大竹先生は、しばらく街の様子を見下ろしていた。


アンバサダーの最終審査が行われたのは、その翌日のことだった。事実上、アンバサダーはそれで決定するのだが、研修を終えるまでは内定扱いとなる。僕は仁子さんから、速報で結果を知らせてもらった。

あの灘城小梅が選ばれたというのだ。

そうすると、あのときのレクチャーも少しは役に立ったのかなと僕は思った。一方で、「何であいつが」という気がしないでもない。いわゆる〝おバカ〟系のタレントと大差はないといえるからだ。

いや、彼女はやはり、ただのおバカとはちょっと違うということも考えられる。自分にはまだ理解できないような何かを、彼女は秘めているのかもしれない……。とにかく僕にとって、気になる女の子以上の存在になっていくことは確かなようだった。

その小梅から僕に届いたメールには、たった一行、〈ありがとさ～ん〉と書かれていた。

8

翌週の月曜日には、アンバサダーに内定した灘城小梅が事務所へ挨拶に来ることになっている。ただし僕は、すでに彼女にまつわる噂をいろいろと聞いていた。

たとえば仁子さんが僕の耳元で「今度のアンバサダー、ちょっと変わってるみたい」と言うのだ。「総務の担当が内定の連絡を入れたら、電話口で『よっしゃ、もらった！』と叫んだそうよ……」

そしてその日の午前中、僕が先日収録した空撮データのノイズ除去をしていたとき、総務の担当者に連れられて、彼女がやってきた。

企画部の植田部長は、作業の手を止め彼女に注目するようスタッフに指示した。

スタッフたちの視線を浴びながら、彼女が大きく手をふる。

「皆さん。私が産婆《さんば》さん……ではなくて、アンバサダーに内定した灘城小梅です」第一声でいきなりスベッた後、彼女は大きく胸を張って続けた。「私が来たからには、もう大丈夫」

植田部長が一度咳払いをし、「灘城さんには今後、研修を兼ねて企画段階から参加してもらうことになっています」と言った。

具体的には、お盆の休み明けに予定されている、委員への定期報告会からになるという。彼女の望み通り、東京での一人暮らしも決まったようだった。彼女には企画内容を勉強しておいてもらう必要があるので、企画部における教育係として、僕が指名された。

「僕ですか？」

自分を指さしてたずねる僕に、部長は素っ気なく答えた。

「君しかいない」

「でも……」僕は依理さんに目をやる。「倉木さんの方が適任では？」

「彼女には、プログラミングの方をみてもらわないといけない。というわけで、アンバサダーは君の担当だ」

「あの人なら覚えてますよ」僕の方を見て、小梅が言う。「二次審査で、私のことをナメるように撮影していた人ですよね。今度あんなふうに撮影したら、お金取りますから……」

その後、僕は早速、テーマ課のプロジェクトの概要を小梅に説明するよう、部長に命じられたのだった。総務の担当者も、一旦、自分の席へ戻るので、あとでまた彼女を連れてきてほしいという。

「分かってるわね」仁子さんが僕の胸のあたりを突《つっ》いた。「大事なアンバサダーに手を出すんじゃないよ……」

仕方なく僕は、小梅を大型モニターのある会議室に連れていった。

「採用おめでとう」

僕がそう言うと、彼女の顔がほころんだ。

「おおきに。最終審査にも大竹先生がいてはったから、またウチのことを推薦してくれたのかもしれない」

小梅は僕に案内されるまま、モニターの前の椅子に腰掛けた。

「どうだ、少しは実感がわいてきたか？」と、僕は聞いた。「ここが僕たちの仕事場だ」

「それより、入り口のロボット犬……」小梅が眉をひそめて言う。「何あれ。怖いなあ」

「初めて見る顔だから、余計に警戒していたんだろう。警備犬のガードッグだ。僕たちはガードワン、て呼んだりしているがな」

「雌《メス》やったら、ガードウーワンか？」

「ロボットに、雄《オス》も雌もないだろう」

「ネコ型やったら、ガードニャン？　今度、頭をなでてみようかな」

「やめとけ。からかって下手に逃げると、追いかけてくるぞ」

「ふうん、ロボットに探知機か何か付いてるの？　それでおけさ節を踊ったら、探知機おけさやな」

急に踊るような手つきを始めた小梅を、僕は不思議そうに見つめていた。

「お前、喋らなかったら可愛いのになあ」

「いたいけな少女やったら良かったのにと思ってるの？　残念でした。いたいけいたいけ、飛んでけ、なんちゃって……」

「時間がもったいないので、先に進める」僕はパソコンと大型モニターの電源を入れた。

「ウェブ万博のアウトラインはこの前レクチャーしたし、日本館のテーマゾーンの展示内容や製作システムについて少し説明しておこうか」

小梅は室内を見回しながら言った。

「テーマゾーンの企画しているところって、ウチ、テレビ番組の編集室みたいなところかと想像してた」

「パビリオンは仮想世界に作るんだから、コンピュータがあればいい。ノートパソコンでも十分さ」

「せやけど、処理能力とかは？」

「大型コンピュータとつながっているし、クラウドコンピューティングも活用している」

「ところでウェブ万博って、誰でも入れるんですか？」

「どういう意味だ？　身長や容積制限などはあるが、基本的にアバターのデザインは自由だが」

「せやかて、ウチ、苦手なタイプもおるし……」

「君が直接入場者とふれ合う機会は、それほど多くないだろう。人工知能で動く、君そっくりのアバターも作成する予定だからな」

僕は小梅に、３Ｄグラスを手渡した。

「このテーマ課で僕たちは、主に過去ゾーンと、未来ゾーンを担当している。まず見せるのは、過去ゾーンの一部だ」

大型モニターに、甘樫丘の映像が映し出される。

「へえ、面白い」３Ｄグラスをかけた小梅が、モニターを見つめていた。「これ、いつの時代？」

「大体、六世紀ごろかな」

「すると石碑かどこかに、五百何年て書いてあるの？」

「西暦で書いてあるわけ、ないだろ。それでこの過去のCG映像は、現在の状況に切り換えることもできるようになっている」

「なるほど……。けど昔の貴族たちって、自分たちの住んでいるところが廃墟《はいきょ》や田んぼになるなんて、思ってもみなかったでしょうね」

「それが監修を担当している大竹先生の、狙いの一つかもしれない……。次に未来ゾーンだが、僕たちはE計画と呼んでいる。今から見せるのは、その一部だ」

「何で〝E〟なの？　〝未来〟なら、〝フューチャー〟の〝F〟やないの？」

「一応、〝エキスポ〟の頭文字ということになっている……」

「それなら、過去ゾーンも現在ゾーンも入ることになるけど」

「実は、僕も直接誰かに確かめたわけじゃないが、〝エクスペリメント〟――実験、あるいは〝エコノミー〟――経済の頭文字とも言われているらしい」

「エコノミー？」小梅が聞き返した。

「ああ。未来ゾーンの企画は、人間の経済活動をメインに据えたシミュレーションにもなっている。E計画というのも、大竹先生のカラーが強くなり出したころから、そう呼ばれるようになったんだ。最初の目的から外れていっていることを、暗に示しているようなものかもしれないが……」

僕は一度、咳払いをした。

「過去ゾーンと違う点は、やはりシミュレーション映像だということだな。手法そのものは、オーソドックスな〝格子点モデル〟だ」

「コウシテン、て言われても」と、小梅が聞き返す。「何のことやら、ウチにはさっぱり……」

僕はモニターに、説明用の図を映し出した。

「対象となる系の空間領域を、格子状に区切ってしまう。そして複雑に絡み合った相互作用を、なるべく緻密《ちみつ》に計算し、系の未来を予測するという仕組みだ。今回の未来ゾーンでは、格子の数――つまり解像度を高くし、計算する要素も従来のシミュレーションより増やすことになっている。そうした情報をできる限り多くスーパーコンピュータに投入して、未来を予測するんだ」

「何か難しそうやな……」

「難しいと言えばそうかもしれないが、昔と違ってプログラミングは、ナビキャラとの対話形式でできる。演算手順《アルゴリズム》も考えてくれるし、計算効率もいい」

僕は、モニターの画像を切り換えた。

「今から見せるのは気象の予測だが、僕たちはさらに、未来の文明、文化までを予測しようとしている」

「文明や文化を？」

「そうだ。自然災害の被害予測なんかと大きく異なるのは、人々の動きが状況を大きく左右するということだな。アルゴリズムも複雑になる。そのため僕たちは、コンピュータ将棋《しょうぎ》やチェスのソフトの手法も参考にしたんだ。データを入力して計算結果が出るまでに、スパコンでもやはり数日はかかる」

　モニター画面に、都心のCG画像が映っていた。

「結果は、スパコンがグラフィック化してくれる。その結果を、我々が自由に動かして見ることができるという仕掛けだ。君が次に出席する定期報告会では、そのシミュレーションの進捗《しんちょく》具合を発表し、委員の意見によって、改善すべきところは改善することになっている」

「スパコンというのは、確か日本海側にあるとかいう？」

「そうだ。ここから約三百キロ離れた計算センターの〝極〟で計算する。フロップス——つまり演算処理の速度ではGTの〝Z〟などに抜かれたが、それでもグラフ解析——複雑な現象の分析力ではいまだに高い性能を誇っている。この先、会うこともあるだろうから、そこのオペレータも紹介しておこう」

　僕はパソコンを操作し、一枚の写真を選択した。三十歳ぐらいの男性で、眼鏡をかけている。

「主任の野洲勉《やすつとむ》さん。僕の先輩で、なかなか優秀な人だ」

「へえ」彼女が写真をのぞき込む。「けどヒカリンの方が、いい男やなあ」

「そうかな？」

「こいつ、真に受けてる……」

それには答えず、僕はパソコンの画面を切り換え、大型モニターに映し出した。

「まだ作成中のものが多いが、スーパー台風のシミュレーションぐらいなら見せてもいいだろう」

「あ、大竹先生……」

僕たちが大型モニターの映像に注目していたとき、会議室のドアが開いた。

ふり向いた小梅は、３Ｄグラスを外して立ち上がった。

そして入ってきた彼に向かって、深々と頭を下げる。

「あの私、アンバサダーに内定しました、灘城小梅です。よろしくお願いします」

先生は微笑みながら、小梅に声をかけた。

「採用おめでとう」

「ありがとうございます」緊張した面持ちで、小梅が答える。「先生が、私を推してくださったおかげです」

「君の実力さ。ところで君は、私のことを知っているのか？　自己紹介がまだだったんだが」

「ええ、大竹先生、ですよね。ご本も読ませていただきました」

「ほう」

「『警鐘《けいしょう》としての未来学』。今度、サインをお願いします」

僕は彼女の横で、首をかしげていた。この小梅が自分で選んで読むような本だとは考えられなかったからだ。おそらくあのレクチャーの後、先生に興味をもった彼女が、ネットか何かで調べて購入したのではないかと思った。

「相変わらず、笑顔が魅力的だな」と、先生が言う。「君がそういう笑顔でいられるのも、私には不思議で仕方なかったんだ。たとえ一時的だとしても、こっちの悩み事まで消《き》え失《う》せてしまいそうな気がする」

「悩み事なら、私だって一杯ありますけど、考えても仕方ないことは、なるべく考えないようにしてるんです」

「君がうらやましいよ」先生が苦笑いを浮かべる。「そんなことより、研修が始まってるんだろ？　邪魔してすまなかった。それと別所君、あとでE計画のプログラミングの方、よろしく頼む」

彼は僕たちに向かって片手をあげると、会議室を出ていった。

「お前、大竹先生の前ではネコをかぶっているんじゃないか？」

シミュレーションの続きを再生しながら、僕は小梅に言った。

「そのネコがまた、頭でっかちで疲れるのよね」彼女は椅子にもたれかかりながら、両手を伸ばした。「でも今まで、ウチのことを認めてくれる人なんていなかったのに、あの先生は、そうじゃなかった」

小梅が大竹先生を敬愛しているらしいことは、僕にも分かった。この分だと、彼女がアンバサダーを卒業して恋愛解禁になったとき、彼女とデートしているのは自分ではなく、大竹先生ということになってしまうかもしれない……。僕は小梅の耳元で忠告した。

「おい、大竹先生には、必要以上に接近しない方がいいぞ」

「何それ。ひょっとして、焼き餅《もち》？」

「教育係としてのアドバイスじゃないか。アンバサダーの任期中は、たとえ大竹先生といえども二人きりにならない方がいい。妙な噂にでもなったらまずいだろ」

「大竹先生って、独身？」

「さあ……。結婚しているという話は聞いたことがないが」そして僕は、シミュレーションの終了ボタンを押した。「取りあえず、今日は初日なんだし、これぐらいにしておこうか？　他のフロアへも挨拶に行かないといけないんだろ？」

3Dグラスを外しながら、小梅がこっくりとうなずく。

「その後も、引っ越しとか転校の手続きとかがあるし、ちゃんと研修できるようになるのは、報告会の後かな」

「何か質問があれば、またメールしてくれ。アドレスは知ってるよな」

僕たちが会議室を出ると、仁子さんが僕の肩をたたいた。

「よ、お疲れ」

「取りあえずテーマ展示のアウトラインだけ、彼女に説明しておきました」

「サンキュー。ついでに彼女の歓迎会のセッティングもお願いね。報告会の後がいいと思うけど」彼女は依理さんの方を見て続けた。「依理もそれでいいかな？」

「でも私、仕事が……」

パソコンのディスプレイを見つめながら、依理さんがつぶやく。

そんな彼女に、小梅が声をかけた。

「たまには遊んだ方がいいですよ。そんなふうにずっと机にかじりついていたら、化石になってしまうわ」

余計なお世話だと言わんばかりに、依理さんはぷいと横を向いていた。

僕は小梅を、総務部まで連れていくことにした。廊下へ出て階段を下りながら、彼女に話しかける。

「さっきの話だが、住まいはどうするんだ？」

「総務の担当さんが、適当なアパートを探してくれてるところなんよ。転校の手続きも手伝ってくれるって」

「研修が始まったら、君の方でも出勤日を記録して手当を支給してもらうといい」

「失禁日を？」

「失禁してどうする。出勤だ。それと、マスコミにはくれぐれも注意するようにな」

「記者会見なら、まだ先みたい。ウチをちゃんと教育してからにすると言うてはった」

「そうじゃなくて、誰かとコソコソ会っているときに、写真なんか撮られたりしないようにしろということ」僕には、小梅のそういう危うさが気がかりだった。「それと今後、熱心なファンにも気をつけること。ストーカーになりかねないからな」

「それってひょっとして、あんたのことと違うの？」

口答えする彼女を総務部の入り口まで案内した僕は、そのまま企画部に戻り、自分の仕事を続けることにした。

9

その日の午後、仁子さん、大竹先生、依理さん、そして僕が、会議室に集まった。次の報告会に提出する内容について、四人で話し合うのだ。

「未来ゾーンの方だけど、スーパー台風までは見せて問題ないわね」と、仁子さんがたずねた。

「そんなものは、ただのデモンストレーションにすぎない」大竹先生は首を横にふる。

「我々が見せるべきは、それ以外の可能性、そしてさらにその先の未来だ」

「そんなことは分かってる。それをこれから計算しようとしてるんじゃないの」

ノートパソコンのキーボードをたたきながら、依理さんが言う。

「空間構造、境界条件などは先生の指示に従いました。インプットするデータの最終確認も、ほぼ終えたところです。あとは計算センターに送ればいいだけ。どんな結果が出てくるのかは、私にも分かりません」

「それなんだが、あらかじめ言っておきたいことがある」先生が、彼女を見つめる。「スタートの設定は、なるべく現実に合わせること。日々刻々変化しているので、最新データに更新してほしい」

「それはもう、私の方でやっています」

「それからより正確な未来を予測するために、入力するエレメントを、もう少し増やしたい」

「エレメントを、ですか？」

「ああ。俺の研究室で集めたデータを、いくつか追加してほしい。それと都市部などは、アダプティブ・メッシュ――つまり格子による区分をさらに細分化してより詳細に計算したい」

「でも、これ以上は無理です」

「何が無理なんだ？」

「エレメントの追加や高精細化というのは、すればするほど計算に時間がかかることはご存じのはずです。企画の目標である百年後まで計算できません」

「近未来の予測を適当に済ませておいて、百年後を予測しても意味がないだろう。それから、こちらで仮想した初期条件をオプションとして与えてみてほしい」大竹先生は自分の鞄《かばん》から、メモリーカードを取り出した。「何パターンか用意してきた」

「そんな……。追加した初期条件ごとにまた新たな計算が必要になるじゃないですか」

「スーパー台風だって、こっちで与えた初期条件によって発生したものだろ。他の初期条件を拒む理由はないはずだ。さまざまな仮定を施して多角的に探ってみた方が、未来像がより鮮明になる」

「しかし初期条件ごとに、エレメントやスケールに幅があり過ぎた場合、未来像が発散してしまって正確な予測はかえって困難になることも考えられます」

「その初期条件とやら……」仁子さんが口をはさむ。「やはり、先生の研究がベースなんでしょ」

「ああ、もちろん」

「だとすると、どっちにしても暗い展示にしかならないのでは？」

「どういう意味だ？」

「スーパー台風だけでも十分悲惨なのに、それ以上に暗い未来なら、誰が見たいと思うかっていう話よ。さっき自分で言っていた通り、スーパー台風も初期条件そのものは、先生が意図的に、シミュレーション・フィールドに与えたものでしょ。先生の未来観が反映されているとしても、それが客観的な未来予測かどうか……」

「それでも、やるべきなんだ」大竹先生が机をたたいた。「問題は、テーマ展示で見せるべきものは何かということだ。バラ色の未来か？　わくわくするようなエンターテインメントか？　ウェブ万博の未来ゾーンと言うからには、そんなものでいいはずはないだろう。大体俺たちは、どこまで未来を見通して今を生きていると言うんだ。そうした感覚の欠如《けつじょ》が、今もって解決困難な問題を引き起こしてしまったのではないのか？　E計画においては、危機意識をもって未来の方向性を探らねばならないと俺は考えている。とにかく、監修をまかされているのは、俺だ。俺の指示に従ってもらおう」

大竹先生はその後、やり直し箇所の指示だけをして、先に帰ってしまった。

仁子さんも、「プログラミングのことはプログラマーにおまかせするしかないわね」と言って、定刻になると退社してしまう。

結局、依理さんと僕の作業は、午後九時前になってようやく完了した。

彼女が計算センターに連絡を入れる。

彼女のパソコンに、CEN社のジャケットを着た野洲さんが映し出された。

「勉《べん》ちゃん、お待たせ」彼女はディスプレイの野洲さんに手を合わせた。「遅くなって御免」

〈分かってますよ〉微笑みながら彼が言う。〈また大竹先生の横槍《よこやり》でしょ〉

「そんなところね。とにかく、今すぐ送るから」

〈了解です。結果が出たら連絡します……〉

机の上を片付けながら、僕は依理さんに話しかけた。

「さて、どんな未来が出るんでしょうね」

「楽しみ？」

「ええ……。でも楽しみなのは、今だけかもしれませんよね。予測された未来が暗いと、ショックだし」

「確かに私も、未来のことは不安だし、知りたいと思う。未来を考えるというこのプロジェクトには、大いに興味はある。けれども……」

「大竹先生、ですか？」

「まあね。正直、先生の進め方には、納得できないときがある」彼女が一度、ため息をつく。「あの情熱は一応、評価はするけどね」

依理さんは立ち上がると、「じゃ、お疲れさま」と言って先に事務所を出ていった。

数日後、スーパーコンピュータのシミュレーション結果を確認することになり、いつもの四人が会議室に集まる。

セッティングをしながら、依理さんが大竹先生に言った。

「計算センターからの報告では、先生からいただいたどの初期条件でも、結果は似たりよったりのようですね」

「じゃあ、各初期条件のCGは後でもいい」と、先生が答える。「その先を、見てみたい」

「では、前回チェックしたスーパー台風のケースで、その後を映像化してみることにします」

先生たちが3Dグラスをかけたのを確認した依理さんは、スタートボタンをクリックする。

大型モニターに注目していた僕は、前回のシミュレーション以上の衝撃を受けていた。そして呆然《ぼうぜん》と映像を見つめながら、またしても声をあげたのだった。

「これが未来なのか……？」

第二章　ラプラスの悪魔

1

お盆休みが明けて間もなく、僕たち企画部のスタッフは、報告会とレセプション・パーティの準備のために会場となる都内のホテルに集まっていた。

計算センターからも、オペレータの野洲さんたち数人がセッティングを手伝いに来てくれている。

「センターとのコネクションは、問題ないですね」と、野洲さんは僕に言った。

すでにロビーには、関係者たちが集まり始めていた。

アンバサダーに内定した灘城小梅も、間もなく到着した。彼女には着替えやメイクをしてもらわなければならないので、総務部の担当者が控室に案内しようとしていた。

僕を見つけた彼女が、話しかけてくる。

「ウチ、重役出勤どしたかな？」

僕も笑顔で返事をした。

「いや、大丈夫。まだ来てない重役は、他にもいるから」

やはり可愛《かわい》い。アンバサダーに選出されるだけのことはある……。僕はそう思いながら、彼女の後ろ姿を見つめていた。

小梅が控室に入ってからも、僕の脳裏には彼女の笑顔が浮かんだままになっていた。でも、惚《ほ》れてはいけない娘《こ》なのだ。少なくとも彼女がアンバサダーを卒業するまでは、一定の距離を保って接しないと……。

その後、受付開始時刻には監修の大竹先生もやってきて、セッティングの最終チェックを始めた。

仁子さんは、関係者への挨拶もあるので、受付近くで待機している。そうしているうちに、実行委員で彼女の恩師でもある柳井教授がやってきたので、彼女は笑顔で出迎え、会場へ案内した。

実行委員たちが次々と会場入りするなか、ＧＴハート日本支社の端山邦郎《はやまくにお》支社長が姿を現した。六十代で、夏らしくノーネクタイに半袖のワイシャツという軽装だったが、眼光は鋭く、周囲に威圧感をただよわせている。彼の取り巻きの中には、アンバサダーの審査員を務めた、古沢常務もいた。

早速、仁子さんと大竹先生が挨拶に向かう。

「本日はわざわざお越しいただき、ありがとうございます」と、仁子さんが大きな声で言った。

彼女の横で頭を下げている大竹先生に向かって、端山支社長がつぶやいた。

「こちらは確か、未来学の？」

「はい、監修を担当させていただいております、大竹です」

「未来学か」支社長が、ゆっくりと歩き出す。「未来の残り少ない年寄りには、あまりニーズのない学問だな……」

仁子さんと大竹先生は、黙ったまま支社長の背中を見送っていた。

そのとき突然、彼の進路をさえぎるようにして、二人の人物が彼の前に進み出た。

一人は見たところ、三十代の日本人男性で、髪をきちっと七三に分けている。

もう一人は、中東地域の出身と思われる外国人女性だった。就活風の濃紺のスーツを着ている。

「ワールド《W》・フリーダム《F》・バンク《B》——世界自由銀行《せかいじゆうぎんこう》の者です」と、男の方が言い、二人が同時に名刺を差し出す。

しかし端山支社長は、受け取ろうとしない。

たまたまそばにいた仁子さんは、秘書か何かと勘違いされたのか、代わりにそれを受け取る羽目《はめ》になっていた。

　名刺によると、二人とも営業担当らしい。男の方は係長で工藤悠造《くどうゆうぞう》、女性は主任でナンシー・ゲイルとなっている。

　ナンシーさんは二十代後半で、長い黒髪を後ろで束《たば》ねている。顔の彫《ほ》りが深い、エキゾチックな美人だった。

「もうご存じかと思いますが、ＷＦＢの理念や融資プランについて、直接ご説明させていただけたらと……」

　流暢《りゅうちょう》な日本語で話し続けようとする彼女を、端山支社長はさえぎった。

「それより君、仕事を間違えたんじゃないか？」

「は？」

「銀行のセールス・スタッフだと、君の才能は十分に活《い》かし切れないと言ってるんだ。今からでも、女優になった方が金になる」

　再び会場に向かって歩き出した支社長に、工藤係長が食い下がる。

「そんなことをおっしゃらずに、話だけでも聞いていただけませんでしょうか」

　前を向いたまま片手をふると、支社長は会場の中へ消えていった。

　肩を落とす二人に、仁子さんが声をかける。

「気を悪くしないでね」そして彼女は、二人からもらった名刺に再び目をやった。「世白《ＷＦ》

銀《B》の本部は、アメリカのワシントン州にあるんでしたっけ……」

　工藤係長がうなずく。

「ええ、私どもはその、日本支社の者です」

「世自銀って確か、各国の中央銀行なんかが資金供給してるんじゃ？」

「それでも不十分なので、大企業に直接投資を呼びかけているところです」と、ナンシーさんが答える。「GTハートさんのような大企業には、是非《ぜひ》とも投資をお願いしたい。メールはたびたびお送りしているのですが、やはり直接ご説明した方がいいと思って……」

「何かあったのか？」

　いつの間にかやってきた大竹先生に、仁子さんは今までの経緯をかいつまんで説明した。

「それで融資先は？」と、先生は二人にたずねた。「世自銀だと、やはり開発途上国の社会基盤《インフラ》整備や産業なんかがメインなのか？」

「〝開発途上〟という言い方も、何か一方的ですが……」工藤係長は頭に手をあてた。「産業振興の他に、たとえばアフリカ諸国に、学校や病院をつくる計画があります」

「世自銀が相手となれば、GT本社が決める案件では？　日本支社長にいくら営業をかけても」

「もちろん、本社にも担当の者が交渉を続けております。ですがガードが堅くて、なかなか話が進まないようでして……」

「言っちゃ悪いが、世自銀というのは、投資に不向きと判断されても仕方ないんじゃないのかな……。いずれにせよ、これから報告会が始まる。仕事の話なら、今日はもう無理かもしれない」

大竹先生は工藤係長とナンシーさんの肩を軽くたたくと、会場の中へ入っていった。その間にも、委員たちが続々と会場へ入り、整然と並べられた椅子に腰掛けていく。

僕は、報告会開始を知らせるため、小梅のいる控室のドアをノックした。さぞかし緊張していることだろうと思いながらドアを開けてみると、彼女はひたすらスマホを操作していた。

「またゲームか?」と僕が聞くと、彼女はこっくりとうなずいた。

「うん、『ファイナル・ジェネレーション』。名前に『ファイナル』って付いてるのに、いつまでたっても終わらないんよ」

「すまないが、そろそろ会場に入ってほしい。それと、挨拶はちゃんと練習してあるんだろうな?」

「もちろん」ゲームを終了させながら、彼女が微笑《ほほえ》む。「第一声は、もう決めてるの。『乳《おん》母日傘《ばひがさ》……ではなくて、アンバサダーに内定した灘城小梅です』なんちゃって」

僕は首を横にふった。

「それはやめた方がいい」

「分かってる分かってる。ちゃんとセーブして、今日は万人受けするAキャラ・スペシャルの方でいくから」

「すると、いつもは何キャラなんだ」

「せやな……。どーでもEキャラ、だったりして」

彼女はそう言うと、僕より先に控室を出ていった。


中規模の宴会場に、実行委員の他、関連企業の役員や族議員など、合わせて五十人ぐらいが集まっていた。

定刻になったので、司会役の総務担当者が、報告会の開始をマイクで告げる。

まず、ウェブ万博日本館の実行委員長でもある端山支社長と企画部の植田部長が、形式的な挨拶をした。

次に司会者が、日本館のアンバサダーに内定した灘城小梅を紹介すると、会場から大きな拍手が起きた。彼女は、意味不明のギャグで会場の空気を妙な方に変えることなく、無難に自己紹介と挨拶をこなしていた。

次に、過去ゾーンと現在ゾーンの進捗《しんちょく》を説明するため、課長の仁子さんがスクリーンの横に立った。

「まず報告会の進め方についてですが、実際には入場者がアバターとなり、それをパソコンやスマホの操作で移動させていきます。ただし今回は展示内容の報告がメインですので、アバター機能はオフにして、オペレータの方で操作させていただきます」

彼女が依理さんに指示すると、場内の照明が暗くなり、スクリーンにタイトルが映し出された。

「スクリーンがよく見えない方は、アクセスコードを入力していただけると、スマートフォンやタブレットでもご覧いただけます」

スクリーンに、空撮データなどをベースに僕たちが作り上げた、現在の都市の様子が映る。

「入場者は自分のアバターを操作することで、飛ぶこともできます」

仁子さんはそれを、自分のパソコンで自在に動かしてみせた。

会場から、「これは楽しい」という声が聞こえてきた。

彼女が手際よく、過去ゾーンと現在ゾーンの説明を終える。

次の未来ゾーンについては、大竹先生がすることになっていた。

立ち上がろうとする先生に、依理さんが耳打ちをした。

「本当に見せるんですか？」

彼女を無視するかのように、先生は演台へ向かい、自分のノートパソコンを起動させた。

「ここからがメインイベントです」彼はマイクを軽く握ると、まずそう言った。「日本のこれから、世界のこれからはどうなるのか？　我々のシミュレーションについて、経過をご報告いたしたいと思っています。いや、おっしゃりたいことは分かっています。そんなことは、大手銀行系の総研でもやっているだろうと。確かに未来像は、他のメディアでも数多く描かれてきました。

　しかし今回は、それらの検証も含め、今までの未来予想とは別次元のものをお見せしようというわけです。コンピュータのスペックもソフトも、根本的に違っている。それで全地球規模のシミュレーションを行いました。世界最大規模にして最新の、経済・社会シミュレーションです。過去における未来学の過《あやま》ちもふまえた上で、未来を大胆に予測してみました」

　先生がスクリーンの映像を説明図に切り換える。

「シミュレーションの実行前に、いくつかご説明しておくことがあります。まず境界条件――各国のインフラや経済状況などのエレメントは、極力この現実に即して入力しています。さらに、人口、食糧、環境、エネルギーといった、人類がかかえる幾多の難問も考慮しました。それらイベントに対して、政府や一般市民がどのような行動を示すのかを予測するため、人間を年齢やタイプ別に分類し、人工知能《AI》を与えてパターンを分析しています。

　その上で、いくつかの想定をこちらサイドで付け加えました。たとえばスーパー台風や火山の巨大噴火、太陽嵐などの、突発的災害ですね。ちなみにアンバサダーの灘城小梅君、太陽嵐が吹くと、どうなると思いますか？」

　いきなり名指しされた小梅は、立ち上がると首をかしげながら大きな声で答えた。

「あの、テレビのリモコンが使えなくなると思います」

　会場から笑い声が起きる。

「そんなレベルの問題じゃない」大竹先生が首を横にふった。

「こうした初期条件も、ディザスター・ムービー的で十分アトラクティブなのですが、私どもが本日、皆さんの目で見ていただきたいのは、むしろその先です。都市部を中心に、シミュレーションで確かめてみました。一体、何が起きるのかを……。

　時間軸については百年先までを目標としていましたが、近未来の解像度を上げたので、今のところ約十年後までしか計算できておりません。それでも一応の成果は得られたと考えております」

「前口上《まえこうじょう》はそれぐらいでいい」

　最前列に座っていた端山支社長が手をあげてそう発言すると、大竹先生は苦笑した。

「では、始めさせていただきます。それから、正式なＢＧＭはこれから制作にかかるので、仮に作曲家、伊福部昭氏の出世作ともいわれている『日本狂詩曲』の第二楽章『祭』をあてています」

そして彼が依理さんに合図を送り、未来ゾーンのシミュレーションがスタートした。

2

照明を落とした会場に、大竹先生が選んだ曲のリズミカルな打楽器音が響き始める。

「今回は私が解説しますが、本番では入場者のリクエストに応じて、人工知能のナビゲータに語らせる予定です」

スクリーンには、都市部の日常の光景が映っている。行き交う人々を、大竹先生がレーザーポインタで指し示す。

「先程も説明しましたように、シミュレーションに登場するそれぞれの人物にも人工知能を与えていますから、作り手が一人一人の動きを描かなくても、スーパーコンピュータが状況に応じて動くよう、計算してくれます。さて、こうした現実的な初期条件をベースに、さらに条件を追加してみましょう。スーパー台風や太陽嵐のように、十分に起こり得る事象を。するとどうなるか……」

先生がパソコンを操作すると、映像は都内にある証券取引所へとズームアップしていく。所内のモニターには、変動を続ける株価などが映っていた。

「直接的な被災状況は別の機会にご覧いただくとして、私が注目したいのは、政治経済とその影響です。まずレベル1。一時的に上昇していた株価は、大きく下落。ほぼ同時に、燃料費が高騰します。再生可能エネルギーなどでは、そうした変動をカバーしきれない」

　目まぐるしく変化するCG映像を追いかけるようにして、彼は説明を続けた。

「それ以後は、国、個人レベルでも、危機管理能力が真に問われる。今日と同じ明日があると思い込んでいる人は、真っ先に行き場を失うことになるでしょう――」

　レベル2では、一九二九年の世界恐慌《せかいきょうこう》を上回る、〝末世《まっせ》恐慌〟とも呼ぶべき危機が現実化する、と大竹先生は言った。

　輸出入を含め、あらゆる物流が次第に滞《とどこお》るようになる。そしてついには、〝ハイパー・スタグフレーション〟――インフレ的物価上昇とデフレ的不況が、同時に発生するという状況に移行してしまう。

　生活様式は、急速に様変わりしていくだろう。もう誰も車を買わないし、誰も車を作らなくなる。他の工業製品についても同様だ。企業は倒産が相次ぎ、失業率ははね上がる。銀行では取り付け騒ぎが発生する。社会はまるで歩き方を忘れたムカデのように、何もかもがうまくいかなくなる。経済大国ほど、その影響は大きいといえる。

「そして誰もが必死で家族を、そして自分を守らねばならなくなる」彼は一度、深く息を吸い込んだ。「自分たちは大丈夫と思っていた人も、電気、ガス、水道といったインフラが不安定になると、もう都市では暮らせないでしょう。電子レンジやコンピュータなど、文明の利器はどれも使えなくなるのはもちろん、ゴミがたまるし、トイレにも困る。そのため生活環境は、急激に悪化してしまう……」

貨幣価値は国が担保しきれず、通貨そのものの虚構性が白日の下にさらされてしまう。その暴落は、いくら政府が介入しても支えることができない。一方、国がどのような状況になろうとも、国債が減免されることはない。経済は壊滅し、国民の財産は失われていく。失業保険も年金も、窓口業務が停止する。

しかし最大の問題は、国民の生命を、どうやって守るのかということだろう。今さら、食糧増産は不可能に近い。都市部ではもう生きられず、かといって、地方のキャパシティにも限度がある。そもそも非常事態の際に余所者《よそもの》が別な土地に行ったとしても、スムーズに受け入れられる道理がない……。

「人々の怒りの矛先《ほこさき》は、早い段階から国へ向けられる」と、大竹先生が言う。

スクリーンには、反政府デモや暴動の様子がＣＧで映し出されていた。

「日本で、こんなことが起きるのか……？」

委員の一人がつぶやく。

演台の先生は、大きくうなずいた。

「そしてレベル3。有事対応マニュアルなど、ほとんど役に立たなくなるでしょう」

通信網が麻痺《まひ》状態のため、選挙もまともにできなくなる。破壊活動が相次ぎ、社会インフラを復旧させることはもう困難である。政治経済はついに回復可能な一線を越えてしまい、政府は次第に機能不全へと陥《おちい》っていく。

諸外国も、同様の経験をすることになる。これこそグローバル化のウィークポイントであり、どこかがダウンすると、あらゆる箇所で同時多発的にトラブルが発生してしまう。お互い、他国に救いの手をさしのべられるような状況ではない。そして現行の経済システムはこうした恐慌には耐えきれず、崩壊へと向かうことになる。

「レベル4。イベント発生から一年を待たずして、日本は一億総難民化の時代となる」大竹先生が、スクリーンの映像を指さす。

もっとも、船も航空機も動かないので、国外脱出は物理的に困難だろう。仮に脱出できたとしても、そこで受け入れてもらえるとは限らない。つまり国内に行き場がなく、かと言って国外にも逃げ場はない。

人間、何が起きようとも食べていかねばならないことに変わりはないが、カロリーベースで約四割に過ぎなかった食料自給率が、急に変わるわけはない。また国内で耕作地だった土地の多くは、すでにコンクリートとアスファルトで固め、宅地化してしまっている。食料供給のラインが停止すれば、日本はもう、一億人が生き続けられるところではなくなってしまう。するとどうなるかは、もう明らかである――。

「サバイバルだ」大竹先生は、会場をゆっくりと見回していた。「崩れていく世の中で一番大切なことは、自分が生き残る方法になる。人々は限られた食料を奪い合い、殺し合っていく。おそらくヒューマニストから、先に死んでいくことになる」

スクリーンには、人工知能で動く無数の人々が、食べ物を奪い合って争う光景がCGで描かれていた。

「修羅場《しゅらば》で人は、幾度も倫理的課題に直面する。しかし考えている余裕はないだろう。本性をむき出しにしなければ、とてもじゃないが生き残れない。そうやって生き残れば生き残るほど、非現実的な経験を重ねなければならないことになる」

一方、国が国としての体《てい》をなさなくなるため、文字通り無法状態となっていく。武器を所有している一部の権力者が、その効力の及ぶ範囲において幅を利《き》かせていくことになる。ローカルなレベルで、搾取《さくしゅ》する側とされる側に分かれていき、大小さまざまな〝村〟的な自治組織が形成されていく。以後は個人レベルよりも、そうした〝村〟同士の戦いが続いていくだろう。

そしてレベル5。数年間は、サバイバルで生き残った連中による活動が続く。ところが文明を復興しようにも、エネルギー資源がない。一方で核廃棄物など、人類の負債の処理は放置されたまま。依然として地球温暖化の影響も、長く続くと考えられる。

社会的動物ともいわれる人類は、グローバル化した社会が崩壊することで、終焉《しゅうえん》を迎えることになる。地球規模で有機的につながっていた人々が、小さな系で部分的に生き延びることは、もう困難だったのだ。残された資源を食いつぶしながら生き延びた人々も、疫病《えきびょう》の流行などを経験し、やがては死滅してしまう。

その後はすべての都市が、遺跡化していく。過去に滅びた文明と異なるのは、鉄筋コンクリートの建造物が、遺跡としては長持ちしないことだろう……。

「最初に申し上げた通り、百年後のシミュレーションまではできていません」と、大竹先生は言った。「しかし地球の覇権争いは、他の生物たちに委《ゆだ》ねることになる。その先のシミュレーションは可能ですが、人類の未来を知るものとしては、もう意味がないでしょう」

ＢＧＭがフェードアウトし、部屋の照明がつく。

会場の委員たちは、一様に難しそうな表情を浮かべていた。

「要するに人類は、皆さんが安易に空想するような未来には、到底たどり着けない」大竹先生は、委員たちの顔を見つめている。「何らかのイベント発生後、現代文明は百年どころか、下手《へた》すると十年ももたない。ハリウッド映画のように巨大隕石《いんせき》が落ちてこなくても、宇宙人が攻めてこなくても、人類は経済的問題によって、自滅することになる。私はこれを〝ビッグクランチ〟と呼んでいます。宇宙論の用語である〝ビッグバン〟が、経済用語としても使われていることにちなんだものです」

委員長の端山支社長が手をあげた。

「別な可能性は？」

「何パターンか、異なる初期条件でシミュレーションしてみましたが、結果はほぼ同じですね。最初にご説明した通りです。何らかのきっかけがあれば、自滅にいたります」

「何故《なぜ》、そんなことに……」

「理由は明快でしょう。現代文明は、化石燃料の上に成立していると言ってもいい。人類は過去の蓄積を食いつぶし、未来に負債を積み上げていく。こんなことを続けていたら、誰が考えたっていつかは滅びる。きっかけさえあればね。コンピュータでシミュレーションするまでもない。人類そのものが〝生の矛盾《むじゅん》〟をもち続けている限り、この結果は変わらないでしょう」

大竹先生は何を思ったのか、小梅に「何か感想は？」とたずねた。

彼女は自分を指さし、立ち上がる。彼女もシミュレーション結果には、少なからず動揺しているようだった。

「この通りだとすると、私はもう、年金を受け取れないということですか？」

「受け取るも何も、君はまだ払ってないだろう」先生がそう言うと、会場内の何人かが失笑を浮かべていた。「他には？」

「そうですね……。人ごとだと思って見てる分には、面白いかもしれないんですけど……。誰もここが廃墟《はいきょ》になると考えて、住んでないだろうし」

「意外な結果でもないはずだ。過去の文明だって、どれも滅んでいる。現代文明を例外視する方がむしろおかしい。永遠の繁栄は、誰もが望むことではあるが、そんなものは過去になかったし、これからもない。今この瞬間だって、地球温暖化は進行し続け、ゴミは増え続け、都市基盤は老朽化し続けている」

「やはり先生のおっしゃるように、人間そのものに、根源的な矛盾があったんですかね？」

「確かにこの運命は、人類が進化を始めたときから、すでに決まっていたのかもしれない」

「でも未来がこんなふうだと、私、困るんですよね。将来、何になるかは決めていないけれど、食べるためだけに生きるのは嫌だし、まして死ぬのはもっと嫌。そんな運命を突きつけられても、目をそむけてしまうかも……」

「君の言う通りかもしれない」大竹先生は軽くうなずいた。「〝未来〟というテーマについて、他の企業パビリオンの多くは敬遠したようにも聞いています。それはおそらく、容易に想像できたとしても認めたくはない、また到底バラ色とは言えないこのような未来像に原因があったのかもしれません。以上です」

彼はそう言うと、自分の席へ戻っていった。

入れ替わるようにして、企画部の植田部長がマイクに向かう。

「どうでしょう、委員の皆様……。何かご感想はございますでしょうか?」

いつもの報告会なら、ここで意見らしい意見も出ずに終わるのだが、その日はそうではなかった。委員たちが理解に苦しむというような表情を浮かべながら座っていたとき、GTハート日本支社の端山支社長が手をあげた。

「感想と言われても、君……。未来ゾーンの展示には期待していたんだが、こんなものを見せられるとは思ってもみなかった」

続いて、文化人類学者の柳井教授が発言する。

「いや、こんなことはあり得ない」

「あり得ないことはありません」即座に大竹先生が反論した。「未来なんて、学者や政治家の思惑通りに推移するとは限らない。データに基づいた客観性のあるシミュレーションです」

「そうだろうか。ひょっとして大竹君の進め方に、何か問題があったとは考えられないか? データの選択であるとか、プログラミングに」

端山支社長が、二人の議論に口をはさむ。

「いや、問題なのはむしろ、これがウェブ万博の展示として成立するかどうかということではないのか？　未来ゾーンは、日本館の目玉なのに……」

古沢常務が手をあげて、支社長に賛成した。

「そうですね。こんな未来を知っても、楽しくはないし、余計不安になるだけだ。そもそも大竹先生は、企画開始時点における我々の合意事項と、何か違うことをやっているんじゃないんですか？」

支社長が大きくうなずく。

「とにかくこの方向性のままでは、先へ進めてもらっては困る」

「どうしましょう……」と、植田部長がたずねた。

「さあ。話し合うしかないだろうな。部分的に直せばいいという問題でもないようだし、時間がかかるかもしれないが」

「そうですね」植田部長は腕時計に目をやる。「この後はレセプション・パーティの予定になっているんですが、どうでしょう。委員の皆様には恐縮ですが、このまま臨時の企画会議にご出席いただいて、パーティはその後ということでは……」

委員から特に異議は出なかったので、植田部長は総務の担当者にもそのことを伝えた。

それで委員と僕たちスタッフはこの部屋に残って話し合い、他の関係者は先にパーティ会場へ向かうことになった。アンバサダーの小梅も、パーティで挨拶しなければならないため、臨時の企画会議には参加しない。

僕は、パーティの後のことも少し心配していた。二次会を兼ねて、企画部と関係者で彼女の歓迎会をすることになっていたからだ。会議やパーティが長引くようなことになれば、歓迎会の開始時間も遅らせるか、あるいは延期しないといけなくなる。

会場を出ていく間際、小梅は僕にだけ聞こえるように言った。

「では皆さん、ご安全に……」

3

椅子は大竹先生ら製作サイドと委員たちが向き合うような形に並べ替えられた。

植田部長が進行役になり、自由に意見を出し合う形で、臨時の企画会議が開始される。

「とにかく、予測結果がシビア過ぎる」と、一人の委員が言う。「今でも、やれ少子高齢化だの環境破壊だのと、ただでさえうっとうしいのに、経済問題で人類自滅なんてシミュレーション、お金を払ってまで見たいとは誰も思わないだろう」

隣の席に座っていた古沢常務も、うなずいていた。

「支社長がおっしゃったように、未来ゾーンは日本館にとって企画の目玉だったはずだ。ウェブ万博で未来を描くんだから、もっと明るく華《はな》やかであってほしいな。大体〝ビッグクランチ〟なんて、起きると決まったわけではないんだろ？　経済的に自滅と言ったって、今では預金保険制度も充実しているし、取り付け騒ぎも恐慌も起きるわけがない」

「恐慌が起きるかどうかではない」と、大竹先生は言った。「問題は、いつ起きるか。きっかけだけの問題だと、私は考えています。『自滅はない』と言い張る方々には、『それは良かったですね』と答えるしかないですね」

言い返された常務は、不機嫌そうに顔をゆがめた。

「そもそもこれは、当初の企画内容と違っているじゃないか。日本ウェブ万国博覧会協会としては、文明の爛熟期《らんじゆくき》を経ての、さらなる進歩の描写を期待していた。企画書段階で描かれていた未来は、もっと明るかったはずだ」

「それはあくまでシミュレーション前における、仮定の話だったはずです。実際のシミュレーションと同じになるはずがない」

「しかし、エンターテインメント色をもっと強く出してもらわないと」

「博覧会の開催目的に忠実であろうとするなら、現実をしっかり直視すべきです。皆さんは経済の底が抜けない前提で、上ばかり見ていらっしゃる」

「それではウェブ万博の展示として、成立しないだろう。観客に理解されないし、共感も得られない」

「そんなことはありません。むしろそれは、観客を馬鹿《ばか》にしているのでは？　自滅というシミュレーション結果を前に、観客たちは、〝生きる〟ということについて、真正面から向き合い、自問することになる。これをきっかけとして、残された時間をどう生きるかを考えるべきでしょう」

「しかし自滅なんて、救いようがないだろう。何か救いになるような結果はないのか?」

「そうですね……」大竹先生はあごに手をあてた。「この先のシミュレーションはできていませんが、人類生存の可能性は、ないわけではない」

「ほう、どんな?」

「たとえば、シェルターとか」

横で聞いていた端山支社長が、顔をあげた。

「シェルター?」

「ええ。シェルターとしての設備を整えたところに必要な食糧を備蓄しておき、そこで現代文明が崩壊していく間、じっと耐え忍ぶ。そして危機が過ぎ去ったころに外へ出て、生き延びた少数で、一からやり直す……。初期条件として新たにシェルターを加えたシミュレーションをしてみないと、はっきりしたことは言えませんが、絶滅を免《まぬが》れる可能性はあると思われます」

「シェルターか……」支社長がくり返した。

「いや、それも展示としては疑問だ」と、柳井教授が言った。「我々委員が望む、明るい未来ではない」

　大竹先生は、柳井教授を指さした。

「まさにそこが、問題の核心です」

「どういうことだ？」

「つまり、〝未来とは何か〟がですよ。〝未来〟という単語は、そこら中に氾濫《はんらん》している。しかし我々は、その言葉の意味を分かって使っていたのだろうか。未来とは何か？　これから先のことだとすれば、一体何が待っているのか。

　私たちは過去の備蓄はおろか、未来の可能性まで食いつぶし、生きていることの矛盾はどんどん先送りにして今を生きている。にもかかわらず、明るく魅力的な未来を空想しようとする。平気でそんなことができる我々は一体何者なのか、この時代とは一体何だったのかと考えざるを得ない。こんな人類の自滅は、もはや確定事項だ。その上で我々は自滅という運命をどのように受け止めるのかが、今回のテーマになると思っている」

　問題の一つは、私たちは今、どこに立っているかを知ることだと、大竹先生は言った。

　つまり漠然と未来を思い描く前に、〝人類とは何か〟を考えておく必要がある。さらに、その人類にとって〝文明とは何か〟も考えておかねばならない。文明は、何を目指していたのか。何か問題があったとすれば、何が間違っていたのか。自滅を前に人類史そのものを自問し、総括しておかなければならないのではないか？　何より、この宇宙にとって人類の意味とは、一体何だったのかを……。

「そのために残された時間は、もうわずかしかない」と、大竹先生は言う。「そこまで考えてこそ、ウェブ万博の展示としてふさわしいのではないですか?」

柳井教授は微笑みながら、端山支社長の方に目をやった。

「どうも大竹君は、人類自滅を前提に、独自の文明論を展開しようとしているようですな」

その一言は険悪なムードになりつつあった会場の空気をなごませようとする、教授の心配りのようにも思えたが、単に端山支社長のご機嫌をとっているだけのようにも見える。その彼のことを〝御用学者〟と陰口をたたく人もいるのを、僕は知っていた。

他の委員が「そんな視聴率が取れなかったテレビ番組の反省会みたいな企画で、大丈夫なのか」と言うと、笑い声が起きた。

支社長は一度、舌打ちをした。

「オリジナリティという点では評価したいし、人類の意味を探るという先生の意図も理解できる。さらにシミュレーションをここまで仕上げた並々ならぬ熱意には敬意を払った上で申し上げたいが……。大竹先生が提示した未来像は、ウェブ万博の展示として見た場合、私には受け入れ難い。

大体、テーマゾーンで人類自滅を予言していたのでは、ウェブ万国博覧会の企画そのものを全否定するようなものではないか？　現代文明の終末を見せるのが、我々の目的ではなかったはずだ。言うまでもなく、世界経済の停滞感を打破するものとしてウェブ万博は企画されたのであって、我々も出展によって、日本経済の活性化を図らねばならない。シミュレーションが正しいか否かではなく、これではまったく逆効果で、とてもじゃないが公表できない」

　隣で古沢常務が、大きくうなずいていた。

「入場者はいわば、現実逃避を楽しみにくるんだ。それを見たくもない現実を押しつけて、どうする」

「だから、それが博覧会では？」と、大竹先生が言う。「今まで知らなかったことや、気づかなかったこと、異なった価値観を観客に提示することが……」

「考えてもみたまえ。君の未来予測を公表すれば、観客たちを困惑させるだけではない。経済情勢や政権運営にも影響を及ぼすかもしれないぞ。展示の最終的な責任者である国は、国民に対しても諸外国に対しても説明を求められる」

「いや、むしろ為政者《いせいしゃ》の使命として、警鐘《けいしょう》を鳴らしておくべきでは？」

「だとしても、タイミングとか、発表の方法があるだろう。君の責任において出す分にはかまわないだろうが、こんな亡国論じみた内容のものを、ウェブ万博日本館に対して責任をもたねばならない日本政府が公認するわけにはいかない」

もっともな意見だと思って、僕は聞いていた。それでも大竹先生は、反論を続ける。

「どんなに悲惨な予測であっても、直視すべきです。むしろ、どのように隠してもいつかは現実となってしまう。今、人類がすべきなのは、自滅の前に自分たちは何故生きているのかをしっかり探ることではないのですか？」

古沢常務も言い返した。

「文明とは何か、人類とは何かという君の研究テーマは、大いに結構。しかし我々は、いかに儲《もう》けるかも考えなければならない。そんな深刻にならないで、楽しくやればいいじゃないか。ウェブ万博なんて、お祭りなんだから。君のように、悲観的では困るんだ」

「〝客観的〟と言ってもらいたいですね」

「そこを何とか、曲げてもらえないか？　プログラミングや計算ミスの可能性だって、まったくないわけではないだろうし」

「結果を云々《うんぬん》することは、我々スタッフのみならず、スパコンの能力を疑うことにもなりますよ」

「自滅は、あくまでも一つの可能性であって、確率的な予測に過ぎないんだろ？」古沢常務が顔をしかめる。「君が入力したデータに、何らかの偏《かたよ》りがあることも考えられる」

「どういう意味ですか？」と、大竹先生が聞いた。

「つまりシミュレーション結果は、君のペシミスティックな面が投影されたのではないかということだ。仮に別の研究者がモデルを作成したとすれば、違う結果が出たかもしれない」

「それはまったく考えられませんね」

「いや、やはりそこが気になる」と、古沢常務が言う。「そもそも君が破滅の原因としているスーパー台風や太陽嵐が起きなければ、何も問題はないのではないのかね?」

「崩壊のきっかけなら、他にいくらでもあげることができます。エネルギー問題であるとか、巨大地震であるとか、食糧や水不足だとか、あるいはいびつな人口構成なんかも……」

「そのうちの、どれが破滅の原因だというんだ?」

「そういうことではありません。それらは、単独ではおそらく人類自滅にいたるようなものではない。そのうちのどれかが引き金となることで、人類社会全体が機能不全におちいり、自滅にいたるということです」

「それはちょっと、強引過ぎないか?」と、古沢常務はたずねた。

「いや、現代文明は、すでに飽和状態に達していると考えられる。それはつまり、何らかのきっかけがあれば、容易に崩壊してしまうということです。何だって、そうした原因になり得てしまう。我々は、それを初期条件として与えたわけです。今日お見せしたのは、スーパー台風を初期条件としたシミュレーションでしたが、何が自滅の引き金になるかは、私にも特定はできない」

「原因が特定できないって、そんなことで良いと思っているのか？」

「良いも悪いもない」大竹先生は、拳で自分の膝をたたいた。「それこそが〝バタフライ・エフェクト〟じゃないですか……」

「バタフライ・エフェクト？」古沢常務が聞き返す。

「アメリカのローレンツという学者が、気象予測における初期値鋭敏性《えいびんせい》について説明するときに用いた比喩《ひゆ》によって、そう呼ばれています。くわしい説明は省略しますが、微小な変化であっても、それが予測できないほどの大きな影響となって現れることがある。たとえばブラジルで一匹の蝶《ちょう》がはばたき、ごくわずかな気流の変化が生じたことによって、遠く離れたテキサスで竜巻が発生するかもしれないというわけです。

要するにこの件においても、何が原因になるのか一つには特定できない。スーパー台風や太陽嵐以外であっても、恐慌は起こり得るし、他にも原因に成り得るものはあるでしょう」

「どうも腑《ふ》に落ちないな……」

首をひねっている古沢常務に、大竹先生は補足した。

「シミュレーションでは、ミクロ世界とマクロ世界の要素を極力連結して取り扱ってはいますが、スパコンといえども、ミクロの世界で起きることを厳密にシミュレートして、マクロ世界を予測することは困難です。そのため、パラメタリゼーション――予測困難なプロセスを厳密にシミュレートせず、媒介変数《パラメータ》として与えてしまう方法を採用せざるを得ない。我々の未来予測も、そういういくつかの想定を初期条件として設定したわけです」

「つまり恐慌の原因は、大竹君が与えた初期条件だと？」

「ええ。ですから時間軸も、イベント発生からの日数をカウントしているのであって、西暦表示ではありません。その点では、地震の被害予測と似ていると言えますね。被害想定はできるが、いつ起きるか厳密には分からない」

「しかし、それも重要なのではないか？　恐慌が起きるとすれば、いつなのか。そして原因は何なのか？」

「原因などたいした問題ではない。先程から申し上げているように、世界経済は飽和状態ですから、何かのきっかけさえあれば、すぐに崩壊してしまう。ただそのきっかけが、予測困難なわけです。感染症などの世界的大流行《パンデミック》における、最初の罹患《りかん》者や発生時刻を予測するようなものかもしれません。それらが特定できなくても、パンデミックは間違いなく発生するし、そのことの方が、大問題でしょう。そうした未来を予測するために、初期条件として、ある程度こちらで整えた設定を与えたということです」

「いや、やはり原因が特定できないのであれば、恐慌が起きるなどとは言えないのではないか？　しかもバタフライ・エフェクトとやらで、厳密な未来は予測困難だと、自分で言ったじゃないか」

「まったく、語るに落ちたな」柳井教授が、落ち着いた声で言った。「つまり我々が相手にしているのは、複雑系だろ。バタフライ効果を言うのであれば、君が想定したような初期条件のどれもが、恐慌の原因にはならない可能性もあるし、君の未来予測が当たらないことは、大いにあり得るということだ」

「要するにこれは、『株が暴落すれば』という仮定のもとに行ったシミュレーションでしかないのではないか？」よく通る声で、端山支社長が言う。「その原因も、研究者の方で初期条件として与えたものであって、シミュレーションによって導かれたわけではない」

「現代は何もかもが飽和状態にあるから、何がきっかけであっても、すぐに崩壊していくわけです」と、大竹先生が言った。

「そのことはもう聞いた。研究者として、それでは無責任だと思わんのか？　シミュレーションを主張するのであれば、きっかけとなる事象も突きとめるべきだ」

「だから、その予測は困難だと申し上げている。ただ私の勘では、やはり地球温暖化が引き金になる可能性がもっとも高い。それによる台風の大型化や、竜巻などの異常気象が。あるいは石油危機か……」

「研究者が、勘で話をされては困る。原因が特定できないのであれば、シミュレーションの結果自体も、疑わざるを得ないことになるな」

うなずきながら、古沢常務が言う。

「そもそもウェブ万博の企画は、君の研究道具ではないはずだ。その研究にしても、進め方そのものに、何か根本的な見落とし、あるいは偏見があるんじゃないのか？」

柳井教授も小刻みにうなずいていた。

「確かに初期条件には、何らかの問題があるかもしれません。彼が力説していたバタフライ・エフェクトに従えば、初期条件の与え方次第で、シミュレーション結果がガラリと変わることもあり得るというわけですから。大竹君のシミュレーションは、結果に誘導するための独断的なものと言われても仕方ないかもしれませんね。

大体、現実世界では、ごく最近の大規模災害でさえ、経済破綻《はたん》の引き金とはならなかった。それほどに市場は堅牢《けんろう》です。大竹君は自説を公表したいために、初期条件を恣意的《しいてき》に操作して、科学的客観性をゆがめているとしか考えられない」

「終末論者のやりそうなことだ」と古沢常務が言う。「やはりこれは未来の問題というより、暗い未来しか描けない大竹准教授の資質にも問題があるんではないか？　そう考えるとこれは、結論ありきのシミュレーションのように思える」

「それは断じてない」大竹先生が、大きな声を出した。「今後、格子点モデルの細分化、エレメント数の増加、さらに予測モデルの修正などによって、精度をさらに上げていくつもりです」

「その必要はない」と、端山支社長が言う。「今後の企画の進め方については、我々の方で決める。そのための委員会だ」

植田部長が、腕時計に目をやった。

「さて、どうしましょう？　支社長にはパーティ会場の方で、ご挨拶もしていただかないといけませんが……」

「そうだな。この件は一度、アメリカの本社とも相談してみる。とにかく我々の結論が出るまで、作業は止めておいてもらおう。結果は追って、君たちにも伝える」

その後、僕たちは遅ればせながら、レセプション・パーティの会場へ移動することにした。

会議が終わるのを待っていたらしく、ロビーには世界自由銀行の営業担当者二名が立っていた。

「あの、長時間の会議、お疲れさまでした……」

そう言って近づいてくるナンシーさんに目を合わそうとせず、端山支社長は不機嫌そうにその場を立ち去った。

4

ホテルの大宴会場では、パーティがすでに始まっていた。

早速僕も、奇麗なコンパニオンのお姉さんから、ビールの入ったグラスを受け取る。

事実上、政財界の要人たちの懇親会なので、出席者は食事を楽しむだけではなく、あちこちで名刺交換などにいそしんでいた。

司会進行役の女性が、端山支社長の到着を場内にアナウンスすると、彼は拍手を浴びながら登壇し、挨拶を始めた。

ちなみにアンバサダーに内定した小梅の紹介は、もうとっくに済んでいるみたいだった。会場内にいるはずの彼女を探そうと思い、周囲を見回してみると、いた。

彼女は総務の担当者に連れられて、まるで披露宴《ひろうえん》の新婦みたいに、各テーブルへ挨拶まわりをしている最中だった。

仕事の関係などによって、会場には人の疎密《そみつ》ができていた。端山支社長のような要人のまわりには、特に人が集まる傾向があるようだ。

依理さんも、挨拶しておく人がいるからと言って僕のそばから離れ、そうした集団の一つに向かっていった。

一方で、大竹先生のいる会場の隅の小さなテーブルには、ほとんど人がいない。彼は一人で、水割りを黙々と飲み続けていた。

僕はそんな先生を見ながら、さっきの会議のことを思い出していた。人類自滅というシミュレーション結果を委員たちが受け入れられないのは、やはり仕方ないことかもしれない。こうしたパーティの賑《にぎ》わいの延長にウェブ万博の展示があるべきであって、それが自滅というのでは、どう考えたって興醒《きょうざ》めしてしまうのだ。先生には、こんな単純な大人の事情も分からないのだろうか。

しかし単なる未来予測として見ると、自滅という結果自体には、意外な気はしない。おそらく僕だけではないだろう。このパーティ会場に集まってきている人たちだって、薄々感じているのかもしれない。こうあってほしいと誰もが願うようなバラ色の未来なんて、もうやってこないのではないかということを。

大竹先生はウェブ万博の企画より、ずっとそのこと——つまり未来がどうなるかに囚《とら》われているのかもしれない。それでスパコンが自由に使える、ウェブ万博日本館の監修者に就任したのではないだろうか……。

その大竹先生のテーブルへ、オレンジジュースを手にした小梅が向かっている。なるべくなら彼女のそばにいたい僕も、計算センターの野洲さんを誘って、同じテーブルを囲むことにした。

「もう一通りご挨拶したから、ここでちょっと休憩させてくださいね」

小梅は笑顔で、大竹先生にそう言った。

先生は黙ったまま、軽くうなずいている。

僕はまず、小梅に野洲さんを紹介することにした。

「コンピュータのことは僕よりずっと詳しいから、いろいろ教えてもらうといい」

「ニックネームの〝勉ちゃん〟でいいですよ」

彼は自分の名刺を、彼女に渡す。

「それで僕が、彼女の教育係なんだ」

僕が野洲さんにそう言うと、小梅が笑った。

「ほんまは、ウチがヒカリンを教育してるんよ……」

とにかく「お疲れさま」と言い合い、改めて乾杯をする。

「ウチ、全面的に大竹先生の味方ですから」

彼女は先生を見上げた。

どうやらさっきの報告会の、議論のことを言っているらしい。

野洲さんが彼女にたずねた。

「すると君は、人類が自滅すると？」

「いや、それはないと思いたいなあ……」

「じゃあ、味方じゃないだろ。委員たちの方に賛成していることになる」

大竹先生が、水割りに口をつけた。

「実際に経済破綻を目《ま》の当《あ》たりにするまで、連中は信用しないんだろうな」

「勉ちゃんは？」と、小梅がたずねた。

野洲さんは少し考えた後、ゆっくりと話し始める。

「小梅ちゃんだって、政治家さんたちの威勢のいいラッパを聞きながら、世の中、何かおかしいかもしれないという気がしたことはあるでしょう。人類社会がこのまま進めばどうなるかなんて、みんな直感的に分かっていても、認めたくなかっただけかもしれませんね。大竹先生が、それを示したにすぎない」

「見てみろ、このパーティを」先生が会場を指さした。「外の繁華街の有り様は、もっとひどいだろう。俺たち、本来あるべき未来まで食ってしまってるんだ。現代は、快楽暴走を続けている。それで明るい未来を描こうなんて、虫が良すぎないか？　ご大層にスパコンを使って、シミュレーションするまでもない」

「パーティを続けたいのであれば、誰もそんなことは言わない」野洲さんが軽くうなずいている。「そんななかで先生は、『王様は裸だ』と最初に指摘した少年みたいですよね」

「それならそれで、表現の仕方ってものがあったでしょうに……」いつの間にかテーブルに来ていた仁子さんが言う。「未来が灰色なのは、薄々気づいている。だからみんな、現実逃避しにくるわけでしょ？　テーマパークもそうだし、ウェブ万博だってそう。いかに自滅するかなんて、微に入り細を穿《うが》って見せても面白いわけがない」

「でも、『地球にやさしい』とか『地球のため』とか言ってるものをどれだけ並べたって、面白くもないし、人類の運命も変わらない」

大竹先生がそう言うと、仁子さんは口をとがらせた。

小梅はまた、先生を見つめている。

「それでもウチ、大竹先生の味方です」

「俺に加担しても仕方ない」先生が横を向く。「俺には何の権限もないからな……」

「僕たちも味方しますよ」

野洲さんが、僕を見て言うので、僕もうなずいた。

「二人とも、GTハートには逆《さか》らえないんじゃないの？」仁子さんが微笑む。「それに来年からはCENという社名も、子会社丸出しのNPハートに変わるんでしょ」

「確かにそれはちょっと、頼りないかな」と、小梅が首をかしげる。「ナノピコサイズのハートなんて、ノミの心臓よりまだ小さいもんね……」

彼女の冗談に少しムッとしながら、僕はみんなに言った。

「しかし、予測される未来が悲惨だというのが、何より問題のような気がしますね。僕たちの展示も当然、それに引きずられることになる」

「確かに」仁子さんがうなずいている。「案外、少子化の理由の一つも、そういうところにあるのかも。未来にまつわる問題がてんこ盛りでは、将来、子供を産んでいいのかどうかも迷うだろうし」

「いや、未来はもう、やってきちゃったんだと思う」と、野洲さんは言う。「少なくとも、かつて未来学者を名乗る人たちが考えていたような未来は……。その未来の次というのも実は分かっているんだけれども、それをどう受け止めていいのかが、分かっていないのかもしれない。未来はどうすれば明るくなるかも分からないものだから、それで誰も直視できずにいる」

「そもそも未来なんて、人間に扱えるような問題じゃなかったのかもしれない」大竹先生は、水割りのグラスに口をつけた。「人間がその判断材料にしようとしているものと生命の営《いとな》みとでは、歴史が違う」

「どういう意味ですか？」と、小梅がたずねた。

大竹先生は、端山支社長のいるあたりをあごで示す。

「未来を考えるのに彼らが根拠としている経済学なんて、三百年にも満たない歴史しかないということだ」

「え、そんなに最近なんですか？」

野洲さんがかわりに答えた。

「十八世紀後半、アダム・スミスというイギリスの学者が有名な『国富論《こくふろん》』を発表して以来とされているから、二百五十年ちょっとかな。もっとも経済活動そのものは、人類最古の職業以来あるけれど」

「人類最古の職業？」小梅が聞き返す。

「君は知らなくていい」と、僕が言った。

「それって、売春よりも前からあったの？」

僕はあきれたように、彼女を見つめる。

「お前はカマトトか」

「何それ、食べられるん？　ここにもあるの？」

彼女はケータリング・コーナーに目をやった。

「たとえが良くなかったな」野洲さんが頭をかきながら、言い直した。「人類の経済活動そのものは、経済学以前からあった。たとえば世界最初の株式会社ともいわれる東インド会社は、確か十七世紀初めには誕生している。しかし経済学の誕生は、十八世紀後半と考えていい」

「三百年足らずの知恵を基盤にして、どんな未来が見通せるというんだ」大竹先生は、テーブルをたたいた。「それぐらいのキャリアしかないものに、一体何が分かる」

「歴史が浅いという点では、経済学って天気予報に似ているかもしれませんね」と、僕は言った。「経済活動も気象も、いまだに正確な長期予報は困難だし、制御もできないんですから。そんなものに、僕たちはふり回され続けている。そして地球温暖化でも明らかなように、人類の存在そのものが大きくかかわってしまっているという点で、経済活動の方は気象とも似てしまっている」

「しかもこのごろの経済学は、本来の経済学ではなくなってきたような気がする」と、大竹先生が言う。「まるで投資マニュアル――学問というより、欲望の道具じゃないか」

「じゃあ、昔はマトモだったんですか？」と、小梅がたずねた。

「マトモかどうかはともかく、経済の原理的な仕組みを解明しようとする姿勢は、今よりもあったと思う」

大竹先生はコンパニオンのお姉さんを呼び止め、新しい水割りのグラスを受け取った。

「たとえば、十九世紀初めに活躍したイギリス古典派の経済学者、デヴィッド・リカード」

「リカード？」小梅が首をかしげた。「知らんなあ……」

「『経済学および課税の原理』という著作がよく知られている。彼の〝差額地代論〟に従えば、開発可能な土地が有限なら、資本主義経済はいずれ行き詰まるということになる。もっとも論文の主旨《しゅし》は別なところにあるんだが、結論に関して、俺はそのように拡大解釈している。リカードは声高に資本主義経済の自滅を訴えていたわけではないが、俺にはそういう読み取り方もできるんだ」

「なるほど」僕は軽く手をたたいた。「ところが経済は今もなお、地球資源が有限であることを前提としていない。だから人類がグローバル化に突入したことによって、さまざまな問題が生じているとも考えられる」

「あくまで俺の解釈だ。曲解と受け取られても仕方ない」

「地球温暖化だって、地球が有限だから起きたわけだし」と、野洲さんが言う。「リカードの説を、別な角度から証明しているようなものですよね」

　大竹先生は、グラスの水割りを見つめている。

「資本主義経済というのは、地球の有限性という時限爆弾をかかえていたことになる。人間の欲望のままに膨張し続けるとすると、この先どうなるかは、子供だって分かる。そう簡単に滅びるわけがないと委員たちはのたまうが、リカードの原理的な説は、何故現代文明が呆気《あっけ》なく自滅にいたるのかという、根拠の一つになると俺は考えている」

「つまり経済学は、誕生直後にはもう、資本主義の限界を予言していたということ？」小梅が大竹先生に聞いた。「でも、経済がいまだに地球の有限性を前提とせずに膨らんでいるというのは、大問題じゃないんですか？」

「だから経済学を、『陰鬱《いんうつ》な科学』などと言う思想家もいる。にもかかわらず、資本主義の本質を、誰も深刻にとらえようとしていない」

僕はまた、パーティ会場を見回していた。

「気づいていたとしても、みんな気づかないふりをしているのかもしれませんね」

「ああ。資本主義の根本的欠陥なら、どうしようもないだろう。そんなことは忘れて、食って飲んで騒ぐしかない」

「そういうものなら、他にいくらでもある」と、野洲さんが言う。「近い将来に必ず起きるという巨大地震とか、パンデミックとか……。どれも現実にやってくることを考えると怖いので、考えないようにしている」

「リカードが正しいとも限らないでしょ？」

仁子さんがそう言うと、大竹先生はうなずいた。

「もちろん、彼とほぼ同じ時代の経済学者、トマス・ロバート・マルサスのように、リカードの説に反論する者もいた。一方でリカード以外にも、資本主義の先行きを疑問視していた経済学者がいる。ご存じ、カール・マルクスもそうだ。ただ、その経済的実験の顚末《てんまつ》については、歴史が示している通りだが」

「じゃあ、どうすればいいんですか」と、僕はたずねた。

「さあ、笑うしかないんじゃないか？　要するに人類は今、〝経済〟という実体のないものによって実体が滅ぼされるという、危機的状況にある。にもかかわらず、根本的な打開策はない」

「何も手を打たないわけにはいかないでしょ？」

「君は経済によって、これからみんながどうなればいいと思う？」

　僕はしばらく考えてから、ぼそぼそと答えた。

「それはやっぱり、みんなが豊かで幸せになればいいなと……」

「では、その〝豊かさ〟とは何なのか？　金か？」

「いや、豊かさってお金ではないと、みんな言うでしょうね」

「経済学は、お金をめぐる学問じゃないの？」と仁子さんが言う。「それって、経済学がかかえている一大矛盾かもよ」

「そもそも経済学は、科学であると同時に、哲学的テーマもかかえている」大竹先生は、また水割りのグラスに口をつけた。「人間とは何か。社会はどうあるべきか、などなど……。ところが今は、目先の利益しか考えていない。ただし人間は、欲望を理性でコントロールできないこともある。俺の酒みたいにな。だから、自滅すると分かっていても、前進し続ける。それが今の経済学さ」

　小梅が、大竹先生の肩をたたいた。

「壊れたら壊れたで、またやり直せば？」

「それだけの余地があればの話だ。グローバル化してしまった今となっては、次にくるのは自滅に決まっている」

「経済システムに不具合があるからといって、人間が生きられないということはないんじゃないですか？　不具合があるなら、服と同じで、着替えればいい」

「だから、そんな単純なものではない。経済を考え直すといっても、動物的本能に根ざした部分もあるから、そう簡単には変えられない。それが肥大《ひだい》した揚げ句、地球の有限性にぶつかり、その傷口から経済学が本来秘めていた哲学的テーマが噴き出しているということだ。それらに対する根本的な解答が得られない限り、新たな経済システムなど、構築できないだろう」

「でも人間には、知恵もあれば理性もある」

　僕は横目で小梅を見つめた。

「お前が言えた話か」

「確かに今回、知恵が一つの鍵には違いないかな」と、大竹先生が言う。「地球における大量絶滅は、過去にも例がないわけではない。しかし人類のように、知性によって栄え、また知性によって自滅していくのは初めてだろう」

「その知性で何とか切り抜けられないんですか？」と、小梅が聞いた。

「だから知性によって、経済学が内包している『人間とは何か』『豊かさとは何か』といった哲学的テーマに答えられれば、可能性もないわけではないが」

「うーん」彼女は自分の頭をかかえている。「どうも無理っぽいなあ……」

「そもそも経済学においては、新しい説ではなく古い説で、しかも原理的な説で、すでに自滅が説かれていたわけだ。ところが人類は、それからずっと目をそらしてきた」

「経済学のかかえる哲学的命題に、答えられないから？」と、仁子さんがたずねる。

「俺はそう考えている。それが今になって急に、答えが見つかるとも思えない。第一、俺たちだって『自分とは何か』というような根本的な命題には、答えられていないじゃないか。そうした問いから、目をそらして生き続けている。その構造は、人類と経済の関係にもそっくり当てはまる。よく言われるように経済は、人間の体を流れる血液みたいなものだ。もしもそれが止まれば、生き続けることなどできないだろう」

　小梅が大竹先生の顔をのぞき込んだ。

「ゾンビは？」

　今まで難しい顔をしていた先生が、それを聞いて急に笑い出す。

　こんなパーティ会場で経済的限界について延々と話す大竹先生に危ないものを感じていた僕としては、小梅の存在には少し助けられたような気がしていた。

　しかし一方で、先生の言う通りかもしれないという思いもあった。

「確かに僕たちは、未来を直視しようとしていないのかもしれませんね」野洲さんも同じ気持ちだったのか、大竹先生にそう語りかけた。「かつて前世紀の人たちが夢にまで描いてきた未来にいるはずなのに、何故か素直に楽しいとは思えない。何かが欠けているのか、根本的なところで考え違いがあったのか……。先生が経済学の深部にあるとおっしゃった哲学的な命題とやらも、時折頭をよぎります。そして自分には到底かなわない大きなものによって、自分の運命が決められているような不思議な感覚におそわれることがある」

「神の見えざる手かな」

仁子さんがそう言うと、小梅がたずねた。

「何ですか、それ?」

「アダム・スミスが市場経済のバランスの比喩として記したとされる言葉よ。もっともアダム・スミスの『国富論』には、『神の』とは書いていなかったらしいけど。『見えざる手』としか」

「すると神じゃなくて、悪魔かも……」

「いずれにしても勉ちゃんの言う通り、自分以外の何者かね。到底太刀打《たちう》ちできないような、大きな存在」

「案外、〝ラプラスの悪魔〟かもな」

大竹先生が、シニカルな微笑みを浮かべる。

「ラプラスの、悪魔?」と、小梅が聞き返した。

「難しい説明ははぶくが、未来を決定している超越的存在、とでも言えばいいかな。あらゆるものの力学的状態を知り尽くし、それを基にすべての粒子の運動を予測、あるいは操作できるのであれば、それも不可能ではない。それを決め得る存在は、この説を唱《とな》えたフランスの数学者であり物理学者の名前にちなんで、ラプラスの悪魔と呼ばれるようになった」

野洲さんが先生の方を向いた。

「しかし、ラプラスの悪魔は……」

「そうだ。二十世紀前半の量子力学《りょうしりきがく》の登場によって、測定する物体の正確な位置と運動量の両方を同時に知ることは不可能とされた。よってラプラスの悪魔も、誤った考え方だと言われるようになる。ただ、根強く残っているのも確かだ」

「と言うと？」

「ひょっとすると極《ご》微《く》小な世界で、我々には確率的にしかうかがい知ることができないような事象を操作している存在は、完全に否定できるのかということだな。たとえば我々は今、アナログ情報を強制的にデジタル化して認識しているが、〇と一の間に何らかの意思が存在したとしても、それは確率的に把握するしかない」

「デジタル――野菜のこと？」と、小梅がつぶやく。

「それはベジタブルだ」僕は漫才師のように、彼女に突っ込みを入れた。「お前、わざと間違えてないか？」

　大竹先生は僕たちにかまわず説明を続ける。

「そうした量子レベルにおいて、我々が確率的に決まっていると思い込んでいることが、実は何者かによって操作されているとしたらどうだろう。また、そうしたミクロ世界での出来事がマクロ世界を大きく左右していることは、さっきの会議でも話したんだが」

「バタフライ効果ですね」と、野洲さんが言う。「さらに言えば、もしも蝶の羽ばたきを操《あやつ》ることができるとすれば、世界中の気象に大きな影響を与え得る」

「ああ。量子レベルでの確率的事象が、マクロ世界を不確定にしている。けれどもそれは、本当に確率的に決まっているのかということだ」

「つまりミクロ世界を操作できるような存在がいるとすれば、マクロ世界をも動かせるということになる……」

　感心したように、小梅がうなずいていた。

「ウチ、そういうことができるのは、神様だけかと思ってた」

　彼女の横で、野洲さんがつぶやく。

「さて、未来を本当に決めているのは、神なのか、悪魔なのか……」

「そんなものは人間には分からないし、今の俺にはさしたる興味もない」と、大竹先生が言う。

僕は先生にたずねてみた。

「じゃあ、先生の関心は？」

「さっきも言った通りさ。経済学の深部にもあるような、哲学的命題だ。何より、この宇宙にとって人類の意味とは何なのか。自然科学も人文科学も、いまだに答えには届いていない。それを探究するのが、俺の目指す未来学でもあったんだ。ところが人類は、どうでもいいような目先の情報に目を奪われているうちに、自滅ときた」

「歩きスマホで、コケるようなものね」と、小梅がつぶやく。

「人類はまだ、その知性によってさまざまなことを成し遂げなければならないはずだ。少なくとも、こうした根源的な命題に対する答えを見いだすべきなんだ」

仁子さんが、先生の肩をたたく。

「予測が自滅と出たんなら、今さらじたばたしても仕方ないじゃない。確かにウェブ万博の展示としては、具合が悪いけど……」

大竹先生が何かを言い返そうとしたとき、司会進行役の女性がステージに立ち、パーティのお開きをみんなに告げた。

仕方なく僕たちも、会場を退出することにする。

この後企画部と大竹先生ら関係者で、二次会兼、小梅の歓迎会をすることになっていた。総務の人や計算センターの野洲さんとも別れ、僕たちは二次会の会場へ向かうことにした。

5

ホテル近くの中華料理屋、山珍軒《さんちんけん》の二階に、二十人ほどが集まる。

小梅は、大竹先生の右隣に腰かける。僕は役得とも言えるのだが、小梅の教育係でもあるので、彼女の右隣に座ることが許された。

僕は依理さんにも声をかけたが、彼女は何故か遠慮すると言って、植田部長と仁子さんがいるテーブルに向かっていった。

ここでもまず、小梅がアンバサダー就任の挨拶をし、次に大竹先生の発声で乾杯をした。

そして早速、食事に手をつける。さっきのパーティで十分に食事が取れなかった僕たちは、この二次会でしっかり食べておくのだ。

しばらくして小梅が、隣の大竹先生に話しかけた。

「ウチ、どうしても先生に聞いておきたいことがあるんですけど」

先生は紹興酒《しょうこうしゅ》を飲み始めている。

「何だ?」

「何でウチを、最終候補者に推薦してくれたんですか？　とっても有り難いことですけど、自分でも分からなくて。ウチのどこを気にいっていただけたのか」

「どこが魅力かと聞かれても、それは俺にもうまく説明できないな。ただ、他の候補者と、何かが違っていたのは確かだ」

　僕は二次審査のときのことを思い出しながら、先生の話を聞いていた。

「少なくとも俺たちが無くしてしまったようなものを、まだ内に秘めているような気はした。何と言うか、未知の可能性のようなものを」

　小梅はよく分からない様子で、口をとがらせている。

「見方を変えて言うと、とにかく君がどうのこうのというより、俺には君以外の誰も彼もが気に食わなかったんだ。たとえばさっきのパーティや、この店へ来るまでの繁華街で見かけた誰も彼もが。大体こんな馬鹿騒ぎが、いつまで続けられると考えているんだ。そもそも電機産業にしろ自動車産業にしろ、ウェブ万博に出展している企業の連中は、自分たちの会社に未来があると思ってるのか？　テレビをつけても、チャラチャラしたバラエティ番組ばかりだ。自滅という未来像に、誰もちゃんと向き合おうとしていない。それで誰もが願うような明るい未来なんて、やってくるわけがない」

　そこまで一気に喋《しゃべ》ると、先生は紹興酒を飲み干し、おかわりを要求していた。

　ふと周囲を見た僕は、この部屋で大竹先生の周辺だけ、異様に盛り上がっていないことに気づいた。先生の気持ちも分からないではないが、ちょっと今日は飲み過ぎているようにも思える。

小梅が気づかうように、先生の顔をのぞき込んだ。

「誰が何と言おうと、ウチは大竹先生のことを信じてます」

「君たち若い世代も気の毒だな」それが聞こえていないかのように、先生がつぶやいた。

「俺たちより上の世代は、一度でもいい目を見たからいい。けど君たちは、とんだ貧乏くじだ。君たちの世代にはもう、未来なんかない」

「何でそんな嫌なことを言うんですか?」小梅は、困ったような表情を浮かべ、先生の腕をゆすった。「夫婦喧嘩《ふうふげんか》でもしたとか?」

「馬鹿な……。俺はまだ独身だ」

「え、やっぱり……。でも、どうして?」

「ずっと自分のやりたい研究しか、してこなかったからな」彼が苦笑いを浮かべる。「今だって、そうだ。そんな男と一緒にいても、面白くないだろう」

「けど、きっと近い将来、先生にもいい人が……」

「どうかな。第一俺の研究では、その将来がもうないんだから。俺にとって一番の問題は、自滅によって人類の〝知〟が、行き場を失うことだ。それまでに解決しておかねばならないことはいくつもあるが、俺はやはり、この宇宙にとっての人類の意味は何だったのかを知りたい」

　大竹先生は酔っているのか、さっきと同じことをここでもくり返していた。

　僕は彼に言った。

「人類の意味なんて、みんな興味ないかもしれませんね。それより、面白いことを探して生きた方がいいと思っている。自滅が近づいているのなら、なおさらですよ」

「しかしこのままでは、俺は死に切れない。人類の意味は、自滅の日までには何としても解かれなければならないんだ」

　小梅は、先生の肩に軽く触れた。

「今ぐらい、お仕事のことは忘れたら？」

　彼女なりに、先生をなぐさめようとしていたのかもしれない。けれども彼の反応は、僕も予想しなかったものだった。

「やっぱり君も、他の連中みたいになっていくのかもな」

「どういうことですか？」

　小梅がそうたずねると、彼は店内を見渡した。

「さっき言ったように、危機を承知した上で、なおかつ馬鹿騒ぎしている連中のことだ。今までと同じどころか、それ以上のことを続けていたら自滅を早めるだけなのに、人類究極の目的である真理の探究を、自分自身の手で阻害《そがい》しているんだ」彼がテーブルをたたく。「人類は一体、知に対する落とし前を、どうするつもりなんだ」

「落とし前？」

「ああ。自滅を目前にして、今までに得た膨大な知識に対して、どのような落とし前をつければいいのかだ。どこかでもう、文明の崩壊が始まろうとしているかもしれないのに。やはり人類は、ラプラスの悪魔とやらが定めた運命からは、逃れられないのかもしれないな」

小梅は首をかしげた。

「人類もさることながら、私には、先生が一体どこへ行こうとしているのかの方が気がかりかな……」

先生は、彼女を見つめて言う。

「俺のことなんて気にしていると、君だっていつかは、俺みたいになるかもしれない。未来という難問に、真正面からぶつかればな……。まともに向き合えば、俺みたいな飲んだくれになるしかない。それぐらい問題が多く、過酷なものだ。もっとも君には、そうなってほしくはないが……」

小梅はあっけらかんとした調子で答えた。

「そんなことで悩むぐらいなら、知識なんて、捨てちゃえば楽なのに。ポイポイのポイって」

彼女が広げた両手の先を、大竹先生はしばらく見つめていた。

「それでは個人の救済にしかならず、自滅という運命は変わらない。君だって、いつかはそういう非常事態に遭遇《そうぐう》し、こうした問題と直面することになるだろう」

「ウチ、先生みたいに先のことまではよう分からんけど、未来がなくなると夢も描けないし、笑うこともできなくなるかもしれない。そんな研究をしている先生の気持ちも、少しは分かる気もする……。でもさっきのシミュレーションを見てたら、先生は、人類がいつどのように破滅していくかを研究しているだけのようにも思えるんですけど」

「どういう意味だ？」

「シミュレーション結果で得られた自滅の日まで、これからどう生きるのかということですよ。先生かて、目はそむけてないのかもしれないけど、お酒飲んでふさぎ込んでいるんだったら、他の人と変わらないやないですか。予測される未来に嘆《なげ》いているより、今すべきことがあるはずと違いますの」

「今すべきこと？」

「うん。今後は、未来の自滅をさらに詳しく予測するより、そんな未来に対して私たちがどうするべきかを考えればいいのと違いますか？」

先生も僕も、きょとんとして小梅の顔をながめていた。

「私、どこかの大統領みたいでしたかね？」彼女は自分を指さした。「でも、シミュレーション結果に打ち勝つ方法は何かないのかを考えてみても、損にはならないでしょ。未来は知るだけやなくて、変えていかないと。つまり、〝未来の作り方〟ですよ。みんな、暗い話は聞きたくないと言うんやったら、何とか未来を明るくできないかを考えて、それをウェブ万博の展示として提案すればいいやないですか。それこそ、未来学では？」

「しかし我々は、地球温暖化を止めることも、オゾンホールをふさぐこともできずにいる。こんな自堕落《じだらく》な人間に、一体何が提案できる？　負けると分かっている勝負をやるほど、俺は馬鹿じゃない」

「勝つか負けるかは、やってみないと分からないでしょ」彼女は、壁掛け時計を指さした。「ほら、まだ時計の針は動いている。勝負が決まったわけやない。未来だって、変えられるかもしれない」

「無理に決まってる。それがスーパーコンピュータがはじき出した答えじゃないか。人間が考えるどんな手を打ったとしても、自滅という運命は変えられない。だから先が読める人間ほど絶望し、刹那的《せつなてき》に生きようとするようになるんだ」

先生は、紹興酒の残りを飲み干した。

「ウチ、先生ほど頭はいいことないけど、直感的に物事がうまく循環していないから、答えを探さなければならなくなっているような気がする……」次の瞬間、彼女が指を鳴らす。「いっそ、どうすれば未来が明るくなるのか、コンピュータにでも聞いてみれば？」

大竹先生が、真顔《まがお》で聞き返す。

「今、何て言った？」

「だから、コンピュータで計算すれば？　せっかくスパコンが使えるんなら、未来予測ばっかりさせるんじゃなくて、自滅回避の妙案を練らせてみたらどうですやろ。ウチ、よう知らんけど、将棋《しょうぎ》でもコンピュータの方が強いんでしょ？　なのに政治経済だけ、いつまでも頭のカタい髪の毛の薄いおっさん連中がやっているのはおかしい」

「そうかもしれんな……。たとえば、破綻を未然に防げるような、ある種の財政政策の指南プログラムとか。政治家や官僚たちの皮算用よりは、コンピュータの方がはるかに現実的かもしれない。ただし時の政権によっては実行不可能な策もあるかもしれないので、それも考慮した上でアドバイスする。為政者にとっても、夢のプログラムになるかもしれない……」

大竹先生が、小梅を見つめる。

「君の言う通り、コンピュータ将棋のプログラミングなんかも応用すれば、最善の策が導き出されるかもしれん」

「そう。暗い未来予測に立ち向かって、未来を明るくする方法を提案すればいい」

「確かにやってみる価値はある……」大竹先生は急に、小梅の手を握りしめた。「君をアンバサダーに選んで良かった。ありがとう」

そう言うと先生は席を立ち、先に帰ると言い出したのだ。

小梅はしばらく、出口へ向かう先生の後ろ姿を見送っていた。

二次会もお開きとなり、僕が小梅を送ることになった。帰りの方向が一緒なので、途中までは仁子さんもついてくるという。彼女はどうやら、僕が送り狼《おおかみ》になることを心配しているみたいだった。

大通りに出た僕たちはタクシーを拾い、僕と小梅は後部座席に、仁子さんが助手席に座った。まず仁子さんのマンションへ、次に小梅が借りたばかりのアパートへ行くことにする。

「一人暮らしなんて、よく親が許してくれたなあ」

僕は小梅に話しかけたが、彼女は返事をせず、スマホを取り出してゲームを始めた。そして「先生、一人で大丈夫かなあ」と、つぶやく。

助手席の仁子さんが、後ろをふり向いた。

「あんなふうに未来のことを思い詰めてたら、鬱になるのは当然かもね」

「気になるのか？　大竹先生のこと」僕は小梅に聞いてみた。「あんなおっさんでなくても、君ならいくらでもボーイフレンドがいるだろう」

「ウチ、若い男の子にはあんまり興味がないねん。一緒に遊んでても、面白くないし。その点、大竹先生は違う。ウチの知らんようなことを一杯知ってるし、それにウチのことを推薦してくれたんでしょ？　ウチにとっては、恩人や」

「竹ちゃんは、あなたが秘めている生命の意欲のようなものに惹《ひ》かれたみたいよ」と、仁子さんが言う。「まあ、分からないでもないけどね。竹ちゃんは何事にも悲観的。それに比べてこっちは楽観的。知性もそうでしょ。あっちは未来学の第一人者、それに比べてこっちは……。要するにお互い、自分に無いものを相手がもっている」

　小梅はゲームの手を止め、顔を上げた。

「だったらウチ、落ち込んでいる先生を、はげましてあげられるかも……」彼女は、僕の方に目をやった。「誤解せんといてよ。別に好きとか、そんなんと違うからね」

「確かに小梅ちゃんは、エネルギッシュね」と、仁子さんが言う。「考え込むよりも、先に行動してしまうタイプかな。そこも竹ちゃんとは違ってるし、彼の救いにもつながるかもしれない」

「そうかなあ」嬉《うれ》しそうに彼女が微笑む。「それでウチ、先生が早く答えを見つけてくれたらいいと思てる」

「答え？」と、仁子さんが聞き返す。

「さっき先生が言うてたやん。この宇宙にとっての、人類の意味。ウチもいつか、それを教えてもらえたらええんやけど……」

「それはどうかな」

首をかしげている仁子さんを見て、小梅は身をのり出した。

「でも、ウチが助けてあげられたら」

「小梅ちゃん、大竹先生に気に入られてるのは確かだけど、まだまだ女としては、見てもらえてないかもよ」

「別にかまわへん。ウチはウチなりに、先生に恩返しするつもり。先生は唯一、ウチのことを認めてくれた人なんやもん。他の大人はみんな、ウチのことを怒ってばっかりやったのに……」

彼女の過去に何があったのか、僕は少し気になったが、この場では聞かないことにした。

大竹先生だけでなく、小梅自身も、自分の魅力にまだ気づいていないのではないかと僕は感じていた。僕からすれば、小梅はもう、十分女性としても魅力的だ。彼女が慕《した》っている大竹先生には、軽い嫉妬《しっと》すらおぼえている。それで僕は彼女に、ついこんなことを口走ってしまった。

「よせよせ、先生は未来のことにしか興味のない変人だぞ」

けれども小梅は、「変人なら、ウチもええ勝負やよ」と言い返す。

そしてスマホでゲームを再開したのだった。

「でも、先に教えておいてあげた方がいいかも」

仁子さんがそう言うと、小梅が聞き返した。

「何を？　アンバサダーが恋愛禁止ってことですか？」

「それもあるけど……。小梅ちゃん、依理のことは、どんなふうに思ってる？　大竹先生と同じく知性的で、女性としても、ウチなんかよりもずっと魅力的で……」

「依理さんがどうかしたんですか？」小梅は首をひねっている。

僕は思わず、声を出してしまいそうになった。大竹先生と依理さんの関係など、今まで想像もしたことがなかったからだ。

まだ気づいていない様子の小梅が、「それがどうかしたんですか？」と仁子さんにたずねていた。

「知的なだけじゃなく、二人とも未来のことを憂《うれ》えているでしょ」

僕は仁子さんに聞いてみた。

「じゃあ、ひょっとしてあの二人……」

さすがに小梅も、ようやく理解したようだった。

「暉が知らなかったのも、無理はないわね」と仁子さんが言う。「君が入ってくる、ずっと前の話だし。でも仕事が進むにつれて喧嘩が多くなって、結局別れちゃったみたい」

「そうやったんや……」

小梅はそうつぶやくと、シートにもたれかかった。

それから間もなく、仁子さんが住んでいるマンションに到着し、彼女はそこで車を降りる。僕と小梅は、さらに荒川区方面へ向けて移動を続けた。

車内は、僕と小梅の二人きりになった。もっとも、運転手さんを別にすればの話だが。彼女の大竹先生への感謝の思いを聞いた後に、先生と依理さんとの関係まで聞いたものだから、何かしら気まずい空気がただよってしまっている。

小梅は、ゲームを続けようとしていた。

「またシューティング・ゲームか」と、僕は聞いた。「よほどゲームが好きなんだな」

「そんなこともない」と、彼女が答える。「世の中にあんまり面白いことがないから、ゲームでもしてないと仕方ない。ゲームさえできたらもう死んでもいいのかと言うと、それほど楽しいものでもないと思う」

「やっぱりお前も、未来から目をそらしているんじゃないのか？」

「違う。ウチが見たくないのは、未来やない。現実や。そのことは、考えたくもない。アンバサダーに応募した理由の一つも、ほんまは現実から逃れて、一人暮らしがしたかったからや」

「どうして？」

「親と一緒にいたくなかったからに、決まってる。学校へも行きたくなかったし」

「何か、いろいろと事情があるみたいだな。言いたくないのなら、言わなくてもいいが」

「別にかまわない。そんな珍しい話でもないし……。アンバサダーの応募書類にも、ちょっと書いてあったでしょ？」

「いや、僕は直接の担当じゃなかったから、見てない」

「あ、そうやったな……」彼女は軽くうなずくと、ゆっくりと話し始めた。「中学のときに、両親が離婚してん。喧嘩の絶えない夫婦やったけど、だめ押しは父親の浮気やった。母親に引き取られたウチは、母の再婚で、京都から大阪で暮らすことになっててん……」

しかし彼女は、新しい父親にはなじめなかったという。

「大きな声では言えないけど、虐待めいたこともあった。ウチが歯向かうもんやから、小学校から続けていた剣道もやめさせられたんよ」

おまけに、転校先の学校にもなじめなかったらしい。

「京都なまりをからかわれてなあ。お姫様、お姫様とか言われて……。女の子からも、お上品ぶってると思われてた。それで無理して大阪弁を覚えようとしたら、京言葉と大阪弁のちゃんぽんになって、余計におかしなってしもた」

それで高校に進学したとき、放送部を選んだらしいのだが、いじめは続いたという。

現実に居場所を見いだせない彼女は、良く言えば自分の存在証明のために、悪く言えば、自分を苦しめた人たちを見返してやりたいという思いもあって、今回応募したということらしい。それがウェブ万博のアンバサダーだったのは、やはり彼女が未来に対して、人並み以上に希望をいだいているからかもしれない。

彼女は、「親にしても、いい〝やっかい払い〟や」と、つけ加える。

その場で僕は、うなり声をあげてしまった。どうも彼女、表面上はケラケラしているが、事情はかなり複雑みたいなのだ。

「こんな話、人に言うても仕方ないやん。友達に打ち明けたって、変な子やと思われるだけ。仲間外れにされたら、余計に悩まないといけなくなるから、友達にはなるべく言わないようにしてたの」

「何も、一人で苦しまなくても……」僕は彼女を見つめ、思い切って言ってみた。「何なら今度、一緒にメシでも……」

「どうせ、下心があるんでしょ」

僕は、体から力が抜けていくのを感じた。

「信用されてないんだな……」

「せやかてウチ、外見はともかく、ヒカリンの理想のタイプからは、かけ離れているのと違う？」

「確かにお前、喋らなかったら可愛いのにな、と思うときがある。前にも言ったと思うけど」

「それはウチに死ねと言うようなものや。それにウチ、恋愛は苦手なんよ」

「どうして？」

「何か、生々《なまなま》しいから。一杯傷つくし。だから現実は嫌なの。それに比べて未来のことは、よう分からんこともあるけど、ウチは期待している。この現実よりは、絶対ましに違いない。自分にはまだ、未来があるという気がして……」

彼女は急に、僕の肩をたたいた。

「さあ、今度はヒカリンの番やで」

「何が？」

「ウチの話はしたから、ヒカリンの番やと言うてるの」

「別に聞かせるような話は……」

「そんなことないはずや。自分を、恵まれない天才やと思っているくせに。自分はこんなところにいるような人間ではないとか考えながら、仕事を続けてるんでしょ？」

図星をさされた僕は、彼女にたずねた。

「何で分かる？」

「前にも言うたと思うけど、女子《おなご》の勘よ。ちなみにウチの勘は、よう当たるんえ。おまけに会話にはあまり積極的に参加してこないし、人付き合いは苦手な方と違うの？」

仁子さんにも以前、そんな指摘をされたことがあったが、それは小梅にも見抜かれていたようだった。

「ヒカリンの家は?」と、彼女が聞いてきた。

「荒川沿いの、高層マンションだ」

「高層マンションか。うらやましいなあ」

「どうして?」

「日本が沈没しても、助かるかもしれない」

「そこだけ沈まなかったとしても、仕方ないだろう。やっぱりお前、変な奴《やつ》だな。何を考えて生きてるんだ」

「考えておかしくなるぐらいなら、何も考えずに楽しんだ方がましと違う? 未来のことかて、何が待っているかは知らないけど、きっと今よりはましに違いないと思てる。そんなふうに希望をもって、今を生きているの」

僕は彼女の話を聞きながら、少し違和感をおぼえていた。彼女のことをまだ十分には理解しきれていないのかもしれないが、どうも彼女は、現実に対しては絶望してしまっているようなのだ。ただし、くよくよせず、未来には希望をいだいて生きることにしている。どうやら、そんな彼女の姿勢が、大竹先生には〝生命の意欲〟のように映ったのかもしれない。僕はつい、彼女に言ってしまった。

「そんな考え方で、ウェブ万博のアンバサダーなんて務まるのか?」

「ヒカリンかて……」彼女は僕を指さした。「何が面白くないのか知らないけど、いつか会社を辞めてやるとか考えているのと違うの?　ここじゃないどこかへ行こうとしている。本質的には、ウチと何も変わらない」

彼女がそんなことを言いながらゲームを続けているうちに、彼女のアパート前へ到着した。アンバサダーとはいえ、協会の予算で出せる範囲で選んだ、二階建てのごく普通のアパートだ。彼女の部屋は、その二階にある。

タクシーを降りようとする彼女に、僕は声をかけた。

「気をつけろよ。写真撮られたりしないようにな」

「ウチ、そんな女と違う」と、彼女は言った。「そら、カッコいい男の人といたら楽しいかもしれんけど、何かウチの探しているものとは違う気がする。ほな、お休み」

僕は彼女と別れ、自分のマンションへ向けてタクシーを走らせてもらった。

空席になった隣のシートに、目をやる。やはり僕は、彼女のことが気になって仕方ない。しかし、心底から好きになれずにいるのは、彼女の生きる姿勢のようなもののせいだろうか。現実と向き合おうとせず、ゲームなどに逃避する一方で、未来には根拠のない希望を見いだそうとしている。家庭の難しい事情をかかえているようだから、仕方のないところもあるのかもしれないが……。

ただし恋愛事情に関しては、彼女のことよりも、僕自身の方に問題があるような気もする。そもそも僕は、どちらかと言えば個人主義なのだ。やかましい相手は苦手だし、みんなとガヤガヤやるよりは、一人で静かに思索にふけりたい方なのである。だから心のどこかで、大切な自分の時間を、あんな清涼飲料水の原液みたいなキャラクターにかき乱されたくはないと思っているのかもしれない。

それに彼女には、何か生き急いでいるような騒々しさも感じられる。ひょっとして、彼女が希望をいだいているという未来にも、一抹《いちまつ》の不安を感じ取っているのではないだろうか。彼女が大竹先生に関心を示した理由の一端も、もしかすると彼が未来学者だからであり、彼女の未来に対する希望と不安が入り交じった感情が微妙に作用しているとも考えられるのだ。

6

数日後、僕たち企画部テーマ課ではアンバサダーのコスチュームについて、小梅やデザイナーたちと会議室で打ち合わせをしていた。

コスチュームのラフ・スケッチよりも小梅の薄着の方に気を取られていた僕は、突然入ってきた大竹先生に驚いてしまった。

小梅も「先生……」とつぶやいたまま、彼を見つめている。

「どうしたの、竹ちゃん」仁子さんがたずねた。「今日は、来る予定じゃないでしょ」

「企画部長にも報告した上で、実行委員会に伝えたいことがある」

彼は鞄《かばん》の中から、企画書のようなものを取り出して、仁子さんに見せた。

「未来ゾーンの展示内容を、考え直したい」

仁子さんが、首をかしげている。

「委員たちの希望通り、あの暗い未来像を撤回するというわけ？」

「いや、俺が考えているのはそれほど単純なことではない。それに人類が今のままでは、自滅という運命が変わるはずないじゃないか。環境、人口、エネルギー……。解決困難な難問は山積している。にもかかわらず政治も経済も、いつまでも人間がやっているからいけないんだ」

「どういうこと？」

「こういう難しい状況を人間が舵取《かじと》りしていたのでは、いずれ滅んでしまうと言ってるんだ。だから自滅回避の方法を、コンピュータに計算させてみてはどうかと思う。初期条件に応じた改善策を、提案してくれるはずだ。政治も経済も、もはや人間が頭を悩ませる問題ではない。

そもそも政策なんて、人間が自分たちの利害で進めようとするから、うまくいかないんだ。俺に言わせれば、複雑な経済政策にしても、いまだに薄ぼんやりした人間だけでやっているのが信じられない。航空管制に匹敵するぐらいの制御能力が要求されるはずなのに」

依理さんが、「それでコンピュータに？」と、つぶやいた。

「ああ。過去の事例も参照させて、新たな問題に対処させる。そして最善の一手をアドバイスさせる。それが〝E2計画〟だ」彼が企画書を掲げる。「今までのE計画が未来シミュレーションなら、E2計画は政策シミュレーションだと言ってもいい。単なる未来予測から、未来の創造的改革への転換だ」

仁子さんがまた首をかしげている。

「まだよく分からないわね」

「つまり未来を人間にまかせておくと、どうしてもE計画のような結果になってしまう。そうならないためには、具体的に施策として何が有効なのか。また仮に危機が訪れたとしても、何をどう備えておけばよいのかを導き出す。そうやってE2計画では、自滅確実な世界を、サルベージする。言わば、〝未来の作り方〟を提示するんだ。それなら現代文明が健在なうちに、人類も真理に到達できるかもしれない。

我々が大きな岐路《きろ》に立っているのは間違いないし、その鍵を握るのがE2計画だといえる。どうだ。これならウェブ万博の展示としても成立するだろう。未来への取り組み方としても、委員会の望み通り十分ポジティブだ」

仁子さんは、企画書の表紙をながめている。

「それで？」

「もう分かるだろう。またスパコンを使わせてもらいたい。できる限り早急に」

返事をしかねている様子で、仁子さんは口をとがらせていた。

「考える必要なんかない」先生が彼女に詰め寄る。「スパコンさえ使わせてもらえば、すべてうまくいくんだ……」

いきなり大きな声が、会議室に響いた。

「駄目だな」

ふり向くと、ドアのあたりに植田部長が立っていた。どうやら僕たちの話を聞いていたらしい。

「分かってます」と、大竹先生が言う。「委員会のご指示があるまで、作業は停止なんでしょ。だからこうして直談判《じかだんぱん》にやってきたんだ。どうか委員会に取り次いでほしい」

「だから、それはもうできない。チーム・リーダー兼プロデューサー役の周防課長はもちろん、私に言われても」

「どうしてですか？」

「その判断が、さっき出た」部長が、先生のところまで歩いていった。「先生にもご報告しなければと思っていたところでした。まだみんなにも伝えてなかったから、ちょうどいい。ネットでの臨時委員会で、正式に決定した。未来ゾーンの企画は一旦白紙に戻し、一から考え直す」

僕だけでなく、みんなも初耳だったようで、先生と同じくショックを受けた様子で部長の話を聞いていた。

「企画会議で出た通りだ。今さら説明するまでもないだろうが……。恐慌後に自滅という筋書きは、その原因となる初期条件が先生の個人的見解に基づくものであり、客観性がない。よってウェブ万博日本館の展示としてふさわしくないというのが、委員会の判断だ。全会一致で、白紙撤回が決まった」

大竹先生が、呆然《ぼうぜん》としてつぶやく。

「つまり未来ゾーンの企画は……」

「ええ。ボツですね。ついては大竹先生にも、監修の任から降りてもらわねばならない。それも委員会の決定事項です」

「要するに、クビということか？」

「今までの報酬はお支払いします」

「いや、金じゃない。俺が心配しているのは企画の先行きの方だ」

「失礼しました。先生の本職は准教授ですから、大学でご自身の研究を続けられればよいのでは？」

「だからE2計画で対策を提案しようとしていたところじゃないか。これを実行すれば、きっと委員の連中にも……」

「落ち着いて考えてみてください。先生の設定したタイト過ぎる初期条件が、シミュレーションでは自滅という結果につながっている。その初期条件は、先生の創作だと言われても仕方ない代物《しろもの》でしょう。委員会も、そこを問題視していました。自滅の引き金になるものが単なる想像でしかないのであれば、対策の立てようもない。

　仮に先生のE2計画とやらで、何らかの政策がアウトプットされたとしても、そうした初期条件に対する懸念《けねん》が払拭《ふっしょく》されないままでは、日本政府の責任で公表することはできないでしょう」

「そんなことは、やってみないと分からないだろ」

「ここで議論することではありません。もう決まったことです。正式な辞令は来月ですが、解任では先生に失礼だと、委員も考えています。それまでに、できれば辞任という形にしていただきたい」

　先生は拳を握りしめながら、部長をにらみつけていた。

「やはりスポンサー・サイドの圧力か……。あいつら、ウェブ万博を自分たちの広告塔ぐらいにしか考えてない」

「なら言わせていただきますが……。大竹先生は、ウェブ万博をいいことに、自分の研究をしているだけと言われていますよ。このE2計画を進言しても、委員たちからそう指摘されるに決まっているでしょう」

「まったく、どいつもこいつも……」先生はいらだたしげに、室内をうろうろし始めた。「君たちは怖くないのか？ 俺は未来が怖い。怖くて怖くて仕方ない。だから研究しているんだ。これは人類の所業に対する、審判だと思っている。だから今のうちに何とかしなければ……」

「うるさい！」

今まで黙って聞いていた依理さんが、突然声を張り上げた。

静まり返った室内で、彼女が続ける。

「まだ分からないの？ 先生は、もういいの」

依理さんをじっと見つめていた大竹先生は、無言のままE2計画の企画書を鞄にしまうと、足早に会議室を出ていった。


小梅が先生を追うように、廊下へ出た。僕も彼女を追いかける。

エレベータ前で彼女は、大竹先生に聞こえるように言った。

「先生は何も間違えてない。E2計画だって、続けるべきです」

彼が無理に微笑んで答える。

「しかし、ここではもうできないんだ。かと言って大学のコンピュータでは、性能的に十分ではないから、自滅の方が先にやってくるかもな」

小梅は、先生の腕を握りしめた。

「先生にはもっと、ご指導いただきたかったです……」

彼が首を横にふる。

「それは良くない。君はウェブ万博日本館のアンバサダーだ。俺の影響が出てはまずい」

「そんなこと、あらしません」

「俺といれば、いずれ俺みたいに、未来を憂えるようになるかもしれないだろ？　今の俺の望みは、自分の研究ができる環境だ。そういう意味でも、君にいてもらっては困る」

「うまくは言えないけど、先生は、ウチにはないようなものを一杯もってはる。面接のときにとてもお世話になったのに、入ってみると、すぐに先生がいなくなるのは、とても残念です」

「クビだから、仕方ないさ。それに君にだって、俺にはないようなもの——生命の意欲があるじゃないか。そのエネルギーを、どうかみんなに分け与えてやってくれ」

先生は、小梅の頭の上に手をあてて続けた。

「俺も君の言いつけを守って、研究は続けよう。果たして研究結果が出るのが先か、自滅が先かは分からないがな……」

エレベータのドアが開く。

追いかけようとする小梅を僕が制止しているうちに、ドアは静かに閉じていった。

第三章　デッドクロス

1

大竹先生の後任は、文化人類学者でウェブ万博日本館の実行委員でもある柳井享教授に決定した。大竹先生やテーマ課長の仁子さんの恩師ということもあり、委員会でも特に異議は出なかったという。

現場は今まで通り、僕たちで進めていくことになる。

九月最初の月曜日の朝、その柳井教授が企画部を訪れ、みんなの前で着任の挨拶をした。

「私に多くを期待しないでいただきたい」と、彼はみんなに言った。「私は、ウェブ万国博日本館の本来の企画主旨を皆で再確認し、それを形にしていければと願っているだけなのです。内容的には、過去や現在における日本の文化で、次の世代にも残していかなければならないものを見いだし、皆に伝えたい。同時に、未来を大きく開き得る最新のテクノロジーも紹介していきたい。何よりも、それらがエンターテインメントという枠組みの中で描かれるべきだと私は考えています。個人の来館者だけでなく、テーマパークのようにグループで楽しめる展示であってもらいたいのです。

とは言っても、私たちに残された時間はもうわずかしかありません。できることは限られてくるでしょう。しかし考えてみてください。そこがウェブ万博のメリットではないですか。プログラミングやCGを描き直すだけで、私たちの日本館を劇的に素晴らしいものに変えることができてしまうのです……」

彼の口調は穏やかで、何でも自分の思い通りに進めようとする大竹先生とはまるで違っている。大学ではいまだに学生たちの人気が高いというのも、うなずけるような気がした。監修者降板という非常事態の後だけあってか、企画部の植田部長も、彼をプロジェクトの救世主か何かのように思っているようだった。

午後からは柳井教授をはじめ、仁子さん、依理さん、そして僕が会議室に集まり、テーマゾーンの企画について打ち合わせることになった。先生に現状を報告した後、早速、修正方針の検討に入る。

まず過去ゾーンについては、一部手直し程度で済みそうだった。直したい箇所を言い出せばきりがないが、現状でも委員から特に反対意見は出ていなかったというのが大きな理由だ。ただ柳井教授から、未来に継承されるべきものを、過去ゾーンのなかにもっと見いだせないかという指摘がある。それは先生が就任の挨拶でも述べたようなことだったので、依理さんと僕の方で検討しておくことになった。

現在ゾーンは、仁子さんが他のスタッフと進めているので、この場で議題にされることは特にない。

「さて、問題は、未来ゾーンをどうするかだな」柳井教授が僕たちを見つめた。「前任者が残してくれた成果を、まったくなかったことにもできない。一からやり直すだけの時間が、我々にはもうないからね。かと言って、あのままではとても、展示として成立しないんだ。君たちの方で、何か意見はあるかね？　前任者には言い出せなかったこと、言っても通らなかったこと……、何でもいい」

誰も発言しないようなので、仕方なく僕が最初に意見を述べた。

「これまでの情報を活《い》かすとすれば、見せ方を工夫するのも一つの手ですよね」

「見せ方を？」

「ええ。先生も述べておられた、エンターテインメント性ですよ。たとえば入館者が選択するアバターは、テンプレートの自由度をさらに上げて、好きなキャラになれるとか……」

「悪くはないが、入館者がいくら着飾っても、肝心の未来が前のシミュレーションのままでは、根本的な問題解決にはなっていないな」

「シェルターは？」と、依理さんが言う。

「前の報告会でも、シェルターの話は出てましたよね。それを自滅回避策として、具体的に詰めていけば。防災用品やサバイバルグッズなんかを紹介するのもいいかもしれません」

　黙ったまましばらく考えていた柳井教授は、仁子さんの方を見た。

「周防君は？」

　彼女は、仕方ないといった表情を浮かべた後、ぼそぼそと話し始めた。

「今、別所君が言ったエンターテインメント性を、シミュレーションそのものにも加味していくという方向でしょうかね」

　僕は彼女にたずねた。

「同じ自滅でも、面白おかしく見せられないか、ということですか？」

「て言うか、映画みたいにシミュレーションを見せるんじゃなくて、ゲームっぽく入館者の選択によって、結果が変わっていくようにするとか……」

「入館者がどんな選択をしても、結果が自滅だとすれば問題でしょ。いくら途中でのエンターテインメント性を増したとしても、必ず負けるゲームが、面白いとは考えられませんけど」

「自滅はやはり、具合が悪いだろうな」と、柳井教授が言う。「臨時の企画会議でも出た通りだ。日本政府の責任問題になりかねない」

僕は思いついたことを、そのまま口にした。

「じゃあ、フィクションを交えて責任転嫁《てんか》するとか。たとえば怪獣か何かを出して、自滅のストーリーを、怪獣の攻撃にすり替えるんです。そいつに街を破壊させて、その怪獣をやっつければ、未来は救われる。ゲームとして構成できるし、エンターテインメント性もある」

依理さんが首を横にふった。

「宇宙人の襲撃でも同じことよね。問題解決になってない。ディテールをどんなに面白くリアルに描いても、骨子《こっし》にまったくリアリティがない。メタファーとしての怪獣には意味があるかもしれないけど、ゲームで怪獣をいくら退治しても、未来に横たわる現実的な問題を、ひとつも解決したことにはならない。未来ゾーンの主旨からも、大きく外れるんじゃない？」

柳井教授が、ため息をもらした。

「怪獣は奇想天外過ぎるが、かと言って自滅を認めるような案も承服しかねる。そもそも臨時の企画会議でも出たように、自滅というシミュレーション結果については、委員たちも根本的な疑問をぬぐい去ることができていない。それは私も同感だ。要するに初期条件が恣意的《しいてき》で、それさえ変えれば、シミュレーション結果は大きく違っていたはずではないのか？」

「自滅を免《まぬが》れるとすれば……」僕はぼんやりと天井を見上げた。「初期条件は、かなり大幅に書き換えることになりますよ」

「とにかく、未来が明るくないことには、日本館の展示としては成立しない。不安材料があるとしても、それらは懸案事項として紹介する程度にとどめたいと思う。そしてさっきの挨拶で私が述べたように、個人はもちろん、グループで入館していただいても楽しめるようなパビリオンにできないだろうか」

柳井教授のイメージしていることは、大体僕にも想像できたが、具体的にどうすればいいのかは、まったく見えてこなかった。

それで結局、未来ゾーンについてはペンディングとなり、それぞれもう少し考えてから、再度話し合うことになる。なお次回の会議には、小梅も参加する予定になっていた。


翌日、小梅は総務部でアンバサダーとしての研修プログラムを受けた後、企画部にやってきた。そして柳井教授と改めて挨拶し、僕たちとともに会議に参加する。

議題は引き続き、未来ゾーンの修正についてである。

柳井教授が、笑顔で小梅に話しかける。

「意見があれば、自由に発言してかまわないからね」

「でもウチ……、いや、私……。難しい話は分かりませんし、初心者なんで、今日は見学ということでお願いします」

先生はうなずきながら、早速会議を始めた。

まず先生の方から、シミュレーションのために収集した都市部の3Dデータは、フライト・シミュレータとしても使えるのではないかという意見が出た。

「アバターにはフライト機能も充実させて、そういうホビーユースも大いに開放しよう」

特に反対意見も出ず、それは仁子さんを通じて、現在ゾーンの展示担当者に提案することになった。またアバターのテンプレートのバリエーションを増やすという僕のアイデアも採用された。

問題はやはり、シミュレーションをどうするかについてだった。

「とにかく、自滅回避は最低条件だね」と、柳井教授が言う。「そのためには何をどのように修正すればいいかを考えよう」

依理さんが、いつもの落ち着いた口調で意見を述べる。

「シミュレーションなんですから、初期条件や境界条件を操作すれば、結果に影響が及んでいく理屈ですが」

「初期条件のリライトについては、私も考えた。たとえば都市の緑化構想をさらに拡大していってはと思うんだが」

「緑化構想？」と、仁子さんが聞き直す。

「ああ。過去ゾーンの飛鳥の都を思い出していたときに、ひらめいたんだ。あそこもかつての都市が、田園地帯になっているわけだろう。今の都市部にも、うまく緑を復活させていけば、自滅なんてことにはならないいんじゃないのかな」

僕は、大竹先生が過去ゾーンのモデルとして飛鳥地方にこだわった理由が、ひょっとしてそういうところにもあったのかもしれないという気がした。ただし初期条件として緑化構想を加えることについては、自分の考えを柳井教授に述べることにした。

「しかし自滅回避策としてそれが有効かどうかというと、疑問ですね」

「駄目だと言うのか？」

「修正しないよりはましでしょうが、焼け石に水程度かも」

「じゃあ、再生可能エネルギーへの転換を、さらに加速させるというのはどうだ？　バイオ燃料の利用率も上げていける」

「先生が考えていらっしゃるほどの効果は、期待できないと思います」

「何故《なぜ》だね。シミュレーションしてみる価値はあるだろう」

「いえ、前任者の言いぐさではありませんが、シミュレーションするまでもないかもしれませんね」

「どうして？」

「結果は明らかだからです」

　隣で依理さんが、同意するかのようにうなずいてくれているのを見て、僕は続けた。

「そうした初期条件の書き換えによって、多少の時期の変動などはあるでしょうが、そう遠くない未来に、大竹先生が言っていたような末世《まっせ》恐慌が発生し、自滅にいたるという大きな筋書きそのものは、おそらく変わらない。自滅を回避するには、産業革命以前に戻すぐらいの大きな変更が求められます。ただし、産業革命以前の状況で今の人口分の食糧を生産することはできませんので、事実上、そういう書き換えもあり得ない」

　柳井教授は腕を組み、「そうか……」とつぶやいた。

　その後、誰も発言しなくなる。

　僕はみんなの顔をながめながら、自分たちは今、別の角度から大竹先生のシミュレーションの正しさを検証しているような気がしてならなかった。何がきっかけになるのかは分からないにしても、一旦、恐慌が起きてしまえば自滅まで突っ走ってしまうという彼のシミュレーションは、ある意味妥当《だとう》と思えてしまうのだ。

「よし、分かった」突然、柳井教授が言った。「シミュレーションの企画は、全面的に見直そう」

　仁子さんがおそるおそる、先生にたずねた。

「どうされるおつもりですか?」

「最初に話した通りだ。自滅という予測は、回避する。そのためには、恐慌も出さない。恐慌を描くと、自滅まで突っ走ってしまうからね」

僕は先生にたずねた。

「そうするには、やはり初期条件の大幅な書き換えが求められます。たとえば、地球温暖化も人口爆発も消去するぐらいのことをやらないと」

「やるしかないだろう」と、先生が言う。

「地球温暖化も人口爆発も、極めてベーシックな初期条件ですよ」

「それらをないことにしなければ、明るい未来なんてないのであれば、そうするしかない」

「しかし……。前任者の初期条件を恣意的だと非難する委員がいましたが、この書き換えの方がはるかに……」

「とにかく、前任者の初期条件のことは忘れて、一から作り直すつもりでやってもらおう」

僕は、現実問題をまったくふまえていない初期条件でシミュレーションしたとしても、出てくるのは絵空事のような未来でしかないという気がしてならなかった。ただ、僕も仁子さんも依理さんも、柳井教授の立場を理解しているのでそれ以上議論する気にはなれない。しかし小梅だけは違っていた。

「結局、未来に横たわる問題からは目をそらすということなんですね」と、彼女は言った。

眉間に皺《しわ》を寄せながら、柳井教授が反論する。

「そうでもしなければ、展示にならないんだ。人類の文明はまだまだ進化していかなければならないし、我々にはそちらの方を伝える義務がある」

「話を聞いてると、その足元はグラグラなんですよね」

「未来予測を改善する方法が見当たらないんだから、仕方ないだろう。いいかね、客は楽しむために来るんだ。これは委員会の意見でもあるが、現実逃避を求めている人に現実を突きつけても、面白くない」

「じゃあ結局、シミュレーションも現実逃避でしかないということ？　でもそれって、企画コンセプトに反するんじゃないんですか？」

小梅に悪気はなかったのかもしれないが、柳井教授が気分を害したのは確かだった。

僕は彼女の指摘ももっともではないかという気がした。我々だって、未来をテーマにしたのはいいが、かかえている問題がシビア過ぎて、展開のしようがないのだ。

「まったく目をそらすというわけではない」と、柳井教授は言った。「ただ前任者のシミュレーション結果は、懸念材料として展示するにとどめておこう。それから周防君……」

先生は話題を変えるように、仁子さんに向き直った。

「シミュレーションの初期条件だけでなく、展示内容も追加修正しよう」

「と言いますと？」

「国際情勢のような大局的なレベルではなく、占いマシン的なレベルで個人や家族連れが楽しめるような未来像も出していきたいということだ。たとえば入館者が子供であれば、自分の成人したときの姿とか、将来結婚する相手のタイプとかの予測を見せてやりたい」

「何か、リアリティなさそう」と、小梅がつぶやく。

「情報にリアリティがなくても、ＣＧなどでリアルに描けるだろう。それから周防君、未来の生活様式も見せておくべきだな。スマートグリッドなどの省エネ技術や、予測される新たな発明品も紹介しておきたい。コンピュータによる診察とか、人工冬眠とか、いろいろあるだろう。それと、未来をどうするかについて、ＧＴハートの日本支社長が政治家たちと熱く語るというコーナーも追加してもらいたい」

さすがは御用学者との声もある柳井教授だと僕は思ったが、口には出さなかった。

ただしこの点でも、小梅だけは違っていた。

「まるで委員会の手下みたいね」と、彼女は言ってしまったのだ。

先生は表情を変え、小梅を見つめていた。

「何か言いたいことでもあるのかね」

「いえ、別に。展示が面白くなるから、いいのと違いますか？　個人的には面白くないんですけど」

先生は一度咳払《せきばら》いをした後、ここまでの修正ポイントをまとめた。

「アバターのテンプレートのバリエーションを増やすこと。初期条件を全面的に書き換えること。次世代の新技術などを紹介すること。キーパーソンのビジョンを伝えること。それから……、アンバサダーをどうするかだな……」

柳井教授は、小梅に目をやった。

「最近の若い者の好みはよく分からんが、私にはこのアンバサダーが、どうも気に入らない。一応、日本語は通じるみたいだが……」

「そんなに、はっきり言わなくても」

彼女が口をとがらせる。

「いや、君のことを言っているのではない。アンバサダーの位置づけについてなんだ。私の感想だが、仮想世界のCGの中で、アンバサダーだけ現実のままというのは、リアル過ぎてかえって不気味なんじゃないかな。それにちょくちょく出てきては、さっきみたいな物言いをするんだろ？」

「やっぱり、ウチのことやないですか」

仁子さんが小梅をなだめながら、先生の方に目をやった。

「彼女も会期中は、発言にも気をつけると思いますけど」

「ともかく、せっかく採用するアンバサダーなんだから、私はそれを、もっと有意義に活用できないかと考えているところだ。キャラクターも彼女に頼り切るのではなく、フルCGにして、もっとデフォルメしてもいいのではないか？」

小梅がぷいと横を向く。

「要するにシミュレーションが嘘《うそ》くさくなる分、アンバサダーがリアル過ぎては困るということと違いますか？」

先生はしばらく無言のまま、彼女をにらみつけていた。

結局、その日の会議はそこで打ち切られ、アンバサダーの設定については、ペンディングにされたのだった。

2

柳井教授はざっくりとした指示だけ出すと、細かな作業は僕たちにまかせて、企画部にはほとんど顔を出さなかった。大学の方や講演などの仕事がお忙しいという事情もあるのかもしれない。

「大体の方針はつかめたけど」会議室で依理さんがつぶやく。

「最先端技術の紹介にＶＩＰインタビュー……」僕はその場で、舌打ちをした。「仕事は増えるし、取材だけでも大変ですよね」

「そっちはもう大丈夫」と、仁子さんが言う。「さっき部長から聞いたんだけど、他社から応援部隊がきてくれるそうよ」

「他社って、ひょっとしてＧＴハートから？」

彼女が、こっくりとうなずく。

「未来ゾーンの企画変更に伴う、緊急措置だって」

「それって、未来ゾーンの修正作業を、ごっそりＧＴにもっていかれたようなものじゃないんですか？」

「そんな心配しなくても、君たちは今まで通り、自分の仕事に集中していればいいの。それにシミュレーションの変更は、今ある初期条件の大枠を消去すればいいだけなんだから」

「しかし、それでいいんですか？」僕は仁子さんに問いかけた。「いわば、何の障害もなく経済成長が続いていくという初期条件に変えろというわけですよね」

依理さんが、僕を説得するように言う。

「やるしかないでしょ」

どうやら彼女は、柳井教授の指示を受け入れているようだった。

初期条件に関して、彼女が大竹先生とは対立していたことを、僕は覚えていた。ひょっとして柳井教授だけではなく、彼女も本当は未来を直視したくないのではないかと僕は思った。

　じっと考えていても仕方ないので、僕たちは初期条件の修正作業に取りかかることにする。大竹先生のシビアすぎる初期条件にも違和感があったが、今回の修正についても、ここまで変えてしまっていいのかという後ろめたい思いが付きまとっていた。だからプログラミングに手を加えながら、僕は大竹先生に対して、何か申し訳ないような気持ちも感じていたのだ。

　小梅はパイロット版のシナリオ改訂作業を待つ間、ボイストレーニングやダンスレッスンなど、アンバサダーとしての教科をこなしていた。柳井教授の方針で、アンバサダーのキャラクター設定も、よりエンターテインメント性を重視したものに変えられることになっていたが、むしろその方が小梅には向いているような気がする。

　一方で、これも柳井教授のアイデアに従い、アンバサダーの全面ＣＧ化が検討されていた。元々アンバサダーは、〝素〟の彼女に活動してもらうだけではなく、状況によってはコンピュータに取り込んだ彼女の映像に合わせて、アフレコの要領で人工知能《AI》に語らせるというシチュエーションも計画されていた。もちろん人工知能は、解説口調にはせず、若者に受けるような少女キャラに設定される。

その方が内容のコントロールをしやすいと、柳井教授は考えているようだった。確かに小梅は、突然何を言い出すか分からないような娘《こ》だから、先生の言うことにも一理あるのかもしれない。

その試作品《プロトタイプ》の製作が他のスタッフによって進められていたが、先行してラフデザインが仕上がってきたので、小梅も参加して検討会が開かれた。アニメの主人公のような美少女キャラが、ミニスカートで宙に浮いているといったイラストだった。背中の小さな羽根は、空間だけではなく、未来へも飛んでいくというイメージらしい。

イラストをながめながら、小梅が大きな声を出した。

「これウチと、どう違うの」

「いや、全然違うと思いますけど」イラストレーターが頭に手を当てながら言う。「もっともルックスなんかは、灘城小梅さんをベースにしましたから、似ているところもあるでしょうけど」

正直僕は、イラストの方が可愛《かわい》いような気がしていた。少なくとも性格などは、小梅よりは良さそうに見える。

「今や人工知能は、知的なだけでなく、ユーモアのセンスもある」僕は彼女に説明した。「どんな質問や要望にも、しっかり受け答えができるんだ」

「つまり、ウチより優れていると?」小梅が僕をにらみつける。「けど、こんなんを好きなんて言ってたら、あんた、一生結婚できしませんで」

　そういう口のきき方を柳井教授も問題にしているのだと、僕は思った。

　しかし彼女がぶつぶつ言うのももっともで、アンバサダーが全面ＣＧプラス人工知能になると、会期中彼女がずっとスタンバイしている必要はなくなることになる。

「ウチはもう、クビか？」と、彼女がつぶやく。「せっかく手にしたチャンスなのに」

「いや、クビというわけでもないだろう」

「ほな、生殺しかいな……」

　スタッフの一人が、彼女に説明する。

「ＣＧ化と言っても、こうしたラフまでは割と簡単にできますが、動かすのが問題なんです。決めのポーズをいくつか取り込んで、その間をコンピュータに描かせる方法を考えていますが、時間の問題もあるので、メインはモーション・キャプチャーになるでしょうね」

「モーション・キャプチャー？」

「ＣＧの世界では古典的手法で、いわばスーツアクターやアクトレスが演じた動きを取り込み、キャラクターを動かしていくわけです」

「スーツアクターの顔は出ないの？」と、彼女が聞いた。

「ええ、もちろん」

「アンバサダーの顔出しでないと成立しないイベントもあるわよ」仁子さんが彼女に言う。「広報活動とかね。まだ何も決まってないんだから、そんなに心配しないで、レッスンを続けていればいいわよ」

小梅は口をとがらせながら、軽くうなずいていた。

一方、僕たちシミュレーション・チームは、初期条件を大幅に変更し、それを計算センターの野洲主任に送ることになっていた。

ネット会議で変更点の概略を説明すると、野洲さんは首をかしげながら僕たちにたずねた。

〈そこまで初期条件を消し込むというのは、捏造《ねつぞう》ではないんですか？〉

仁子さんが首を横にふる。

「それは私たちの考えることじゃないの」

〈分かりました〉ディスプレイに映る彼が答える。〈しかし監修者が代わると、こうまで変わるものなんですかね……〉

数日後、シミュレーション結果を柳井教授に確認していただくため、僕たちは会議室に集まった。

緑あふれる街のなかで、ＣＧで描かれた人々が楽しそうに暮らしている。

初期条件でこうも変わるのかと思えるぐらいの平穏で快適な未来が、モニターに映し出されていた。

見学に来ていた小梅が、急に手をたたきながら「ブラジャー！」と叫んだ。

「どうかしたのか？」と、僕はたずねた。

「感激したら大声で『ブラジャー』て言うんですやろ？」

僕は少し考えて、彼女に聞き返した。

「ブラボーのことか？」

「そうそう、そっちの棒」

柳井教授は、小梅の声などまるで聞こえなかったかのような顔で、ディレクターの依理さんの方を向いた。

「大体、いいんじゃないかな」

依理さんが、申し訳なさそうに言う。

「いや、それが……。さらに時間を進めていくと、同様の事象が発生するんです」

「どういうことかね？」

彼女は先生に、シミュレーションの先を見せた。

「つまり株の暴落が起きて、それが末世恐慌に拡大し、やがて自滅にいたる」

「何故だ？　恐慌の原因は、取り除いたのではないのか？」

「地球温暖化や人口爆発は消去しました。それでも結果は、ご覧の通りです」

「他にも何かあったということか？」

「地震や火山の噴火といった想定外の自然災害や、政治情勢など、恐慌の引き金《トリガー》になるようなものが、いくつもまだ基礎的な初期条件の中に潜《ひそ》んでいるようなんです。時間の経過とともに、そのうちの何かが急激に影響を及ぼすようになる」

「前任者が残したプログラムを、ベースにしているからじゃないのか？」

「それも確かにあると思われます。初期条件のいくつかのエレメントが相互作用を起こして、我々が意図していないような原因を生み出していることも考えられます。しかし初期条件は、エレメントが膨大過ぎて、こちらで一から作り直す時間も能力もありません」

「とにかく原因を究明して、対処しておくように」と、柳井教授が言った。「恐慌の引き金になりそうな要素は、初期条件から一切合切《いっさいがっさい》消去しておくんだ。何としても、自滅は回避しなければならない」

僕は先生にたずねた。

「これ以上、初期条件に手を加えると、さらに現実とかけ離れてしまいます。いいんですか？」

何も答えない柳井教授の横で、小梅がうなずいていた。

「ヒカリンの言う通りや。実態を見てしまっただけに、シミュレーションの未来がいくら明るくなっても、ウチの気持ちが落ち込むわ」

「何か文句でもあるのか?」

先生が小梅の方を見て言った。

「いえ、別に。確かに暗い未来は、面白くないですもんね」彼女は急に、ガッツポーズをする。「よし、こうなったらシミュレーションのウソがばれないよう、アンバサダーの私がせいぜい、能天気に明るくふるまってみせますから」

先生は真顔で、小梅にたずねていた。

「さっきから君は、私を馬鹿《ばか》にしているのか?」

「そんなことはないです」小梅が首を横にふる。「これでもウチ、人生かけて取り組んでるんですよ」

「そうまでしてもらわなくてもいい」そして先生は、仁子さんの方を向いた。「周防君、アンバサダーの件だが、やはりフルCGにしよう」

仁子さんは、目を瞬《しばたた》かせている。

「でも、それをご判断いただくためのプロトタイプが、まだ……」

「見なくても分かる。こっちが駄目なんだから、違うのを使うしかない」小梅と目を合わさないようにしながら、先生が続ける。「アンバサダーは、もっとアトラクティブにする必要がある。CGキャラにした方が自由度も高いし、第一、未来っぽいじゃないか」

小梅を気づかうように、仁子さんが言う。

「けれどもフルCGですと手間ですし、作るのに時間もかかります」

「モーション・キャプチャーとやらで動かせばいいと聞いているが。データを取り込むスーツアクターは、彼女でもいいだろう。せっかく採用したんだから。ただし彼女に顔出ししてもらう必要はない」

「いや、来館者への挨拶はともかく、プレイベントやPR活動となると、やはりCGキャラを舞台に上げるわけにもいきませんし……」

「それは確かに、生身の人間に出てもらうしかないだろうな。ただしアンバサダーとしてではなく、あくまでサブ的なイメージ・キャラクターとして扱い、CGキャラのアンバサダーとは区別する」

そして柳井教授は、呆然《ぼうぜん》としている小梅に微笑《ほほえ》みかけた。

「聞くところによると、君は相当なゲームマニアらしいな。CGキャラのモデルというのは、仮想世界好きの君にとって、むしろピッタリな役目ではないのかね？」

そう言うと柳井教授はゆっくりと立ち上がり、会議室を出ていった。

その後僕たちは、柳井教授に指示された通り、初期条件の再修正に取りかかった。

ネット会議でも、変更点について計算センターの野洲さんと話をする。

〈恐慌の引き金になりそうなものって、この世界にはいくらでもあるんじゃないですか？〉

ディスプレイに映る野洲さんに向かって、依理さんが落ち着いて答えた。

「だとしても、それをすべて消していかねばならないの」

〈変なシミュレーション……て言うか、それはもう、シミュレーションとは呼べないのでは？〉

「いいから計算の方をお願いします」

野洲さんは文句を言いながらも、僕たちが修正した初期条件で計算し直してくれた。しかしそれでも、恐慌後に自滅という結果が出たのだった。

「発生のタイミングに、若干の遅れは出るみたいだけどね」と、仁子さんが言う。「でも、スーパー台風も巨大地震も引き金じゃないのなら、このクラッシュの原因は何なの？」

依理さんが、首を横にふる。

「それがまだ分からないんです。発生直前の状況分析は続けているので、それで何か出てくるとは思うんですが」

「困ったわね。またしても自滅なんて、委員会で報告できないし、シミュレーションそのものが中止になるかも。その原因を早く突き止めて、消し込まないことには……」

「いや、しかし」僕は仁子さんに言った。「今回の原因を突き止めたとしても、他にも自滅の引き金になるようなものが潜んでいることは考えられます」

「するとまた、似たような結果が出てくるということ？」

「ええ、今回だって、ありとあらゆる可能性を消去していったつもりです。それでも結果は、この通りです」

「竹ちゃんの台詞《せりふ》を思い出すわね」仁子さんは、独り言のようにつぶやいた。「現代はもう、飽和状態。きっかけさえあれば崩壊してしまう……」

「それに僕たちは、大きな引き金から消していっているから、初期条件に残っている引き金は、より小さく複雑になっているはずです」

「何か、笑えてくるよね。だって私たちが今やっている作業って、言い換えれば自滅に至らない初期条件のあり方を探っているようなものでしょ。するとどうやら、そんな初期条件なんて現実にはあり得ないっていうんだから」

僕はディスプレイに目をやった。

「恐慌前の明るい未来像だって、あれだけ初期条件をいじった僕としては、リアリティも感じませんしね。何だか到底手の届かないユートピアを見ているような気がしてならない。自滅予測は大竹先生の創作のように委員の先生方はおっしゃっていたけれども、果たしてどっちの未来像が創作なのか……。

入館者――特に若い世代に対しては、どこか後ろめたいですよね。エネルギー資源は使い果たして、そこら中ゴミだらけにして住みにくくして、負債を積み上げた上で、未来は明るいと吹聴《ふいちょう》して、それであとはまかせたというわけでしょ」

「社会がどれだけひずんでいても、全否定はできないんじゃないの？」仁子さんは、僕の肩をたたいた。「あんたもそれに乗っかってるんだから。それより仕事仕事……」

僕たちは計算センターの野洲さんとも相談し、シミュレーション結果からフィードバックさせて、恐慌の引き金となる要素を見つけ出し、初期条件から消し込むという作業を続けることにした。

これで明るい未来があると信じられる方が疑問だと、僕には思えてならなかった。修正後のシミュレーションは、リアリティもなければ、未来に対する警鐘《けいしょう》にもなっていない。するとと自分たちは、何か無駄なことをしているのではないかという気にもなってくるのだ。

そんな折、柳井教授がメールで、アンバサダーは全面CGキャラに決定したと伝えてきた。キャラクターのプロトタイプを見せた上で、委員会の承認も得たという。プレイベントなども、CGキャラそっくりの着ぐるみを作成して出すつもりらしい。彼が会議で言っていた通り、小梅が出ることがあっても、あくまでサブ的なイメージ・キャラクターとしての位置づけであって、アンバサダーではない。

誰も口に出しては言わなかったが、理由は展示におけるメリットがどうのこうのではなく、単に柳井教授が小梅のことを気に入らないからだと思われた。

それでも小梅へのレッスンは、若干プログラムの変更はあるものの、継続されることが決まっている。顔出しではないにしても、モーション・キャプチャーのスーツアクターを彼女に務めてもらうことになっていたからだ。

レッスンの合間、彼女は相変わらず、スマホゲームに熱中している。その様子が、少し落ち込んでいるようにも見えた僕は、彼女に話しかけた。

「お前らしくもないな」

ゲームを続けながら、彼女が聞き返す。

「何が？」

「アンバサダーがCGキャラになったことを、まだ気にしてるんじゃないのか？」

「それもないとは言わないけど……。むしろ、シミュレーションの方がこたえてるかな」

「シミュレーションが？」

「うん。企画会議に参加してたら、未来のかかえてる問題のシビアさを、嫌でも実感してしまう。現実で傷ついて、また未来でも傷つくのかと思うと……」

スマホのディスプレイを見つめながら、彼女は指をせわしなく動かし続けている。彼女にとって希望であったはずの未来が、やはり苦難に満ちたものであると気づいてしまったために、未来に対しても逃避し始めたのかもしれない。

彼女の力になってやりたいと思うものの、シミュレーションによって彼女に絶望的な未来を突きつけた張本人の一人が僕であるというのも、確かなことなのだ。

僕たちはフィードバックによる初期条件の変更作業を続けていたが、自滅という結果に変わりはなかった。

ネット会議で、野洲さんが妙なことを口にした。

〈原因は外だけではなく、内にもあると考えるべきではないのか？〉

「どういうこと？」仁子さんが聞き直す。

〈恐慌の発生は、自然災害とかエネルギー問題とかだけでなく、システムそのものにも原因があるということですよ。たとえば初期条件のなかにも、経済システムに関しては株の高速自動取引《HFT》を模倣したパターンがプログラミングされてますよね〉

「それがシミュレーション世界で恐慌を引き起こしていると？」

〈原因の一つにはなり得ます。フラッシュ・クラッシュ——分かりやすく言えば株が瞬間暴落するというようなリスクもプログラミングされていて、それが確率的に恐慌を引き起こす。確率的とはいえ、時間の経過とともに百パーセントに近づく理屈ですよ〉

僕は小刻みにうなずきながら、ディスプレイに映る野洲さんを見つめていた。

「なるほど……」

〈恐慌発生に関係する外の要因の消去がもう限界であるのなら、内の要因――つまり高速自動取引のようなシステムを初期条件から消去するか、書き換えるしかないんじゃないですか〉

「そのうちの超高速自動取引《SFT》システムは、最先端技術として紹介すべきものに入ってる」と、仁子さんが言う。「消すわけにはいかない」

〈恐慌の発生要因は消去しなければならないという命令も出てるんでしょ。だとすれば初期条件における株の運用システムなどにも手を加えて、シミュレーションし直すべきでしょうね〉

仁子さんはしばらくその場で考えていたが、なかなか結論は出ない。

結局、高速自動取引を初期条件に残したシミュレーションと、消去したシミュレーションの二種類を作成し、柳井教授に現状を報告することになった。

次の企画会議に、小梅は欠席した。レッスンと重なったためというのが理由だったが、僕には「もう結果が分かってるから」と言っていた。

僕たちはまず、高速自動取引を初期条件に残したシミュレーションの方を、柳井教授に見せた。やはり恐慌から自滅にいたるという展開に、変わりはない。

「スーパー台風も巨大地震もないのに？」

先生は、僕たちと同じ感想を口にしていた。

仁子さんが先生に、状況を報告する。

「このシミュレーションにおいては、いわば外的要因のスケールが小さくても、恐慌は発生してしまいます。そうなると、むしろ内的要因——経済システムなどの課題の方が、浮き彫りになってしまう……」

仁子さんの説明を聞いた先生は、株の高速自動取引をシミュレーションから消去しようと言った。

「そのうちのSFTは、最先端技術のコーナーで紹介することになっていますが」

「それはそれで、紹介すればいい」

「矛盾しませんか？」

「仕方ないだろう」

仁子さんはしばらく考えた後、先生に進言した。

「高速自動取引システムの取り扱いに対して、何らかの注意を促《うなが》すべきでは？　シミュレーションにたずさわった者の責務として……」

「それはいらない」と、先生は言う。

「現実のシステムには、危機回避プログラムがちゃんと組み込まれているはずだ。前任者がシミュレーションのために作成した初期条件とは違っている。だからこのシミュレーシヨンが、現実世界への警鐘とはならないし、関連づけて考えるのはあまりに安直過ぎる。それにシミュレーションでは、高速自動取引システムが何に反応したかは分からないんだろ？」

　僕はうなずきながら、先生に答えた。

「初期条件には前任者が膨大なエレメントを投入していて、輻輳《ふくそう》も生じているようです。ですから、こちらで想定していないようなものでも引き金になる可能性があり、追求しきれません」

「そんな得体の知れないものを出せば、また委員会で糾弾《きゆうだん》されるぞ。とにかく、株の高速自動取引は、初期条件から消去してくれたまえ」

「ところが……」依理さんが、申し訳なさそうに顔を上げた。「それでもいずれ、恐慌は発生するようです」

「何故だ？　内的要因を消去してもか？」

「内的要因の課題は高速自動取引だけではないですし、さっき別所君が説明したように、他の要因も消去しきれません」

「シミュレーションを担当したものの実感としては……」僕は大型モニターの映像を見つめながら言った。「経済は、どこかで必ず行き詰まるということでしょうか」

「行き詰まる？」

「おそらく、地球の有限性という要素を組み入れてない経済に、根本的な問題があるようです。前任者からも、そんな話を聞いたことがあります」

「大竹君が?」

「ええ。現代文明は飽和状態に達している、とも言ってましたね。きっかけが何なのかはともかく、何らかのきっかけがあれば、一気に崩壊してしまう」

柳井教授は、シミュレーション結果が映し出されたモニターに目をやった。

「で、恐慌は回避できるのか?」

「人間の本質そのものを書き換える以外に、ないと思います」

「馬鹿な、そんなことはできない」先生は僕たちに言った。「自滅回避が困難であれば、せめて恐慌発生のタイミングが後にずれ込むよう、努力は続けてほしい。引き金となるエレメントが小さいものだとするなら、境界条件の方を緩和すれば、スルーしてしまう可能性はあるんじゃないのか?」

僕はゆっくりとうなずいた。

「確かに……」

「それと、展示に使うのは、恐慌発生より前までだ。いいな」

柳井教授はそうした条件付きで、高速自動取引を消去した方のシミュレーションにOKを出したのだった。

引き続き僕たちは、シミュレーションに合成するアンバサダーのCG作成を手伝った。モーション・キャプチャーで僕は、黒のレオタードに身を包んだ小梅のボディ・シルエットにときめきながらも、収録に協力した。

声の方は、人工知能の製作が報告会には間に合わないので、彼女にアフレコをしてもらうことになる。収録スタジオでは、ディレクターが彼女に、突き抜けたような明るさで語るよう、指示をしていた。

彼女にはぴったりのキャラクターのはずだったのだが、何故か小梅は、NGを連発する。

いつもの彼女らしくないなと思いながら、僕は見ていた。

その収録も無事完了し、結果は次の委員会に報告することになった。

3

九月中旬、政府関係者も出席する報告会が、都内のホテルで開かれた。

「今度は大丈夫ですから」

柳井教授は会場となる宴会場の前で、GTハートの端山支社長にそう話しかけていた。

実際、シミュレーションは委員会でも好評で、端山支社長の機嫌も上々の様子だった。

ただし彼は、僕たちとロビーに出て、待ち構えていた世界自由銀行《WFB》の営業担当に出くわしたとき、表情を変えた。

「くどいな」

支社長は歩きながら、工藤係長とナンシーさんに言う。

ナンシーさんはそんな支社長に、パンフレットを差し出した。

「ご存じかとは思いますが、鉱物資源や食糧の供給源としても、これらの地域の役割は今後ますます重要に……」

「失礼ながら、投資先としての世自銀には、魅力を感じていない。何より、展望があまりに長期的過ぎる。本社の考えも同じだ。じゃ、ここで失敬する」

彼はそう言い捨てると、取り巻き連中とともにエレベータに乗り込んだ。

落胆している様子のナンシーさんに、仁子さんが声をかける。

「気にしない方がいいわよ。あの人、ああいう人なんだから」

「ありがとうございます」ナンシーさんは無理に微笑んでいた。「あの、これ、よろしかったら……」

端山支社長に渡し損ねたパンフレットを、彼女が仁子さんに渡す。

僕たちはそれを見ながら、ロビーでしばらく立ち話をした。

工藤係長は、学生時代にはバックパッカーとして世界中を旅して回ったそうだ。

「インドやアフリカの窮状《きゅうじょう》を目《ま》の当たりにして、自分も力になれたらと思って」と、彼は言う。

ナンシーさんは、シリアの出身だと教えてくれた。孤児だったらしく、アメリカ人夫婦の養女になれたものの、成長するにつれ、自分だけが恵まれていていいわけがないと考えるようになったという。

「それで、今の仕事に？」

僕がそうたずねると、彼女がこっくりとうなずく。

別れ際、二人とも、あきらめずに活動を続けると言っていた。


シミュレーションは数日後、委員以外の関係者や、モニターをお願いした一般の人々にも公開された。

CGキャラとなったアンバサダーの名前は、〝ヒューちゃん〟に決定した。シミュレーションもアンバサダーも、おおむね好評だった。

この後はアンバサダーとの合成を経て、マスコミや招待者に、デモンストレーションとして公開する予定だ。それが終われば、微修正などの作業が残ってはいるものの、事実上、シミュレーションに関しては一応の目処《めど》がついたことになる。

本来なら完成間近なプロジェクトを喜ぶべきところなのだが、僕の胸の中は、いろいろと複雑だった。仕事で小梅と会う機会が少なくなるのも理由の一つだが、何より、精度の高いシミュレーションをうたいながら、結果的に可能性の薄い未来を描いてしまったことには、どうしても悔《く》いが残る。

柳井教授も実行委員たちも、未来を直視しようとしていない。右肩上がりの未来観は、展示としては面白いかもしれないが、実態を知れば知るほど、現実味の乏しいものにしか見えないのだ。そういうふうに修正した一味の一人が僕なわけだから、自分に対する嫌悪感もある。

仕事帰りに、にぎやかな街を一人で歩きながら、ここには何でもあるなと僕はまた思っていた。しかしこのままだと、大竹先生が出したシミュレーション通りのことが起きてしまう可能性は十分にある。いずれ自滅するのであれば、やはりこの街には――いや、この街に限らず世界中の都市には何かが欠けているのかもしれないという気もするのだった。

ふと、大竹先生のことが頭をよぎる。彼には申し訳なく思う半面、彼が導き出した未来観は、いまだに僕自身、受け入れられずにいた。でも彼は間違えていないし、間違えているのは、おそらく僕たちの方だろう。そう考えると、いずれは自滅してしまうであろうこの街の何もかもが、実体のない空虚なものに思えてくるのだった。

九月末になると、テレビやネットでのＰＲ活動が始まった。

日本館のアンバサダーはCGキャラと着ぐるみに取って代わられてしまったが、サブのイメージ・キャラクターとして企画に踏みとどまった小梅も時折テレビに出演するようになり、ネットの世界ではちょっとした話題になりつつある。

取りあえず僕は、〈祝、テレビ出演〉と題した短いメールを、彼女に送っておいた。

そんな中、依理さんの異動が発表になった。

シミュレーション製作に目処がついたこともあり、十月一日付で彼女を計算センターの方で勤務させるというのだ。と言っても、野洲さんのいるCENのスパコン〝極〟の方ではなく、その隣接地で運用開始に向けて準備が進められているGTハートのスパコン〝Z－JPN〟の方だ。彼女は元々、GTハートからこの企画部に出向してきたので、元の会社へ戻る形となる。

〝Z－JPN〟はウェブ万博開始後、僕たちのシミュレーションを含む日本館の展示全般と、入館者のアバターへの変換やその操作など、膨大な計算を一手にこなす予定になっている。ところがどうやら、運用開始までに完成が間に合わない可能性も出てきているらしく、依理さんが応援部隊として任命されたようだった。

仕事の引き継ぎを行っている最中、彼女がポツリとつぶやいた。

「まあ、玉突き事故みたいなものね」

「玉突き事故？」僕が聞き返す。

「あるいは、ドミノ人事とでも言うか……」

彼女が得た情報によると、先月アメリカのGT本社で、スパコンの開発技術者の一人が自殺したというのだ。

「何故?」僕は彼女にたずねた。「開発を急がされていたストレスか何かで?」

「そこまでは私にも分からない。でもそれで、日本に派遣されていたエンジニアがアメリカのGT本社に戻されることになって、〝Z－JPN〟の方が手薄になった」

「それで依理さんにお呼びがかかった……」

僕は軽くうなずきながら、彼女の荷物整理を手伝うことにした。

一方、テーマ課の方は、僕が彼女の代わりにシミュレーションのチーフ・プログラマー兼ディレクターに昇格することが決まった。

その直後、小梅から届いた短いメールには、〈祝、タナボタ昇進〉と書かれていた。

4

十月最初の月曜日の朝、僕はいつも通り、テレビをつけながら自宅のマンションで身支《みじ》度《たく》をしていた。

ニュースでは、南米で発生したデモの様子を伝えている。

　大変な地域もあるものだなと思いながら、僕は仕事場へ向かうことにした。

　依理さんの席は、今日から僕が座ってもいいことになっているのだが、畏《おそ》れ多いので空席のままにして、資料などを置かせてもらっている。

　課長席の仁子さんを見ると、彼女も少し暇になったのか、朝刊を広げて株価の欄をながめていた。

「例の、無理矢理買わされたとかいう、スポンサー企業の株価ですか？」

　僕は彼女に話しかけた。

「うん。別に気にすることはないんだけどね」

「でも大丈夫かなあ。株のことは、シミュレーションでさんざん……」

「心配しなくても、私ならパイロットの堀近ちゃんにアドバイスしてもらってるから。仕事が一段落しそうだし、タイミングを見て売ろうかとは思ってる。けど今、平均株価は上がっているしね。別所君は興味ないかもしれないけど」

「株価が上昇？」僕は首をかしげた。「理由は？」

「私に分かるわけがないじゃない。でも今日の新聞には、総合研究所の主任研究員のインタビューなんかがあって、好材料が多く見られるし、株価の上昇はこれからも続くと分析してるわよ。それにほら、ウェブ万博の効果もあるのではないかという記事も……」

　そう言う仁子さんは、ちょっと自慢げに見えた。

一方、計算センターに転勤した依理さんは、GTハートのスパコン〝Z－JPN〟の調整に携わるかたわら、野洲さんとの引き継ぎ作業を始めることになっていた。

実は野洲さんも、今年中にCENの中央研究所へ異動する予定になっている。CENは来年度にはNPハートと名称を変え、GTハートの子会社となることが決まっているが、とにかくそこで、次世代LSIといわれている3DOLSIの開発チームに合流することになるらしいのだ。

ネット会議の後で、そのことを聞かされた僕は、彼にたずねてみた。

「でもCENは、いまだに3DOLSIの課題を克服できずにいるんでしょ？」

〈ああ。耐久テストなどを続けてはいるがな〉

「CENとしての3DOLSIは、結局、開発中止になる可能性が高いと予想してますけど」

〈でも、正式決定じゃない。うちの中央研究所では、エラーが出る原因をまだ調べているんだ。何故それを、GTでは克服できたのか突き止めたいと思ってな。できれば、GTの技術を盗めないかとさえ考えている〉

「すると子会社化は、CENの研究員にとっては、むしろ喜ぶべきことなんじゃ？」

〈まあな。産業スパイを雇わなくても、GTの秘密を知ることができる〉

「でもGTはGTで、大変らしいですよ。依理さんから聞いてないですか？」

〈開発技術者の一人が自殺したという、あの話か？〉

「ええ。ＧＴの傘下《さんか》に入れば、仕事はかなりキツくなるかもしれませんね。野洲さんも気をつけて……」

僕は作り笑いを浮かべながら、彼との通話を終えた。

十月半ばになると、ウェブ万博のプロモーション活動は、ますます盛んになり出した。それと連動するかのように、スポンサー企業の株価も、日々最高値を更新し続けている。

おかしなもので、テレビに出まくっているアンバサダーのＣＧキャラや着ぐるみより、レア感のある小梅の方がネットでは人気になりつつあった。大手芸能プロダクションからのスカウト話も舞い込んできたようで、メールによると彼女自身、とても乗り気だという。ただし、日本ウェブ万国博協会との契約の関係で、彼女のタレントとしてのデビューは、もう少し先になるようだった。

シミュレーションにＯＫが出たとはいえ、僕たちの仕事はまだまだたくさんあった。空撮もその一つで、〝現在〟の日本の情報を、可能な限り追加したり更新したりしておく必要がある。

その日も都市部の周辺地域のデータを、３Ｄレーザースキャナーで取り込むことになっていた。機体の点検待ちのため、僕は朝から仁子さんと、ヘリポートにある運行委託会社、開発航空の待合室にいた。

ツナギ服を着たパイロットの堀近さんが入ってきたので挨拶をする。彼はいつも通りスマホを取り出した。

「また株?」

仁子さんがそうたずねると、彼は真面目《まじめ》な顔で答えた。

「お前の持ち株も、そろそろ売り時だな」

「どうして? 平均株価はまだ上がってるのに」

「休むのも株だ」と、彼が言う。「まだまだ上がるなんて言わずに、銀行の利回りより良ければ売る。このまま時流に乗っていたいのは分かるが、早くバスに乗って早く降りるのが俺の主義なんでね」

仁子さんは、首をひねっていた。

「あんたの主義で損はしたくないわね」

「人に聞かれたら『俺の主義だ』と言って話を切り上げるのも俺の主義なんだが、仁子ちゃんが相手なら、もう少し説明してやっていいかな。確かに株は上がってはいるが、この世界には〝不景気の株高〟という現象もあるんだ。マクロでのトレンドを見れば、今後は下がると俺は見ている」

「でも、実際は上がっているし、経済アナリストだって……」

「むしろ、それが俺には理解できない」彼はスマホを僕たちに見せた。「自分の投資経験からすれば、こういうデータだと、そろそろ売りのはずなんだが」

ディスプレイの株価チャートに重なって、ゆるやかに傾斜する二本の曲線が描かれている。

「この先、どうなると思う？」

彼にそう聞かれた僕は、頭に浮かんだことをそのまま口にした。

「いずれ交差するんじゃないですか？」

大きくうなずいた彼が、「デッドクロスだ」と答える。

彼の説明によると、ディスプレイ上の二本の曲線は〝移動平均線〟と言って、直近の終値を、長期間、あるいは短期間の日数で割ったものらしい。

彼が表示させたスポンサー企業の一つでは、短期線という線の先が、上から下へ長期線という線の方に向かっていて、間もなく交差し、短期線が下に突き抜けることが読み取れた。

「こういうときは、迷わず株を手放すもんだ」

仁子さんは、まだ納得がいかない様子だった。

「もうちょっと、それらしい理由を聞かないことには……」

「理由ならいくらでもあるだろう。ＧＤＰの伸び率は鈍化しているし、このところの異常気象で凶作が見込まれている。景気の先行きに慎重な見方をする俺みたいな奴《やつ》がいたとしても、おかしくはない。それに、『歴史はくり返す』って、言うだろ」

僕には、彼が最後に言った言葉の意味が、よく分からなかった。

仁子さんを見ると、彼女もまだ理解できていないようで、口をとがらせていた。

「でも……。私は一応、協会の関係者なんだし、売ってしまうのはスポンサー企業にも申し訳ないし……」

「そんな理屈を言ってる暇があったら、売った方がいい」

「そんなふうに言われても、私、株を売るのはもうちょっと先にして、それを丸ごと結婚資金にするつもりなんだけど」

「それならなおのこと、今すぐ売ってしまうべきだ」

「急に言われても、私の結婚はもう少し先のことだし」

「そんなことにこだわってたら、いつまでたっても株なんて売れないぞ」

「余計なお世話です」横を向きながら、仁子さんが続けた。「自動取引システムだって、まだまだ〝買い〟注文を出してるんでしょ」

「そっちを信じたければ、好きにすればいい」と、彼が言う。「今の株価の上昇傾向も、その自動取引によるところが大きいと俺は思っている。特にＧＴの投資ソフトはゲーム性が強く、それが好きな投資家は多いらしいからな。コンピュータはプログラム通りにやっているだけなんだろうが、俺にすれば健全な市場とは考えられない」

「そんなことはないと思うけど」

仁子さんが首をかしげる。

「しかし人工知能なんて、会ったこともないし、気心が知れないだろう。もしもそいつがギャンブル依存症か何かだったら、どうするんだ。とてもじゃないが、そんな奴に金を預ける気にはならないね。

大体、一秒間に何回計算できるか知らないが、そんな奴がいるおかげで、ものごとの進むスピードが必要以上に速くなってないか？　何かこのごろ、機械に尻をたたかれるようにして、前へ進んでいるように思えてならない。未来はそうやって行くべきものなのか？　俺はそんな機械よりも、自分の勘を信じたいね。それで損をしたとしても、本望《ほんもう》さ」

「堀近ちゃんは？」と、彼女がたずねる。「まさか、売りが出たらすぐ買う気なんじゃ……」

「もちろん、俺も売るつもりだ。ウェブ万博にかかわっている大企業の株は、特にな」

彼は笑いながら、スマホをポケットにしまった。

「さて、そろそろ行くか……」そしてヘリの格納庫へ向かって歩き出す。「株はヘリの操縦と同じで、経験と勘がものを言うんだ。俺は自動操縦なんかに頼り切らないし、俺の操縦の腕を認めるんなら、ちっとは株の話も信用してくれていいんじゃないか？」

週末の朝、ネット・ニュースをチェックしていた僕は、素直に驚いてしまった。ウェブ万国博日本館が行った未来のシミュレーション結果が、本当は暗かったという暴露記事が出ていたのだ。しかも日本ウェブ万国博協会ではそれを隠し、テーマ課主導で明るい未来を描き直したという内容だった。そしてアンバサダーの着ぐるみとともに、課長の仁子さんの写真も掲載されていた。

事務所に着いた僕は、早速仁子さんに伝えたが、彼女もすでにそのことを知っていた。

「冷酷非情な女みたいに書かれている」と、彼女がグチる。

それは当たってるかも、と一瞬思ったが、口にはしなかった。

「テーマ課主導というのも間違いですよね」僕は彼女に顔を近づけた。「これ、ニュースソースは？」

「さあ……。でもかかわった人間なら、誰でも知ってることでしょ」

検索サイトで見ると、すでにニュースはあちこちに拡散し始めているようだった。

企画部では監修の柳井教授を交えて対応策を協議したが、シミュレーションについては内容の変更はしないことに決まり、委員会にもその旨《むね》、報告するという。

その週明けのニューヨーク市場は、寄り付きから幅広い銘柄に、売り注文が殺到した。

マスコミはこれを、ビッグ・フラッシュ・クラッシュ——瞬間大暴落と呼び、大々的に報じる。奇《く》しくも世界恐慌百周年が二日後に迫った十月二十二日、月曜日の朝のことだった。

第四章　沈みゆく経済

1

ビッグ・フラッシュ・クラッシュは、複数の高速自動取引《HFT》システムが瞬間的に大量の株を売りに出したことによるアバランチ——つまり雪崩《なだれ》現象であることは早い段階で報じられたが、原因については調査中だという。

各証券会社は応急処置として、高速自動取引での売買を緊急停止したものの、株はすでに暴落し、市場に不安感が拡大してしまった後だった。

株価が急に上がったり下がったりすることを業界では〝景色が変わる〟と言うらしいが、様変わりしたニューヨークの〝景色〟は、東京、香港《ホンコン》、上海《シャンハイ》、ロンドンなどの市場へ次々と伝播《でんぱ》していく。

世界同時株安は、世界中の証券会社、銀行、そして投資家たちを大慌《おおあわ》てさせた。

日本でも損を承知で売りに出る機関投資家、外国人投資家が相次ぎ、瞬間大暴落のショックが癒《い》える間もなく、株は続落していく。

日本ウェブ万国博覧会協会の事務所でも、植田部長を始め、職場の上司たちのほとんどは株で大損したらしく、十月二十三日は、朝から青ざめた様子でネット・ニュースをながめている。

ところが課長の仁子さんだけは、堀近さんに言われた通り、暴落前にすべての株を売っていたとのことで、部長たちの苦悶《くもん》をよそに、一人でホッと胸をなで下ろしているようだった。

市場関係者たちはビッグ・フラッシュ・クラッシュの対応に追われ続けているせいか、原因の追究作業は遅れていた。

しかし、アメリカ連邦準備制度理事会《FRB》や国際通貨基金《IMF》の発表が震源になったわけでもなく、トウモロコシなどの不作でも持ちこたえていた株価が急落したのだから、原因は経済の実体と関係ないところにあるのではないかという噂《うわさ》は、当初からあった。

そのためマスコミは、サイバー攻撃の可能性をあげていた。何者かがコンピュータ・ウイルスを仕掛けたのではないかというのだ。

犯人についても、さまざまな憶測が流れ始めていた。機関投資家の一種であるヘッジファンドによる意図的な操作というのが、その一つだった。売り抜けによって大儲《もう》けしようとしている連中が、何らかの操作をしたとも考えられていた。

僕みたいに株とは無縁の人間にとっては、こうした状況にあまりリアリティを感じることもなく、まるで人ごとのようにニュースをながめていた。ただ、ひょっとするとこれから、大竹先生のシミュレーション通りのことが起きようとしているのではないかという、予感めいたものがないわけでもない。今はまだレベル1の最初の事例を言い当てたに過ぎないのだとしても、これからレベル2――さらには3から5へと進行していかないとも限らないのだ。もしこれがその始まりなのだとすれば、こんなにも早く、また意表をついたタイミングでやってくるのかという驚きが、僕の中にあった。しかしクライシスとは本来、そういう性質のものなのかもしれない。

小梅も同じ気持ちだったのか、〈これって、ひょっとして……〉というタイトルのメールを、僕に送ってきた。

〈大竹先生のシミュレーションだと、いずれ略奪が起きて、それを国が抑え切れなくなるのでは？〉と、彼女は書き込んでいる。

僕は、〈シミュレーションではその通りだけど、そうと決まったわけでもない〉と、返事をする。

〈少ししかない貯金の値打ちが下がっても仕方ないけど、未来がなくなるのは困る……〉

彼女は、これから何が起きるか分からないし、最悪のことも考えて、食料品や飲み水をできるだけ買い込んでおくと書いている。

メールを読みながら、僕もカップ麵ぐらいは買っておいた方がいいかなと思っていた。

僕が買い物に出かけた仕事帰りの時間帯だと、すでに食料品や日用品は品薄状態だった。食料品は、値段も上がり始めていた。

場所によっては買い占め騒ぎが起きているらしく、小麦粉や乾《かん》パン、缶詰、レトルト食品などを奪い合った揚げ句、買い占めたものを車に積み込んでいる人々の様子がネットで公開されている。なかにはケースごとカップ麵を買っている人がいたが、そんなに同じラーメンばっかり食べられないだろうと思いながら僕はながめていた。

品薄の背景には、需要《じゆよう》の急激な増加や、業者による数量調整だけでなく、物流そのものが滞《とどこお》るのではないかという不安感があると考えられた。それを証明するかのように、ガソリン価格が上昇し始め、ガソリンスタンドにはすでに車の列ができている。

SNSを見ると、商品情報などとともに、〈もう宅配ピザも来ない〉といったコメントを書き込んでいる人が多くいた。

一方で食料品や日用品とは対照的に、家電製品や車などは、まったく売れなくなっているようだった。

翌日になっても株は下がり続け、買い戻す動きは見られない。株だけでなく、国債も暴落していたため、そのダメージは年金の運用や保険業界などに広がっていた。銀行は、あちこちで融資《ゆうし》を渋り出したという。

僕は何か、社会全体が浮き足立ってきているように思えてならなかった。

テレビは報道特別番組ばかりで、小梅は〈好きなアニメが見られない〉と、メールでこぼしていた。

多くのCMは、すでにテレビから消えている。ニュースは国内だけでなく、海外の状況もよく伝えていたが、経済アナリストたちから問題解決のための具体案は出てこなかったので、見ていて余計に不安な気持ちになるだけだった。

先進諸国のなかでは比較的安定していた日本国債の格付けも、週末までには投機的水準にまで下がった。債務不履行《デフォルト》の可能性まで取り沙汰《とざた》されている。

官公庁の業務だけでなく、市役所や警察などの公共サービスにさえ影響が出始めていた。

「もう自分の身は、自分で守るしかないわね」

そう言う仁子さんは、下ろせるだけのお金を下ろすつもりで銀行に行ったらしい。ただし、引き出し額の制限がすでにかかっていたこともあって、取りあえず三百万円は確保したという。彼女が結婚資金にするつもりだという、例の三百万だ。

「混んでるから、早くした方がいいわよ」と、彼女はアドバイスしてくれた。

僕が銀行の現金自動預け払い機《ATM》に着いたときには、すでに長い列ができていた。そして他の人と同様、養鶏場のニワトリが餌をつつくようにしてパネルを操作し、わずかばかりの貯金を下ろしてしばらくすると、ATMによるその日のサービスは停止してしまった。

確かシミュレーションの企画会議で、預金保険制度があるから取り付け騒ぎなんかは起きないと、委員の一人が言っていたと思う。しかし、それが間もなく起きるのではないかと、僕は感じていた。

業績の急激な悪化にともない、多くの企業が生産拠点を撤退したり、希望退職者をつのったりしようとしている。報道によると、個人投資家のなかには破産する人が出始めているらしい。

ネット・ニュースの見出しも、〈世界恐慌の波、日本へ〉という分かりやすいものから、〈日本破産〉〈閣僚夜逃げか〉〈資本主義崩壊〉というものまであった。

「大げさでなく、その通りになっていくかもしれない」と、仁子さんがつぶやく。「国債まで暴落したんだから、海外投資家は引き上げるだろうし、そうなるともう、日本も破綻《はたん》よね」

「でも、国連だって動くようですよ」僕は彼女に言った。「安保理事会が、非公式の緊急会合を開くらしいし……」

「さあ、懸念を表明するにとどめるしかないんじゃないの？　大変なのは日本だけじゃないんだし」

「じゃあ、僕たちは……？」

「確かカロリーベースでの食料自給率は、四割弱だったわよね。急に増産はできないし、第一、燃料費が高騰してたんじゃ、生産力は落ちるし、物流も止まる。竹ちゃんのシミュレーションで見た通りよ。この先、確実に人が飢える……」


経済状況の回復を試みる政府の対応は、ビッグ・フラッシュ・クラッシュの直後から始まっていた。そして緊急経済サミットの開催決定とほぼ同時に、金利の引き下げなどの大幅な金融緩和を含む経済対策が発表された。

しかし流れ出た大量のお金は、銀行から先へはなかなか行き渡らず、市場に広がる悲観論を払拭《ふっしょく》することはできない。

経済協力開発機構《OECD》などによる国際協力も掛け声だけで、自国優先政策を取ろうとするのは、どの国も同じだった。

「綱引きしながら、底無し沼へ落ち込んでいくようなものね」

課長席でネット・ニュースを見ながらそうつぶやく仁子さんに、僕は聞いた。

「資源が底を突いたわけでもないのに、何でこんなことに？」

「さあ……。埋由はともかく、一旦危機的状況に陥ってしまうと、相互扶助《ふじょ》より私財の確保なんじゃないの？　もっともその私財だって目減りしてるんだけど……。とにかくご大層な経済政策だって机上の空論でしかなく、人間心理の裏の裏までは読み切れていない」

彼女の分析を裏付けるかのように、官房長官がその日の記者会見で、「こんなはずではなかった」と発言したという。

一方、僕たちは、ウェブ万国博日本館の展示について、緊急会議を開いた。

柳井教授の指示通りに描いたシミュレーションが、能天気過ぎてこのままでは公開できそうにないというのも、議題の一つにあげられていた。

実は、僕たちの未来予測が正確さを欠いていたことに対する批判的な報道やネットの書き込みは、暴落直後からあったのだ。

「かと言って、元の暗い未来予測に変えても、公開できないんですよね」

僕は植田部長にたずねた。

「その通りだ。この状況では、どちらのシミュレーションも、公開できない」

しかしもっと大きな問題は、ウェブ万博の開催自体が危ぶまれていることだった。実際、このプロジェクトの下請け企業のいくつかは業務がストップしてしまっていて、僕たちの仕事は先へ進めなくなっていた。結局、現状を委員会に報告し、その判断を仰ぐということになる。

会議の終了後、仁子さんが僕にたずねた。

「ところで、ビッグ・フラッシュ・クラッシュの原因調査って、進んでるの？」

「いえ、どうやらHFTのなかでも特に高性能な、ニューヨークの超高速自動取引システム《SFT》が震源らしいことまでは報道されてますけど、根本的な原因は分からないままです」

「一体、何だったんだろう？」

「大竹先生のシミュレーションでは、初期条件としていくつかの原因をあげてましたけど」

「今回、そのどれもがあてはまらないわけでしょ。スーパー台風も大地震も起きなかったのに、暴落なんて」

「確かにそれは、ちょっと腑《ふ》に落ちないですよね……」

そんな中、気になる記事がネットに掲載されていることに、僕は気づいた。

2

それは恐慌の原因についてのスクープで、暴落直前、ビッグデータに「下落」「不景気」などのワード数が増えたために、ニューヨークのSFTが過剰反応を起こしたのだと分析していた。その後、あわてた投資家たちが大量に株を売ったことで、さらに他の高速自動取引システムとの相乗効果が生じてしまったのだという。そしてビッグデータにそれらのワード数が増えた原因は、ウェブ万国博日本館において、例の未来予測を差し替えた件が表沙汰になったことだと断定していたのである。

　僕はさらに記事を読み進めた。

　ウェブ万国博日本館が暗い未来を予測しておきながらそれを隠したという暴露記事の情報が、まずコピー&ペーストされてネット内に増殖していった。それらに対する意見や感想の書き込みも増える。超高速自動取引システムも、当然そうした動きを察知していた。そしていわゆるアナウンス効果により、投資家たちに生じた不安感を、株を売却することで、超高速自動取引システムが現実のものにしてしまったというのだ――。

　つまり恐慌の引き金は、僕たち⁉　記事にはまたしても、アンバサダーのヒューちゃんとともに、仁子さんの顔写真が掲載されていた。

　早速僕は、仁子さんにこのことを電話で伝えた。

〈確かに、ビッグデータのワードによって、株価が上下することはあり得る〉と、彼女が言う。〈堀近ちゃんもそんなことを言ってたしね。ウェブ万博みたいに注目度の高いイベントなら、なおさらのこと〉

　僕は彼女の話を聞きながらうなずいていた。

「するとこのスクープ記事に、まったく信憑性《しんぴょうせい》がないわけでもないと？」

〈真相はもっと複雑なんじゃないの？　そろそろ何らかの結論は出さなきゃいけないし、

責任をなすりつけてもほとんど問題なさそうなところに、責任転嫁《てんか》しようとしているのかも……〉

「ということは、スケープゴート？」

僕は携帯を握りしめながら、そうつぶやいていた。

記事が出た直後から、日本ウェブ万国博覧会協会の事務所には苦情の電話が殺到するようになった。直接、抗議に押しかけてくる人もいて、僕たちはまるで、今回の恐慌の元凶のように糾弾《きゆうだん》され始めていた。デモンストレーション版のシミュレーションに描かれていた明るい未来を信じて投資した人も数多くいたらしく、それで反感が一層高まっているのかもしれない。

まるで犯人扱いされた仁子さんは、外出する際はマスクで顔を隠すようになった。そんな僕たちにとって、さらに頭の痛い問題が起きる。金融商品取引法違反——つまりインサイダー取引の疑いがかけられたのだ。

十一月になって間もなくの朝、日本ウェブ万博協会の入っているビルに、証券取引等監視委員会を名乗る人たち数十人が押しかけてきた。スーツ姿の彼らは、総務部、経理部、企画部などに分かれ、強制調査を開始する。

企画部では主に植田部長が対応し、調査官たちの資料提出の要求に応じていた。もちろん、コンピュータも調べられる。

「何かの間違いでは？」と、部長がいくら言っても、信じてもらえそうにない。

部長は監修の柳井教授にも連絡を入れていたが、電話はつながらないようだった。

僕は仁子さんに聞いてみた。

「調査官がインサイダー取引と認定すれば、どうなるんですか？」

「課徴金納付命令を出すよう、金融庁に勧告するはずよ」

「それから？」

「それにかかわった人物は、当然処罰される。悪質と認定されれば、告発、逮捕もあるでしょうね」

部長は調査に協力しながら、彼らにそれとなく事情を聞いてくれていた。

「そもそも、どうして協会に疑いを？」

「内偵を進めた結果です」と、調査官の一人が面倒そうに答える。

「その内偵を始めたきっかけは？」

「それは言えません」

どうやら密告か何かがあったのではないかと、僕は思った。そんな植田部長と調査官の話を立ち聞きしているうちに、嫌疑の理由が少し分かってきた。

ポイントの一つは、僕たちが暗い未来予測を明るく書き換えたという、例の暴露記事だった。それが表に出れば、株価が下がるであろうことは予測できる。そのことを見越して下落の前に株を売り、損失を免《まぬが》れようとした人間がここにいるのではないかというのだ。

それを聞いた植田部長は、珍しく怒りをあらわにして答えていた。

「暴落ではみんな大損をしているんだ。このなかに株を売り抜けた奴《やつ》なんかいない」

すると仁子さんが、申し訳なさそうにゆっくりと手をあげた。

部長は驚いていたが、調査官はすでにそのことを把握しているようだった。

その後、証券会社の営業さんからも、仁子さんに連絡が入る。彼女が売却した株について、しつこく聞かれているという。

仁子さんのマンションにも、これから別の調査スタッフが踏み込む段取りになっているらしい。

「でも私が株を売ったのは、暴露記事が出る前ですよ」

まだ事情が飲み込めていない様子の仁子さんがつぶやく。

「だから問題なんだ」と、部長が言う。

「けど、株の下落につながるような記事が出るなんて、私が知るわけもないし」

「彼らはそれを疑っている」

僕にも何となく分かってきた。調査官たちは、仁子さんが意図的に情報を流し、株価を操作したという疑いをいだいているようなのだ。

仁子さんは、あごに手をあてた。

「つまり私が、明るい未来予測で株価を吊《つ》り上げ、実は未来予測が暗かったことを暴露し、その前に売り抜けたと？」

調査官が、大きくうなずいている。

「ただ、高速自動取引システムの過剰反応で、予想外の暴落を招いてしまった……」

すると彼らの本当の目的は、恐慌の犯人捜しではないかと僕は思った。そしてその疑いが、仁子さんにかけられているのだ。

確かに彼女が暴落前に、株を売り抜けたのは間違いない。だとすれば調査のポイントの一つは、暴露記事の出所が彼女かどうかということになるのだろうか……。

「今回の調査には、他国も関心を示している」と、調査官が言う。

僕は彼女にだけ聞こえるような声で聞いた。

「でも仁子さんは、無実なんでしょ？」

「もちろん」そう答えながら、彼女がうなずく。

「じゃあ、無実を証明しないと」

「でも、どうやって？　私が暴落直前に株を売ったのは事実なんだし。もっとも、情報をリークして株価を操作したというのは、違うけど……」

「問題は、その点ですよ」

僕は調査官の後ろから声をかけた。

「あの、仁子さん——周防課長の疑いを晴らす証人がいるんですけど」

「誰だ？」

調査官がふり返る。

「堀近好雄さんといって、課長の古くからの知り合いで、ヘリコプターのパイロットをしてます」

「その人物がどうかしたのか？」

「彼女に株を売却するようアドバイスした人です。そして彼は、シミュレーションの内容変更のことまでは知らなかった」

調査官は、首をかしげている。

「それも変な話だな……」

「とにかく課長は、予測結果を知らない人間に勧められて、株を売った。インサイダーのはずがない」

「だからと言って、情報を暴露しなかったという証拠にはならないだろうが……。一応、そっちも調べてみましょう」

僕は、押収資料にもあるのにと思いながら、彼の連絡先を教えた。

その横で、仁子さんはブツブツ文句を言っていた。

「堀近ちゃんの言う通りにしたら、確かに株で損はしなかったけど、もっとひどい目にあった。やっぱり、ロクなことがないわね……」

テーマ課だけは、午後になっても調査が続けられていた。

誰かに聞いたのか、小梅が心配して、駆けつけてくる。

僕は彼女の顔をながめながらつぶやいた。

「お前が来ると、余計にややこしくなる……」

犯人扱いされた仁子さんは、会議室の隅で頭をかかえていた。

「どうやら、インサイダー取引の容疑は、ただのきっかけに過ぎないみたいね。投資額なんて関係ない。やはり誰かに、大暴落の責任を負わせるつもりでは」

僕はうなずきながら、つぶやいた。

「それで暴露記事で注目された仁子さんに、調査の手が……」

「でも仁子さん、無実なんでしょ」と、小梅も言う。「もっと積極的にアピールしないと」

「そうは言っても、相手が相手だから……」

「権力を笠にきているだけの、日の丸腰巾着《こしぎんちゃく》じゃないですか」

僕はあわてて、小梅の肩を小突いた。

彼女は僕の胸を突き返して、仁子さんに訴えている。

「今からでも、証拠になりそうなものは隠した方がいいですよ」

仁子さんの代わりに僕が答えた。

「シロなのに、隠すものなんかないだろ」

「だったら、どこかに雲隠れするとか？」

「告発もされてないのに、気が早いだろ。余計、疑われるぞ」

僕と小梅がそんなことを言い合っている間にも、調査官たちは次々と資料を押収していった。

パソコンも持っていかれて様変わりした事務所で、植田部長は僕たちに、今日はもう帰宅するよう指示を出す。

確かにその方がいいかもしれないと、僕は思った。手っ取り早く事務所内を片付けたとしても、その次に何をしていいのか、まったく分からなかったからだ。証券取引等監視委員会の調査結果が出るまで、僕たちにできることは何もないと言っても過言ではなく、それはまるで、死刑の執行を待っているようなものなのかもしれない。

僕は仁子さんに、「どうします？」と聞いてみた。

「もちろん、家に帰るわよ」と、彼女が言う。「いくら散らかっていても、ご飯ぐらいは食べられるでしょ。身辺整理をしないといけないし、それに首も洗っておかないと……」

小梅は、一切の書類がなくなった課長席に腰かけていた。

「暴露記事が恐慌の原因だというのは、調査官たちも確信しているわけではないのかも」

「どういうことだ?」

小梅のつぶやきが気になった僕は、彼女にたずねた。

「真実よりも、犯人を欲している誰かがいるのかもしれないということ」

「それは分からんでもないが、その誰かって、誰なんだ?」

「さあ……」

彼女は口をとがらせながら、肩をすくめる。

とにかく僕たちは、部屋の電気を消し、その日はもう帰ることにした。


証券取引等監視委員会によるその後の調査は、まったくと言っていいほど進展がなかった。仁子さんをつけ回していた調査官たちの姿も消えたらしい。堀近さんにも聞いてみたが、証券取引等監視委員会からの連絡は、特になかったという。

事実上の調査中断の事情は明らかにしてくれなかったのだが、インサイダー取引の調査どころではなくなってきたというのも、理由の一つのように思えた。暴落の影響により、彼らの仕事が急増したことは間違いない。金融庁に限らず、官公庁はどこもかしこも、機能不全に陥りつつあったのだ。

実は公務員に限った話ではないのだが、一部で給与の遅延が発生しているという。浮き足立っているのは、調査関係者たちも同じということらしい。

「それが社会の基本原理よ」後片付けの済んだ課長席で、仁子さんが言う。「サービスによって、お金をいただくという単純な仕組み。その根幹が今、崩壊しようとしている」

「でもあっちは、国家公務員でしょ」僕は彼女に話しかけた。「資料が押収されたまま調査が止まるなんて、そんな馬鹿《ばか》な……」

「お金がもらえないと人は動かないし、人が動かないと国も動かなくなる。世情も怪しければ、今や国の機能も相当怪しい。それこそ、私たちの調査どころではなくなりつつある」

腕を組みながら、僕は独り言のようにつぶやいた。

「でもそれで、告発も逮捕も免れるかもしれないとすれば、儲け物かも」

「ただ、犯人扱いされたままになる」と、仁子さんが言う。「むしろ最悪じゃないの？生殺しの状態で、放っておかれたようなもの……」

協会本部に調査が入ったことは、当然、ニュースになっていた。それだけではなく、僕たちがインサイダーで大儲けしたとか、大金を隠しているとか、根も葉もないことまでネット内に拡散しているようだった。

小梅もメールに、〈私、こんなことで有名になりたくない〉と書いてよこした。

強制調査が入ったというニュースが流れた時点で、もう僕たちは法で裁かれる前に、社会的制裁を受け始めていたのかもしれないと、僕は思った。

それから間もなく、日本ウェブ万国博実行委員会は、日本館テーマゾーンのプロジェクトの凍結を、僕たちに命じた。今後の成り行き次第では、ウェブ万博の開催そのものの中止すらあり得るようだった。

僕は自分の机を片付けながら、これからのことを考えていた。本当は実家にでも帰った方がいいのだろうが、ネットなどで犯人の一味扱いされている手前、なかなか戻りにくかった。無実を証明しようにも、調査は止まったままだ。

仁子さんはすでに、自宅に引きこもってしまっている。

残務整理が一段落したとき、事務所にひょっこりと、小梅がやってきた。

「様子を見にきてあげたわよ」と言って、彼女が微笑《ほほえ》む。

「僕のことより、お前はどうなんだ」と、僕はたずねた。「アンバサダーだけでなく、イメージ・キャラクターもクビになりそうなんだろ」

「ウチは大丈夫や。大竹先生の言うことを聞いて、ちゃんと自分の分の食料を備蓄してあるから」

僕はため息をもらした。

「お前、問題の深刻さを理解していないだろ」

「それぐらい、ウチにも分かる。ウチら以上に、世の中の問題が深刻なことも。ここへ来るまでかて、商店街のシャッターは下りたままやったし」

「レベル2だったかな……。まったく、大竹先生のシミュレーション通りになりそうだ」

「社会もさることながら、ウチらはこれからどうなるの?」彼女は僕を見つめた。「濡《ぬ》れ衣《ぎぬ》を着せられたまま放り出されても、どうしていいか分からない。ウチらに罪をかぶせて、それで終わりにするつもりの人がどこかにいるのと違う?」

彼女が以前にも、同じようなことを言っていたのを僕は思い出した。

「それは僕にも分からないな。でもテーマ課はこの通り業務停止状態だし、課長の仁子さんは自宅待機だし、僕としても動きようがない。真実の探求どころか、生きるのに精一杯だ……」

「何を弱気なことを言ってるの」小梅は僕の背中をたたいた。「無実なんだったら、それを主張し続けるべきや。恐慌かて、何か他に原因があったのかもしれないやないの」

「と言うと?」

「そもそも、未来予測の暴露記事が暴落の原因とは、ウチには考えられない。ウチらでないとすれば、他に何らかの原因があるのと違う?」

「根拠は?」

「ゲーマーの直感や」と、彼女は答えた。

確かに彼女を見ていて、直感は優れていると思うときが何度かあった。というか、直感だけで生きているようなところが彼女にはあるのだ。

「他に原因があったとしても……。大竹先生が設定していた初期条件のどれとも違っているわけだろ。僕たちが想定もしていなかったような何かだろう」

「それを探求すれば、無実を証明できるかもしれない」

「と言っても、事務所の資料はほとんど押収されたままだしなあ。暴露記事の出所を調べることだって、僕たちにできるかどうか……」

「できることは極めて限られているけど、何もないわけやない」小梅は、パソコンが置いてあったあたりの机の上をながめていた。「計算センターは？　ここと違って、機能しているんやないの？」

「CENの計算センターか……」僕はうなずきながら、そうくり返した。「あそこもウェブ万博関連の業務は止めているが、別組織だから、他の作業なら可能なはずだ。それでどうするんだ？」

「シミュレーション・ソフトがあるやないの」と、彼女は言う。「現実に起きてしまったことを入力して、さかのぼって初期条件――つまり暴落の前後に何があったかを調べることはでけへんの？」

「仮に何か分かったとしても、あくまで参考資料であって、無実の証拠にはならないと思うが……」

「何もしないよりはましや。ダメモトで、頼んでみては？」

本来ならそこで仁子さんに相談すべきなのだが、彼女も表立っては動きにくいだろう。仕方なく僕は、ＣＥＮ計算センターの野洲さんに、直接連絡してみることにした。

〈僕も気にはなっていた。何が真実なのか〉電話の向こうで、野洲さんがそうつぶやいた。〈調べてみる価値はあるな〉

彼が一つ目の問題としてあげたのは、やはりＳＦＴが何故《なぜ》急に〝売り〟の判断を下したのかということだった。大竹先生が設定した、どの初期条件とも合致しないのに、その判断の根拠は一体何だったのか……。

「ビッグデータだと考えられているのでは？」と、僕は聞いてみた。

〈確かに暴落を誘発しそうなキーワードが急増したことは間違いない。しかしそれが、本当に暴落の初期条件と成り得たのかどうか〉

野洲さんは、小梅と同じような疑問を口にしていた。

「成り得ないとすれば、他に考えられる初期条件は、何だったのかということになりますが……」

ただしスパコンは、満足に使えるかどうか分からないと彼は言う。計算センターも恐慌の混乱に巻き込まれつつあるからだ。

〈それと、あまり連絡を取り合わない方がいい。調査妨害と受け取られると、かえって問

題になるからな。何か分かったら、こっちから連絡する〉さらに彼は、短くこう付け加えた。〈大丈夫、うまくやる〉

3

ビッグ・フラッシュ・クラッシュから二週間が経過していたが、物価の上昇はむしろ、加速傾向にある。どの企業でも人員整理に取りかかる一方、従業員たちが会社に来なくなるという現象が起きていた。

それが、発売日に雑誌が発売されないとか、新聞が届かなくなるといった社会現象となって現れ始める。

企業も人間も、損益分岐点《そんえきぶんきてん》より下では動かないものだと考えれば、ある意味分かりやすいかなと僕は思った。誰にとっても、行動原理そのものが失われたようになってしまっている。

鉄道、バスといった交通機関にも乱れが生じていた。演劇やコンサートなどの公演がのきなみ中止になっていく。先生の来なくなった学校は、臨時休校を余儀なくされた。

食料品や飲料水はどれも、価格高騰と品切れをくり返しているうちに、スーパーからもコンビニからも消えていってしまう。僕が入った店では、空っぽになった陳列棚《ちんれつだな》に、「コロッケ・フェア」と書かれた看板が落ちていた。

やがてスーパーやコンビニは、商品の供給が不安定なために次々と閉店していった。家庭内備蓄など、一週間もない家がほとんどだろうから、それぐらいの間にこの状況が改善されなければ、もっとひどいことになるのは容易に想像できた。

僕の家でも、買い置きのカップ麺やスナック菓子が、だんだんと少なくなっていく。無駄足を承知で買い出しに出てみると、街中でスーツ姿の人を見かけなくなる一方で、野良犬や野良猫が増えたことに気づかされた。おそらく飼い主が、ペットの面倒を見切れなくなったのだろう。

そしてついに、引き出し額の制限を続けていた銀行のある支店で、朝から預金が引き出せない事態が発生する。

そうした取り付け騒ぎの最中《さなか》、停電や断水が頻発《ひんぱつ》するようになった。食料品の保存がきかなくなるだけでなく、ご飯そのものが炊けないという状況もあちこちの家庭で起きていた。

大竹先生のシミュレーションが予測していたハイパー・スタグフレーション的状況へと現実が近づきつつあることに、僕は恐怖感をおぼえていた。むしろシミュレーションより深刻で、ペースも速いような気がする。

下請けから部品が届かなくなった製造業では、テレビであれ自動車であれ、生産ラインを止めざるを得ない。多くの企業は、倒産するしかない状況に追い込まれていた。

広告収入が見込めなくなった民放各局は、ニュース以外の放送をすでに取りやめている。

それはまるで、グローバル化した文明の壮大なドミノ倒しを見ているようで、あらゆることが一気に崩れていこうとしていた。

大規模なデモも、各都市で行われるようになった。警官隊ともみ合う光景も見られたが、シミュレーションの結末を見ている僕は、そんなお上品なことがいつまで続けられるのだろうと思っていた。余計に腹が減るだけだし、現実問題として、まず食べていかなければならない。デモ隊にしろ警官隊にしろ、いずれデモどころではなくなることだろう。

やはり〝食〟の問題は、何にも増して深刻だった。食えないものなら街にいくらでもあったが、食料品がない。学者であろうが芸術家であろうが、本業そっちのけで食べ物を探さねばならなくなっていた。

ところが、食料品店や飲食店は、ほとんど全部閉まっている。僕がよく行くファストフード店なんかは、真っ先に閉店していた。しかしいくら何でも、二週間ちょっとで食料品がなくなるはずがない。どこかにため込んでいる奴がいるはずだと、誰もが考えていた。

政府は急激な物価高に対して、デノミネーションを行うなどの対策の検討に入ったが、その間にも状況はさらに深刻さの度合いを増していた。

　また政府は、全国のいたるところに避難所を開設し、備蓄食糧を配給することを決めた。ただし実際問題として、輸送段階での人員不足やネコババなどの問題が多発し、どこも十分に機能しているとは言えなかった。

〝食〟の問題については、都市部の自給力向上のために野菜の水耕栽培を推奨《すいしょう》したものの、プラントの普及や水の供給など多くの問題があり、早期での効果は期待できそうにない。

　機能すべき危機管理体制は、自然災害や防衛上の想定が主だったために、今回のような経済災害というべき状況にはほとんど役に立たなかった。それでも大臣たちは会見で防災服を着用し、口々に〝復興〟について語るのだった。

　しかし経済の現状に何らかの問題があったからクラッシュしたのであって、それが未解決のままどうやって復興を目指すのかと、僕なんかは思ってしまう。そもそもこの国は借金が多過ぎて、復興計画がどんなものであれ、まともに実行できないのではないだろうか。

　取りあえず国としては、復興のための資金として、増税することを画策《かくさく》しているようだった。国の資産の売却も検討されている。要するに日本のたたき売りなのだが、諸外国の状況も似たりよったりなので、見通しは必ずしも明るくはないようだ。

ニュースで専門家たちが語る経済理論は、僕にもよく分からなかったが、要するに鰻屋《うなぎや》が値上げ続きで店じまいするのと似たような理屈で、国がつぶれていくというような解説をしていた。早い話、この先に待っているのは〝日本閉店〟ということらしい。すると国の資産売却でさえ、復興資金どころか閉店セールということになるのかもしれない。

経済人や学者たちの中には、すでに財産を引き出して夜逃げ同然の態勢に入っている人や、連絡がつかなくなっている人が数多くいるという。

ニュースの合間に見た政府広報では、女性アナウンサーがトイレットペーパーの代用品として竹べら状のものを使うよう勧めていたが、まったくこの国の豊かさとは、一体何だったんだろうかという気がしてならなかった。

政府が十分に機能していないために、いろいろと不都合なことが起きているようだった。

ニュースを見ていると、議員さんたちはお互い、他の党を褒《ほ》め合っている。どうやらどの党も政権を担当したくないからではないかと思われた。しかし現状では、国政選挙すら困難ではないかという声が出ている。

役所へ行っても、窓口業務はほとんど停止していた。一一〇番や一一九番も、つながりにくくなっている。

国からの補助金が下りてこなくなった自治体のいくつかは、財政破綻へ向かうことが確実視されていた。

どこへ行っても、食えるものは買えないし、食えないようなものを買う人もいない。そのため失業率ははね上がっていたが、失業保険が出せないという異常事態に陥っていた。そんな失業者たちの一部は、次々とホームレス化しつつある。

大竹先生が報告会で言っていた通り、まるで次にどの脚を出せばいいかを忘れたムカデのように、世の中の何もかもが、ぎこちなく止まっていった。それでも案外、自殺者は少ないようだった。人間、不安だとつい自殺を考えてしまうのに、それが現実化して死の恐怖が目の前に迫ってくると、死よりも必死で生きることを考えるもののようだ。

誰にとっても、食べることが何より切実な問題になっていた。街のあちこちにあった家庭菜園や市民農園などの多くは、もうすでに取りつくされて荒れ地となっている。

川や海へ魚釣りに出たり、山菜採りに出たりしている人が増えているようだった。彼らの収穫物を、バットやゴルフクラブをふり回して奪おうとする人もいる。

昨日のニュースでは、食べ物欲しさに体を売る少女のことが取り上げられていた。

回収されなくなったゴミはたまる一方だったが、そのゴミの中にさえ、人が食べられるようなものは見当たらなくなっていく。

都市の一角には闇市が並び始め、治安は悪化する一方だった。

世界経済はもう、回復可能な一線を越えてしまったのではないかと言う専門家もいた。

大竹先生のシミュレーションだと、それは次の段階――レベル3に移行したときだったはずだ。ただしそれも、もう間もなくのことなのかもしれない……。こうした予測を的中させた大竹先生のことを思わないでもなかったが、僕自身、今は自分が暮らしていくのに精一杯の状態になりつつあって、それ以外のことを考えている余裕はほとんどなくなっていた。

人類絶滅の危機をわめき立てていたテレビやラジオは、スタッフの給料が出ないからなのか、このところ沈黙している。

辛うじて携帯電話は、今のところ通話可能だった。特に衛星回線を用いているものは、比較的つながりやすいという。ネットも、ボランティアのプロバイダなどのおかげで、まだつながっている。

ただしネットが使えればいいというものでもなくなっていた。ネットとコンビニさえあれば一人で生きられていたような人たちも、食べ物や生活必需品《ひつじゅひん》が少なくなってくると、集団で行動するようになった。それで何をするのかというと、略奪行為である。

最初は買い占め品が詰め込んであるらしい倉庫が狙われた。やがて食品会社や、農作物の流通拠点、役所の災害用備蓄倉庫などが標的になっていく。そうした情報はネットにも書き込まれ、事件現場のいくつかはネット放送で実況中継されていた。

それがよいことだとは誰も考えていないだろうが、今回の恐慌では街だけでなく、人間性も一気に壊れていっているように思えてならない。しかも、略奪品をまた奪い合っている状況なので、本当にお腹《なか》を空《す》かしている人のところにまでは、なかなか食べ物が届いていないみたいだった。

機動隊が押さえ込みに入るときもあったが、人数的に略奪者たちには敵《かな》わず、また造反者が出るなどして、現場の混乱に拍車をかけていた。

やがて倉庫だけではなく、都市部においては個人の家が狙われるようになっていく。

僕もこの街ではもう生きられないのではないかと感じ始めていたが、しかし、自分の居場所を捨てて一体どこへ行けばいいのだろうか。

こうした状況に対して政府は、夜間外出の自粛や、五人以上の集会を禁止するという通達を出した。

そんな政府をあてにせず、自警団を組織する住民たちも多くいるようだった。

略奪に参加する気にもなれず家でくすぶっていたとき、計算センターの野洲さんから電話連絡が入った。

〈奇妙なことを見つけた〉と、彼が言う。〈そもそも株の暴落とビッグデータとの因果関係は、どんなふうに理解している？〉

僕はスマホを握りしめながら、首をかしげた。

「今さら言うまでもないでしょう。ビッグデータに株下落を示唆《しさ》するようなキーワード数が急増し、それにSFTが反応してビッグ・フラッシュ・クラッシュが起きたんじゃないんですか？」

〈そうだな。最初にそういう報道がネットに出て、通説化している。ところがその順序が、逆かもしれない〉

「逆？」

〈ああ。こっちのコネでプロバイダをあたってみた限りでは、ビッグデータにキーワードが急増したのは、むしろ瞬間暴落の直後の方なんだ〉

「暴落が先で、ビッグデータの急増は後、ということ？」僕はまた、首をひねった。「でもビッグ・フラッシュ・クラッシュの後は、投資家たちが騒ぎ始めたためにキーワード数が増加してますよね」

〈それとはまた別だ〉

僕は野洲さんの話を、頭の中で整理していた。

「つまりビッグ・フラッシュ・クラッシュ直後に、誰かが意図的にビッグデータを操作したと？」

〈誰かと言っても、ビッグ・フラッシュ・クラッシュとキーワード数の急増とは、コンマ数秒の差しかない〉

「コンピュータが自動的にやったことだと？」

〈まあ、誰かがあらかじめ、そのようにプログラミングしていた可能性はあるだろうな。奇妙なことにビッグ・フラッシュ・クラッシュ直後には、株価上昇を示唆するキーワードも増加しているんだが……。いずれにせよ、ネット上でのキーワード数増加が暴落の原因だとは、決めつけられないということだ。おそらくビッグデータに関係なく、瞬間暴落は起きた〉

僕はその場で、うなり声をあげた。

「では、そもそもの原因は何だったんですか？」

〈だから、それがまだ分からない。またこのことで、暴落の原因が私たちである可能性が、払拭されたわけでもない。君らがシミュレーション結果を変えたという暴露記事の影響を、全面否定はできないと思うからな。ただ暴落に関して、何者かの影がちらつき始めたのは確かだ〉

「つまりビッグ・フラッシュ・クラッシュの直後、膨大なキーワードをネット内に投げ込むよう、あらかじめプログラミングしていた人物がいると……。一体、誰がそんなことを？」

〈分からない。ネット特有の、匿名性《とくめいせい》の中に隠れてしまっているんだ。書き込みの多くは捨てアカウントを使っていたり、いくつかのサーバーを経由していたりで、たどり切れな

い。しかも、暴落後にほとんどが消去されている〉

「でもその操作をした人物が、もしかすると犯人かも？」

〈それも分からない。ビッグ・フラッシュ・クラッシュ直後の操作にかかわったとしても、それだけで暴落の犯人とは決めつけられないだろう。今言えることは、ビッグデータにおけるキーワードの急増が、暴落の原因ではないかもしれないということぐらいだ〉

「でも、誰かがビッグデータを操作したのは確かなんでしょう？　それが分かれば、暴落の原因も見えてくるのでは？」

〈まあな……〉少し黙り込んだ後、野洲さんは僕に言った。〈こっちはまだ、君らがいる都心ほどひどい状況でもないし……。この先調べるには違法なことをやらなきゃいけないかもしれないが、この際、やってみるか〉

「そういうの、依理さんの得意分野ですよ。今、そっちのセンターにいるはずですけど」

〈そうだな。じゃあ、彼女にも手伝ってもらうとしよう〉

「ええ、それで何か見つかれば、仁子さんにも報告しましょう」

苦笑いしながら、僕は野洲さんとの電話を切った。

　僕のマンションでは、エレベータが頻繁に止まるようになっていた。水汲《みずく》みなどで階段を上り下りしていると、巨石を山の頂上寸前まで上げては落とされるという、〝シシュフォスの神話〟を思い出したりしてしまう。僕はとうとう、玄関にへたり込んだ。

とてもじゃないが、ここには住めない。ついに僕も、ホームレスか……。そう考えながらぼんやりしていたとき、何故か小梅の顔が頭に浮かんできた。

彼女は今、どうしているだろう。食料品や飲み水を買い込んでいるとか言っていたし、少しは融通《ゆうずう》してもらえるかもしれない……。

取りあえずメールを入れてみたが、回線の不具合なのか、返事がない。いずれにしても、ここではもう生活できそうにないので、彼女のアパートまで行ってみることにした。

必要なものだけをナップザックに入れて、戸締まりをする。超大型で季節外れの台風が接近してきているという情報もあったが、それどころではなかった。

自転車に乗りながら、時折僕は、夜空を見上げた。

星が奇麗だった。停電の賜物《たまもの》でもあるのだが、街の真ん中にいて宇宙の一員である実感が得られるなんて、今まで考えたこともなかった。嵐の前の静けさなのかもしれない……。

小梅のアパートも、部屋の明かりは消えていた。

ドアの前に立ってみると、中で物音がする。

最初、友達といるのかとも思ったがそんなふうでもないようだ。

鍵が開いていたので、僕は小梅の名前を呼びながら、中に入ってみることにする。

部屋の中に半歩踏み出したとき、僕はいきなり、誰かに首を押さえ込まれた。

4

「おとなしくしろ！」

男は、ややうわずった声で僕をおどした。片手にカッターナイフを持っている。

「ヒカリン、何しに来たん？」

暗がりの向こうで、小梅の声が聞こえる。木刀のようなものを構えていた。

奥の部屋には、目出し帽で顔を隠している男が、もう一人いるようだった。

「こいつの命が惜しかったら、何か食い物を出せ」

男が小梅に言った台詞《せりふ》で、僕は何とか、この場の状況を少し理解することができた。

彼女は観念したように、クローゼットの中から段ボール箱を取り出す。

「ほら、持っていけ」

目出し帽の男がそれをかかえて外へ出ると、僕を押さえつけていた男も、手を離す。

急いで逃げる略奪者たちに向かって、小梅は「お前ら、イナゴか！」と叫んでいた。

木刀をその場に投げ捨てた彼女は、僕をアパートの中に入れると、ドアに鍵をかけた。

暗くてよく分からなかったが、彼女の髪は乱れ、洋服のボタンが取れているようだった。

「すまなかった」僕は彼女に謝った。「まさか、こんなことになっているとは……」

「別にかまへん。むしろ、あのタイミングでヒカリンが来てくれなかったら、ウチ、きっと乱暴されてた……」

「大丈夫だったのか?」

彼女は返事をせず、キッチンの椅子に腰かけると、テーブルに顔をうずめた。

「けれども見ての通りや。買いだめしていた食料品は、全部もっていかれた。まあ遅かれ早かれ、奪われていたとは思うけど」彼女はドアの方に目をやった。「しかしあいつら、ドラマで見るような悪人やなくて、普通の人みたいやった」

「多分、大学生かフリーターじゃないか?」と、僕は言った。「ただ、自分の命を守りたいだけだったのかもしれないな。食べるものがなければ、奪ってでも食べないと……」

「案外こういうの、ダイエットにはいいかも」

「そんなことを言ってる場合でもないと思うが……。まったく、大竹先生のシミュレーションで見たようなことが、各地で起きている。防災倉庫はとっくに略奪されて、乾パンすらないらしい。病院なんかじゃ、点滴まで奪われてるみたいだぜ」

「乾パンがなければ、ケーキを食べればいいのにね」

「ケーキどころか、人がペットフードを食べなきゃならなくなってきている」

「ペットを食べるよりましかも」彼女は僕の肩に手をかけた。「ヒカリンも、アダルト・

ビデオか何かが食べられたら、マンションを出ることもなかったのに」

「今日のお前、言うことがいちいちつまらないな」

僕は彼女の手を払いのける。

「だって、食べ物を取られた後やもん。苦しいときに救ってくれるのが笑いやと思ってきたけど、それさえもう、怪しいかな。えらいことになってきた……」

「現代文明って、前からどこかおかしかったよな。いつかはこういう日がくるのではないかと、誰もが心のどこかで感じてたんじゃないか？」

「でも、自然災害でもないし、宇宙人が攻めてきたわけでもない。物理的には何も壊れていなかったのに、何でこんなことに？」

「大竹先生が言っていた〝自滅〟とは、きっとこういうことなんだろう。他でもない、僕たち自身が勝手に壊れていっているんだ」

小梅が、ため息をもらした。

「ウチら、一体何をやってたんかなあ。豊かな暮らしを目指していて、何でこんなことになるの？」

「築き上げた文明も文化も、モラルもヒューマニズムも、テメエの食欲に比べれば、守るべき何物でもなかったということだろう。僕たちだって、人の心配をしている場合じゃない。食べ物がないなら、いずれこのアパートから出ていかないと……」

彼女はスマートフォンを取り出すと、急にゲームを始めた。

「じっとしていたら、気がおかしくなりそうで……」

ディスプレイの明滅が、暗闇の中で彼女の顔を照らし出している。

「バッテリーは温存しておいた方がいい」僕は彼女からスマホを取り上げ、電源を切った。「未来のことがうまくいかなくなってきたから、やけくそになっているだけじゃないのか?」

「だったら、どうしろと……」


彼女は居間へ行くと、壁を背にして膝をかかえた。

「何でウチが、こんな目にあわんといかんの?」

「確かにおかしいよな」僕は彼女を見つめながら、独り言のようにつぶやいた。「人間、より良く生きようとしてここまで来たはずなのに……。人類にとって文明とは何だったのかって、考えてしまう。果たして人を幸せにしたのかどうか。間もなく自滅してしまう運命なら、なおさらそう思う」

僕は窓を開け、夜空の星を見上げた。

「それとやはり、自分のことが気になる。お前の言う通りだ。何故こんな時代に、こんな自分に生まれたのかと」

「けれどももう、自分を見つめ直してる場合でもなくなってきた」と、彼女がつぶやく。

「まったくだ。いずれネットもダウンするだろう。アマチュア無線なんかはまだ使えたとしても、それが事実上のレベル3であり、経済の回復は困難となる」

　小梅が、僕を見上げて言う。

「これからどうする？」

「まあ、携帯電話が使えなくなっても、すぐに死ぬわけではない。外は危険だし、取りあえず今晩は、このアパートにいればいいんじゃないか？」

「せやけど、ずっとここにいるわけにもいかないでしょ」

「何とかしなければいけないのは分かっているけど、どうしていいのか分からない。お前なんて、もう故郷に帰るべきなんだろうが」

「電車もまともに動かへんのに、どうやって帰ったらええの？　親かて、食いぶちが増えると困るだけやろうし」

「ごく普通に暮らしていた街が、こうも簡単に住めなくなるとは……。日常と非日常なんて、本当に紙一重じゃないか」

「とにかくじっとしていても、誰も食べ物なんか持ってきてくれないよ。自分で探しに行かないと」

「けれども経済が停滞してしまった世界で、すべての人を生かしておくことはできないだろう」

「どうなるの？」

　僕は少し考えてから、彼女に説明した。

「サバイバルが始まる。これからはポイントサービスも、こだわりの味も、どうでもよくなるんだ。何が何でも生きようとする、そういう意欲のある者だけが、生き残っていく。大竹先生の分類だと確かレベル4だったけど、僕たちもたった今、食料品を奪われた。サバイバルは、すでに始まっていると考えていい」

「生き残るためだけに生きるということ？」

「それが嫌なら、死ぬしかない」

「サバイバルまでして生き残って、どうするんよ。ヘビやトカゲを食べて生き延びて、何が面白いの？」

「人間はそういう往生際《おうじょうぎわ》の悪い生き物なんだから、仕方ないだろ。そういえば、ヘビもトカゲも最近見ないな……。多くの野生生物を絶滅に追いやった人間だが、とうとう自分の番がまわってきたんだ。

　サバイバルによって生き延びても、種として自滅に向かうのなら、意味がないかもしれない。確かに、そうまでして生きる意味とは何なのかと思ってしまうが、きっとそんなことを考えている奴から死んでいくんだ」

小梅は、床を拳でたたいた。

「どうしてこんなことに……」

「株が暴落したからだろ」僕は素っ気なく答えた。「おまけに僕たちのせいということになっている」

「本当に、そうなの？」と、彼女が聞いた。

「僕だって、真実が知りたいさ。今、計算センターの野洲さんにあれこれ調べてもらっているところだ」

「それで？　何か分かった？」

「詳しい説明ははぶくが、どうも僕たちとは別の存在の影がちらついているようだ」

「けど真相解明より、人類自滅の方が先になるのと違う？」

「そうかもな。シミュレーションだと、もうそろそろ復元可能な状況を越えてしまうんだが」

「打開する方法は何かないの？」

「お前が考えなくても、国が考えているはずだ」

「その国さえ、十分には機能していないんでしょ……」急に彼女が、手をたたいた。「E2計画は？」

「E2？」僕はくり返した。

「自滅回避の方法を探るという、大竹先生の研究やないの。監修は降ろされたけど、先生は自分で研究を続けると言っていた」

「大竹先生だって、今はどうしているかも分からないんだぜ」

「二人でいがみ合っていても仕方ない。この際、仁子さんにも相談してみたら?」

僕は軽くうなずきながら自分のスマホを取り出し、メールがきていることにようやく気づいた。見ると、計算センターに転属になった依理さんからだ。連絡がほしいということなので、とにかく僕は、彼女に電話してみることにした。

5

依理さんは開口一番、〈良かった、つながった〉と言った。

彼女にしては珍しく、感情的な声のように思えた。

僕たちはまず、お互いの状況を確認し合った。やはり計算センターの方は、まだ都心ほどひどいことにはなっていないようだった。

僕は今、小梅と一緒にいることを付け加えた。

〈野洲さんから話は聞いてる〉彼女はいつもの冷静な声に戻っていた。〈私だって、犯人の一味扱いのままじゃ嫌。それでSFTと株価の関係について、私のできる範囲であれこ

れ調べてみたの〉

そして落ち着いて聞いてほしいと、彼女は言った。

〈暴落ばかりが取り沙汰されているけど、株価を分析すると、暴落の直前に、瞬間的な上昇がみられるの。これもきっかけはＳＦＴによるもので、分かりやすく言えば〝バブル〟ね〉

つまり株価は、何の前ぶれもなしに突然暴落したのではなく、瞬間的なバブルが起きて、その後大暴落していたらしいのだ。野洲さんにも、そのことは伝えてあるという。

「暴落前の市場トレンドは、確か株価の上昇が一段落する気配を見せ、一部で下落傾向が始まりつつあったんですよね」僕は彼女に言った。「堀近さんも、それで株の売却を仁子さんに勧めた」

〈そう、問題は下落の兆しが見え始めていたにもかかわらず、ＳＦＴは何故瞬間的に高騰し、瞬間的に暴落したのかということ〉

まず株価急上昇の背景について、依理さんが説明してくれた。このとき、どの社の高速自動取引システムも、少額の売りかホールド推奨だったのに、真っ先に買いに出たのが、ＧＴハート社のシステムだったという。

「ご自慢の〝Ｚ－ＮＹ〟だな」僕はつぶやいた。

３ＤＯＬＳＩを搭載した、最先端のスーパーコンピュータだ。

〈コンマ数秒の世界で起きたことだけど〉と、彼女が言う。〈リーディング・カンパニーのGTが強気に買ったものだから、他も刺激されて買いに出た。その不均衡《ふきんこう》を戻そうとしたのか、GTを筆頭に、どこも直後に〝売り〟に出る〉

「それが引き金で、暴落した……」

〈ところが、そのきっかけとなった〝買い〟の理由が読めないの。ここはどう考えても、〝売り〟のはず。なのに何故GTのコンピュータが〝買い〟だと判断したのか〉

僕は自問するようにつぶやいた。

「ソフトの問題なのか?」

たとえば将棋《しょうぎ》コンピュータのソフトの中にも、どさくさ紛《まぎ》れに常識では考えられないような、不合理とも受け取れる手を指すものがあるのを思い出したのだ。

〈けれど、仮にもスーパーコンピュータよ〉と、依理さんが言う。〈判断は徹底して合理的なはず。しかも堀近さんですら迷わないような案件を、買いに走るのは腑に落ちない〉

僕は彼女にたずねた。

「すると、ハード?」

そもそもCPUのような素子のたぐいは、熱や静電気にきわめて弱い。電気製品や車の出す電磁波が、ノイズとして乗ることもある。しかもプロセッサの回路幅が原子数個レベルになってくると、熱によってチップが溶けたり、あるいは量子力学《りょうしりきがく》に従って電子そのものの位置が不確定となったりして、決定できなくなる。

「微細な回路からトンネル効果などで抜けた電子は、大部分はエネルギー・ロスになるだけだが、ごくまれにインバート——逆信号として働いてしまうこともあります」僕は依理さんに言った。「そこにムーアの法則の限界がある」

〈でもGTの3DOLSIは、それにブレークスルーをもたらしたと考えられている〉

「もし、そうでなかったとすれば？　そこで引っかかってくるのが、開発技術者の自殺だ」

〈もしかするとチップの欠陥の解決策が見いだせなくて……、ということ？〉

3DOLSIは僕が勤務していたCENでも研究しているが、製品化にはこぎつけられていない。トンネル効果などによる誤作動は、極めて低い確率まで落とし込んだものの、ゼロにはできないからだ。いくら誤作動を減らしても、ゼロでなければスーパーコンピュータに用いるパーツとしては、致命的な欠陥と言わざるを得ない。

「ひょっとしてGTは、そうした欠陥をカバーしきれないまま、製品化に踏み切ったんじゃないかな？　ただしハードの問題を、ソフト面でカバーしていることは考えられます」

〈ソフトで？〉

「たとえば出力異常とみられるものは、前後の文脈から判断してソフトの方で補正するとか。それが通用しない場合でも、強制的に一か〇かのどちらかに決めてしまう」

〈それでGTのシステムは、本来の株価予測の、逆を出力した可能性もあると……？〉

横で盗み聞きをしていたらしい小梅が、「それは一か○かというより、一か八かね」と、つぶやいている。

僕は彼女にかまわず、話を続けた。

「ポイントの一つは、用途が株の売買に限定されていたということです。必ずしも狙い通りに相場が動くとは限らず、損をすることもあるのが許される世界でしょ。だからリスクを承知で、実用化に踏み切ったのでは？」

〈結局その欠陥隠しが、フラッシュ・バブルを引き起こした……〉

「確かGTでは、改良型の3DOLSIチップの設計に取りかかっていたんですよね。ただし、性能はかえって劣るという噂も聞いています。その点も僕には疑問でした」

〈欠陥がらみとなれば、納得できるわね〉

「まだそうと決まったわけでもない。あくまでも推測です。証拠も何もない」

〈GTハート本社に探りを入れてみれば、何か出てくるかも……〉

僕はそのとき、もう一つ気がかりなことを思い出した。ビッグデータにまつわる謎だ。

「野洲さんからこんな話は聞きませんでしたか？　株価の急落直後、誰かが作為的かつ自動的に、暴落を示唆するようなキーワードを大量にネットへ投げ込んだ形跡があるらしいというのを……」

依理さんは何かひらめいたように、僕に言った。

〈するとチップの欠陥をカムフラージュするために、GTが？〉

「エラーを含めて想定外の事態が生じたときの対処法を、あらかじめプログラムとして組み込んでいたと考えると、つじつまが合ってくる」

〈だったら、私たちのインサイダー取引の容疑も？〉

「そこまでは分かりませんが、少なくともビッグデータのキーワード膨張には、その可能性はあります」

　内容は真逆なものの、株価の上昇時にも似たような操作が見受けられたと野洲さんが言っていたことも、僕は覚えていた。

「ネット社会に君臨するGTなら、そうした操作も難しいことじゃないでしょう。ただし、その証拠もないんだけど」

　電話の向こうで、依理さんがつぶやいた。

〈見えてくるのは、3DOLSIチップの欠陥、そして欠陥隠しか……〉

「ええ、元をたどれば、チップ内の電子一個か二個の不確定性によって、現代文明がひっくり返ったかもしれないということになります」

「そんなことがあるの？」

　横にいた小梅が、僕に聞いた。

「ずっと前だが、女子高生の他愛《たわい》ない冗談話が経営不安の噂になって広がり、信用金庫の取り付け騒ぎにまで発展したことがあった。だからこれだって、あり得ない話ではない。それこそ、バタフライ効果じゃないか」

「警察に相談する？」と、小梅が言う。

依理さんは、〈ネットに書き込んで告発すれば？〉と言った。

僕は二人に聞こえるように返事をした。

「誰も信用してくれないかもしれない。証拠は何もないんだから」

「チップの設計図とか実験データを見せてもらえれば……」

「横からうるさいな」僕は小梅を叱った。「最重要の社内機密じゃないか。見せてもらえるわけがない。まして、会社の不利益になることだとすれば……」

「だったら、ハッキングすればいい」

小梅が大きな声で言う。

〈その手は考えないでもなかった〉電話口で依理さんが答えた。〈小梅ちゃんの言うように、欲しいのはチップの設計図や耐久試験データ、それとＳＦＴのプログラム、顧客データや通信記録も入手できれば、言うことなしなんだけど〉

「それらを検証して、動かぬ証拠を見つけることができれば……」僕は独り言のようにつぶやいた。「疑いを晴らすことができるかもしれないな」

「ハッキング、できないわけじゃないんでしょ」小梅は僕からスマホを奪い、依理さんに直訴《じきそ》していた。「この際だから、ウイルスでも何でも入れちゃえ」

「お前、ヤクザか」

　僕は彼女からスマホを取り返した。

〈そりゃ、手段ならいくらでも知ってるけれど……〉

　依理さんがGT日本支社の社員であることを思い出した僕は、彼女にたずねた。

「親会社にハッキングするのは、気が引けるんですか？」

〈それもあるけど、分かるでしょ？　こっちだって、いつまでも計算センターにいるわけにはいかないの。とてもじゃないけど、犯人捜しをしていられる状況ではない〉

「確かにそうですね」僕はスマホを握りしめたまま、つぶやいた。「かと言って、汚名を着せられたままじゃ、死んでも死に切れない」

「じゃあ、先にE2計画で復興したら」名案でもひらめいたかのように、小梅が指を鳴らす。「それから名誉挽回《めいよばんかい》や。まず大竹先生のところに行って、話だけでも聞いてみたらい い」

「お前は先生に会いたいだけじゃないのか？」

　僕と小梅との口論に関係なく、依理さんが話し始めた。

〈ハッキングするとしても、足掛かりがほしい〉

「足掛かり？」

〈政府筋の情報ね。官僚のパスワードがいくつか分かると楽なんだけど。それと回線の問題もある。安定しているのは、やっぱり政府が使っている専用回線でしょうね〉

「仁子さんなら、何とかしてくれるかも」と、小梅が言った。「自分の汚名をすすげるチャンスなんやから、彼女も協力するはず」

僕はうなずきながら、依理さんにはできる限り調査を続けてもらうようお願いし、電話を切った。

次に、仁子さんに電話してみることにする。彼女のスマートフォンは官僚用の衛星電話ということもあってか、すぐに連絡がついた。

やはり彼女も、家を出るつもりのようだった。

僕は手短に、自分たちの状況とこれまでの話を、彼女に伝えた。

〈じゃあ、事務所合流にしましょう〉と、彼女が言う。

「ウェブ万博の事務所ですか？」

〈ええ。あそこだと政府中枢《ちゆうすう》に近いので、インフラは保たれている。政府機関がテナントになっているから、ビルには入れるわよ。私たちのＩＤも、まだ有効なはず〉

「略奪騒ぎも起きているのに、都心へ向かうのは無謀じゃないですか？」

〈そこにへたっていても仕方ないことは確かでしょ。問題を解決に近づけるには、何としても行くべき〉

僕は了承し、依理さんにも連絡を入れておくよう彼女に伝えて、電話を切る。深夜は危ないかもしれないので、明け方に小梅と家を出ることにした。

そして翌日の早朝、僕は小梅が支度《したく》を終えるのを待っていた。

ナップザックに荷物を入れていた小梅が、「お気に入りの映画のディスクも、持っていっていいかな？」と聞く。

「そんなの、デッキが使えなければ茶瓶《ちゃびん》敷きぐらいにしかならない」

「いや、プラスチックが熱で溶けるから、茶瓶敷きにもならない」

「それが分かってるんなら、置いていけばいいだろう」

「じゃあ、鍋とカンナは？」

「どうして？」

「木の皮を削って、食べないといけないかもしれないでしょ」

「この家にカンナなんか、あったのか？」

彼女は笑いながら、ナップザックを背負い、床の木刀をつかんだ。

「冗談や」

とにかく、必要最低限の荷物を彼女に持たせ、僕たちは自転車で都心へと向かったのだった。

第五章　未来恐慌

1

台風接近の影響なのか、時折強い風が吹き始めている。

交差点の信号機は、すべて消えていた。都心へ向かうにつれて、ところどころにバリケードがあったり、有刺鉄線《ゆうしてっせん》が張りめぐらされている。集会禁止について書かれた高札《こうさつ》のようなものも見受けられた。

小梅と自転車で走り続けているうちに、次第に人がざわめくような声が聞こえ出した。避けた方がいいのではないかとも思ったが、進行方向なので、そのまま進むことにする。ただ小梅には、十分気をつけるように言っておいた。

案の定、僕たちは暴動に出くわすことになった。何千人もの群衆が、機動隊と衝突しているようだ。

僕たちは一旦自転車を止め、その様子を遠目でながめながら、他の道を探すことにした。他国の暴動は、たびたびニュースで見かけたことはあったが、それが自分の目の前で起きていることに、僕は驚いていた。

「何でこんなことに……」と、小梅がたずねる。

「国が何もしてくれないからさ」と、僕は答えた。「それで自分たちが生きるために仕方なく、社会の枠組みを強制的に変えようとしている連中がいるんだ。おそらく徹夜で騒ぎ続けているんじゃないか？」

人だかりの方を見つめていた彼女は、目をそらした。

「暴れると、余計にお腹《なか》が空《す》くだけなのにな……」

やがて僕は、群衆と対峙《たいじ》しているのは機動隊ではなく、自衛隊だということにようやく気づいた。第一師団の治安部隊が緊急出動しているようなのだ。最新鋭の二五式と思われる機動戦闘車もある。

「戦車だ！」小梅はいきなりそう叫んだ後、「ユー・アー・ウエルカム」と言った。

「何がウエルカムだ？」僕が聞き返す。

「英語で『戦車』は、『タンクス』。つまり『ありがとう』と言われたら、『ユー・アー・ウエルカム』と答えるもんや。『我輩《わがはい》はカモである』という、マルクス兄弟の喜劇映画のネタなの」

「あれは戦車じゃない。陸上自衛隊の機動戦闘車だ。キャタピラの代わりに、車輪がついている」

「ゲームをやってれば、それぐらい知ってる。気晴らしに一人で冗談を言うてるだけや。そんなことをしててもお腹が減って飢えてくるから、やっぱり『飢えるカム』やな」

「ただでさえ頭が混乱しているのに、わけの分からんことを言うな。こっちの腹まで減ってくる」

「あ～あ、陸上自衛隊が、〝肉上自衛隊〟に聞こえるわ。航空自衛隊も、〝食う食う自衛隊〟に……」

「まさか、自国民に銃口が向けられるとは……」僕は思わずつぶやいた。「そんなことが許されていいのか？」

「わざわざ争わなくても」小梅はまた、自転車をこぎ出した。「いずれみんな、死んでいくのに……」

しかし民衆にとっては、相手が機動隊であろうが自衛隊であろうが同じことのようで、徹底抗戦の姿勢を崩そうとしていない。見ていると、自衛隊の方が、むしろ押され気味の様子だった。

「多勢に無勢やな」と、小梅が言う。

「それもあるだろうが、自己矛盾じゃないのか？」

「自己矛盾？」

「彼らが今、何を守っているのかということだ。きっと、本来守るべき対象である民衆を攻撃することに、まだ頭が追いついていないんだ。それにきっと、自分たちの将来のこともあるんだろう。給与すらちゃんと振り込まれているのかどうかも分からない状態で、彼らは何のために危険を冒《おか》してまで戦わねばならないのか。国防も何も、国がどうなるかも分からないのに……」

とにかく、普通ではないことが起きつつあるようだった。治安維持のためだとしても、まったく未経験の事態であり、自衛隊内の意思統一もできていないのかもしれない。このまま暴動を鎮圧できないようであれば、無政府状態になっていくのは目に見えていた。

「治安は良かったはずなのに」と、僕はつぶやいた。「この日本で内戦なんて、考えもしなかったな」

「やっぱり、余計にお腹が空くだけや」小梅は、機動戦闘車の方を見つめていた。「ああ、鉄が食えたらなあ。火薬でもふりかけて食べるのに……」

次の瞬間、砲撃音が響きわたった。

人々は悲鳴をあげ、一斉に周囲に散らばり始める。

ついに国民に向けて発砲したのかと僕は思ったが、見ていると自衛隊員たちも何やら困惑している様子がうかがえた。何が起きたのか気にはなったが、僕たちはなるべく混乱に巻き込まれないよう、迂回《うかい》することにした。

事務所の近くまで来ると、照明がついているビルもあり、まだ電気がきているのが分かった。政府関連の施設が集中しているところだからだろう。

僕は小梅に、木刀は自転車の前カゴに差したまま置いておくように言った。そして僕たちは警備のロボット犬ににらまれながら、ビルの通用口から入っていく。

事務所には、先に仁子さんがきていた。彼女は動きやすそうな普段着で課長席に腰かけている。他には誰もいない。

小梅は「仁子さん……」と叫ぶと、しばらく彼女と抱き合い、無事を喜び合っていた。

「おかげさまで、体だけは元気」と、仁子さんが言う。「でも内閣府の内部調査も中断したままだし、まったくの生殺し状態ね。保存食もなくなったので、これからどうしようかと思っていたところ」

僕はとにかく、スマートフォンの充電をしながら彼女に話しかけた。

「ここへ来るまでに、暴動騒ぎに出くわしました。自衛隊までもが、治安出動に……」

「そのうち非常事態宣言に類する布告が出るはずよ。そんなの、騒いでる連中の耳には届かないだろうし、さらに混乱するだけ。でも日本なんて、まだましな方かも」

「アメリカやヨーロッパは、もっとひどいことに?」

仁子さんがこっくりとうなずいた。

「文明なんて、薄っぺらよね。簡単に壊れちゃうんだから」

小梅が仁子さんにたずねた。

「このままだと、大竹先生のシミュレーション通りに進んでしまうのかもしれないということ?」

「そんなことで、今さら驚く方がどうかしている」仁子さんが、微笑《ほほえ》みを浮かべる。「大竹先生なら、そう言うかも……。文明が内部崩壊していく有り様は、まさしく自滅よ」

「ここだって、いつ暴動に巻き込まれるか分からない」僕はそうつぶやいた後、仁子さんの方を向いた。「肝心なことを、先に話してしまいましょう。暴落の原因調査なんですが……」

「私も依理から、大体のことは聞いた」と、彼女が答える。「でも、その程度の証拠で私たちが何か言っても、信用されないわね。GTハートの陰謀というのも、私には疑問」

「どうしてですか?」

「GTグループは、ウェブ万博のプロジェクトにも大きくかかわっているわけでしょ。今度のことでは、彼らも少なからずダメージを受けている。そういうことを、わざわざするかしら?」

「3DOLSIの欠陥問題が表面化するより、ダメージが軽いことは考えられますけど。

いずれにせよ、調べてみればはっきりする。依理さんも言ってたかもしれませんが、それには仁子さんの協力が……」

「そこはやはり、技術屋の考え方ね、二人とも」

「どういうことですか？」

「確かに、濡《ぬ》れ衣《ぎぬ》は晴らしておきたい」彼女は、窓から外をながめた。「けれど、状況の方が急激に悪化している。まず、そっちを何とかすべきじゃないの？」

小梅が手をあげた。

「賛成！」

「どうやって？」僕は彼女にたずねた。「事実上、国はもう満足に機能していない。責任者たちが、どこにいるかも分からないのに」

「私だって、どうしていいか分からない。て言うか、今の私たちは何か貢献《こうけん》できるような立場でもないわけだしね」

「じゃあ、どうするんですか？」

僕が彼女に詰め寄ると、彼女は苦笑いを浮かべた。

「それで私、柳井先生にも相談してみたの」

「植田部長ではなく？　どうして柳井先生に？」

「ウェブ万博の企画部長だとＧＴに近過ぎて、適切なアドバイスはしてもらえないんじゃないかなと思って」

「連絡は取れたんですか？」

「ええ。依理から聞いた話もお伝えした」

「それで？　先生は何と？」

「やはりGTへの嫌疑については、思い過ごしではないかと言われた。今は真実解明よりもまず、復興を目指すべきだろうって……」

「確かに、沈没寸前の船の上で探偵ごっこをしているようなものやからね」と、小梅が言う。「無実を証明するにしても、まず沈没をくい止める方が先かも」

「だから、どうやって？」

僕はまた仁子さんに聞いた。

「とにかく官僚たちは今、猫の手も借りたいほど忙しくしているわけだし、志願して手伝おうかと悩んでいるところ」

「その程度じゃ、きっと駄目でしょう。トップの連中が懸命に走り回って、この有り様なんだから。自滅へ向かう運命は、変えられない」

「ね、E2計画は？」

小梅が顔を突き出す。

「お前は、そればっかりだな」

　僕がそうつぶやくと、彼女は口をとがらせた。

「実行してみるだけの価値はあると思うけど」

「E2のことは、私も考えた」と、仁子さんが言う。「少なくとも大竹先生は、今のクライシスを的中させたわけだし、それだけの能力があるのなら、救済計画も出せるのではないかと……」

「そうですよね」小梅が嬉《うれ》しそうに答える。「効果的な政策を提案できれば、政治家の人たちを動かすことができるかもしれない」

「でも……。あまり気が進まないのよね」

「どうしてですか？」

「だって、いろいろあってプロジェクトから追放した人でしょ。お互い、しこりが完全に消えたわけではない」

「でも、早くしないと」

　小梅はだだっ子のように、仁子さんの腕をゆする。

　仁子さんは仕方ないといった様子で、大竹先生に電話を入れた。

　しかし、しばらくして首を横にふる。

「つながらないみたいね。グローバル《G》・ポジショニング《P》・システム《S》によると……、大学の研究室にはいるみたい」

「多分、E2プログラムの見直し中なんよ」と、小梅がつぶやく。

「そんなこと、分かるもんか」僕は彼女を横目でにらみ、仁子さんに話しかけた。「仮にE2のプログラムが大学の大竹研究室にあるとして、どうします?」

「そうね。すでに計算結果が出ているなら聞けばいいだけだろうけど、大学のコンピュータは使える状態じゃないでしょうし、おそらくプログラミングの段階で止まっているということは考えられる」

「すると僕たちにできることと言えば、プログラムの完成を確認した上で、それを大学か、あるいはこの事務所から計算センターへ送ることですかね」

「そうね。スーパーコンピュータに計算させて、その結果を見届けないと」

「それならそれで、早くした方がいい。計算センターも、スタッフ退去は時間の問題みたいですから」

「でも肝心の大竹先生がつかまらないし……」

「とにかく、大学へ行くしかないでしょ」と、小梅が言う。

「今のところ、先生がいるのかどうかも分からないんだぞ」

眉間に皺《しわ》を寄せている僕を見て、小梅は微笑んだ。

「先生はともかく、E2計画のプログラムは、研究室にあるはず」

「どうやって大学まで行くつもりですか?」僕は仁子さんを見つめた。「あの暴動騒ぎが続いているんじゃ、ヘリコプターは？」

「じゃあ、ヘリコプターは？」

小梅にそう言われた仁子さんは、うなずきながら携帯を取り出した。

電話はすぐにつながり、仁子さんはパイロットの堀近さんに、自分たちを大学まで運んでもらえないかと相談を持ちかけている。彼は数人の同僚と自分たちの航空会社にいて、ヘリや備蓄している食料品を守っていたようだ。

しかし、やはりというか、無理との返事だった。彼自身には、会社の命令に背《そむ》いてでも、かけつけてくれる意思があるらしい。ところが台風が接近しているだけでなく、僕たちが今いる霞《かすみ》が関《せき》周辺への飛行自体が、大幅に制限されているというのだ。

仕方なく仁子さんは、電話を切った。

「状況を考えれば、当たり前かもしれませんね」と、僕は仁子さんに言った。

「昔のよしみで、何とかなると思ったんだけどな」彼女がため息をもらす。「でも可能なら、大学で合流するという話にはなった」

「だからその大学まで、どうやって行くかが問題じゃないですか」

ここで言い合っていても仕方ないので、とにかく必要な資料を持ち出し、また自転車で行けるところまで行くことになる。

小梅が僕に、「休日出勤手当は？」と聞いてきた。

「出るわけ、ないだろ」

僕はそう言い返し、事務所を後にした。

2

僕たちは暴動に巻き込まれないよう気をつけながら、大学を目指すことにする。

仁子さんは、「自分の正体が知れると、株で損をした人に襲われるかもしれない」と言って、大きな帽子をかぶり、マスクで顔を隠している。

飲食店が立ち並んでいた繁華街の周辺では、食料を探し求めているらしい多くの人々とすれ違った。

「私たちもいずれ、あんなふうに漂《ただよ》い続けるしかなくなるのかもね」と、仁子さんがつぶやく。「他の国も同様なら、亡命もあり得ないわけだし」

「でも、ほら」小梅は、道端の雑草を指さした。「緑が増えていったら地球温暖化は収まるし、きっと住みやすくなる……」

少し先に、人だかりがしているのが見えた。その向こう側には、いくつかの簡易テントが並んでいる。

段ボールに手書き文字で、〝乾《かん》パン〟とか〝雑炊《ぞうすい》〟とか書かれたものがつり下げられていた。ただし、値段などは書いていない。

どうも、このあたりに闇市が形成されているようだった。都市に残らざるを得ない人間たちが必要なものを買いにくるのだろうが、その割には人が少ない気もする。

自転車を押しながら店先をのぞいていると、〝戦闘糧食《りょうしょく》〟なるものを売っているのを見つけた。Ⅰ型が缶詰で、Ⅱ型は袋詰めになっている。

「何で？」僕は思わずつぶやいた。「これって、自衛隊の非常食だろ。本来、こんなところに流通するはずがないものだ」

「そこが闇市でしょ」と、仁子さんが言う。「何でもありなのよ、きっと」

「いや、いくら闇市でも、これはあり得ないだろう……」

「そんなことを言ってたら、生き残れないわよ。いずれトカゲの串焼きや、昆虫の幼虫なんかも店頭に並ぶでしょうね」

「焼くんやったら、ウェルダンにしてね」と、小梅が言う。

しかし、そんなものまで食べて生きねばならないものかと、僕は嫌悪感をおぼえていた。

仁子さんは、『たこ焼き』と書かれた看板の前で、自転車を止める。見ると、普通のたこ焼きではなく、たこ焼きを模して作られた、フリーズドライ製法のスナック菓子のようだった。ポテトチップスと似たような袋に入れられ、棚の上にいくつか置かれている。

「食べ物はやっぱり、買っておいた方がいいかな……」

　彼女はあごに手を当てながら、スナック菓子の袋を見つめている。

「仁子さん、たこ焼きが好きみたいね」小梅が彼女に話しかける。「〝フリーズドライ〟ってのがいいよね。仁子さんらしくて」

「いらっしゃい」

　店主らしきヤクザっぽい中年男が、声をかけてきた。

「行こう」小梅が仁子さんの袖を引っ張る。「食べ物を持ってたら、襲われるかもしれないし。実際にウチも経験してるもん」

「かと言って、腹が減っては何とやらよ」仁子さんは店主の方を向いてたずねた。「おじさん、このたこ焼き一袋いくら？」

　彼は微笑みを浮かべながら答えた。

「高いで。三百万円」

「三百万円……!?」僕はその場で卒倒《そっとう》しそうになった。

「自分ら身内のためにとっておいた分や。それぐらいもらわんと」

「そんなお金、あるわけない」

「いや、ある」仁子さんが、ナップザックに目をやる。「堀近ちゃんに言われて、下ろしたお金が」

「それ、仁子さんの結婚資金じゃなかったんですか？」

僕たちのやりとりを見ていた店主が、また話しかけてきた。

「買わへんのなら邪魔や。あっち行ってか」

仁子さんは迷った揚げ句、「背に腹は替えられないわね」とつぶやいた。

そしてナップザックから、紙袋を取り出す。

「まさか、賞味期限切れでは？」

紙袋の中を確かめながら、店主が言う。

「大丈夫、大丈夫」

小梅は、たこ焼きの入った袋を目で追っていた。

「フリーズドライやから、きっと仁子さんが結婚するときぐらいまで日持ちするのと違うかな」

「じゃあ、半永久的に大丈夫ということね」

「仁子さん、領収書はもらわなくていいんですか？」

「出るわけないでしょ」仁子さんは菓子袋をナップザックに入れた。「まさか結婚資金でたこ焼きを買うとは、考えてもみなかった」

「たこ焼きと結婚するよりは、ましやないですか」

「さっきからあんた、私に喧嘩《けんか》売ってるの？」仁子さんが小梅をにらみつける。「私だけじゃない。ここにいる人は皆、食べ物のためなら何だってするわよ。きっと体だって売るでしょう」

「しまった」小梅が指を鳴らした。「ウチも昨日、襲われたとき、先にお金もらっておくべきやったかなあ……」

僕たちは、再び自転車で先を急ぐことにした。道のあちこちに、略奪者たちに割られたらしい窓ガラスや、ゴミが散乱している。

街路樹を見ると、何十羽ものカラスがとまっていた。人類の次の座でも狙っているのだろうかと、僕は思った。

「こんなことになってしまうとは……」

僕がそうつぶやくと、仁子さんが苦笑いを浮かべた。

「飢餓《きが》だって紛争《ふんそう》だって、世界のどこかで必ず起きていた。この国でも、きっかけがあれば当然起こり得た事態よ。私たちがそのことを、ずっと直視しようとしなかっただけ」

後ろの方で、人の騒ぐ声がした。

自転車を止めてふり返る。すると奥の方から、機動戦闘車がこっちへ向かって走行してくるのが見えた。それを遠巻きにしながら、携帯のカメラで撮影している人もいる。

機動戦闘車は、停止するといきなり、ビルに向かって砲撃を開始した。僕たちがさっきまでいた、闇市のあたりのようだ。

人々だけでなく、街路樹に群れていたカラスたちも、すぐさまその場から逃げまどっている。

「何で発砲するんだろ?」耳を押さえながら、仁子さんが大声を出す。「暴動鎮圧のためとも思えない」

しばらくして、戦闘車がこっちの方へ向かってくる。迷彩服を着た男が、砲手の席から顔を出していた。

「乗っているのは自衛隊員じゃない」僕は仁子さんに言った。「ヘルメットすらかぶっていない」

「どういうこと?」

「そういえば仁子さんと合流する前にも、砲撃音がしてた。あれはひょっとして、戦闘車の強奪だったんじゃ……」

「じゃあ乗っている連中は、あの戦闘車で略奪を?」

「あるいは、いかれた奴《やつ》らが、面白半分でやっているのか……」

戦闘車が接近してきたので、僕たちは自転車を押しながらビルの陰に隠れることにした。

「自衛隊の兵器が奪われるなんて」

怖そうにしている小梅に、僕は答えた。

「暴徒化する民衆に発砲できず、まごまごしているからこういうことになるんだ」

「一体全体、もう誰が国を動かしているのかも分からない」耳を押さえ続けながら、仁子さんが叫ぶ。「こんな無政府状態が続くと、〝クーデター〟だってあり得るかも」

「何が出たあ？」と、小梅がたずねる。

僕は大声を張り上げた。

「お前は黙っとれ！」

その間に機動戦闘車は、僕たちの前を通り過ぎていく。

小梅は独り言のように、話し続けた。

「文明ってやっぱり、天災や宇宙人が攻めてこなくても、自分で滅んでいくみたいね。ほんまに、こんな状況で生き残れるのは、関西のオバハンぐらいかも」

「お前、関西出身だったな。十分、生き残る素質はあるんじゃないか？」僕は彼女に皮肉を言った。「文明なんてどれだけ華やかでも、矛盾をかかえたまま膨らみ続けていたら、いつかはこうなる運命だったんだろう」

「二股恋愛みたいなものかな？」小梅が首をかしげる。「しかしどうせ壊れるんなら、宇宙人が攻めてきてくれた方が良かったかも」

「何故《なぜ》だ？」

「宇宙人がタコみたいな姿やったら、酢味噌和《すみそあ》えにして食べられるかもしれない。ゲソ焼きもええかな……」

小梅は生唾《なまつば》を飲み込んでいる。

次の瞬間、機動戦闘車の砲塔側面で、爆発が起きた。

すぐ上空を、自衛隊の無人攻撃機が旋回している。それが対戦車ミサイルを発射したらしい。

三人の略奪者たちは、あわてた様子で機動戦闘車から逃げ出していった。

「ウチやったら、エンジンを狙うのに」

無人攻撃機を見上げながら、小梅がつぶやく。

「破壊じゃなくて、機動戦闘車の奪回が目的だからじゃないか」と、僕は答えた。「いずれにせよ、残り少ないエネルギーを使ってするような争いではない」

再び自転車にまたがりながら、僕は何か、地獄めぐりをしているような気分になっていた。

自転車をこぎ出そうとした僕は、こっちに接近してくる、一体の人型ロボットに気づいた。最初、機動戦闘車を略奪した犯人たちを追いかけるのかと思ってながめていた。

ところがロボットは、警棒をふり上げながら、真っすぐこっちへ向かってくる。略奪者ではなく、僕たちを狙っているようにしか見えないのだ。

　ロボットはさらに近づき、僕たちに襲いかかろうとしている。

　僕は小梅と仁子さんに、「おい、逃げろ！」と大声で言い、自分もロボットと反対側の方向へ自転車を走らせた。

　しかし仁子さんが、自転車のリアキャリアをつかまれてしまう。

　僕は引き返し、自転車に乗ったまま体当たりをした。

　ロボットが転倒している隙に、僕たちはまた自転車で逃げることにした。

「仁子さん、人間だけやなくて、ロボットにも嫌われてるんやね」と、小梅が言う。

「人ごとみたいに言ってる場合じゃないでしょ」仁子さんが、ヒステリックに叫んだ。

「でも戦闘車の略奪犯じゃなくて、何で私たちが？」

「そんなことを考えているより、逃げるのが先だ」僕は自転車を走らせながら答えた。

「そもそもあれは、軍事用ロボットじゃなかったんじゃないか？　確かめてる余裕もなかったが、警備用ロボットみたいだった」

　ふり向くと、ロボットがまだ追いかけてくるのが分かった。いつの間にか、二体に増えている。

「人間は自滅寸前でも、ロボットは元気みたい」と、小梅が言う。

「対抗できる武器はないの？」

　今にも泣きそうな声で、仁子さんが僕に聞いた。

僕の代わりに小梅が、「口三味線《くちじゃみせん》しかおまへん」と答える。

「届くか、そんな攻撃……」

仁子さんは怒りながら、必死で自転車をこいでいた。

このままだと、間違いなく追いつかれる。そう思った僕は急停止し、迫ってくるロボットに自分の自転車をふり回してぶつけた。

そして二体のロボットを自転車で押さえつけ、フレームの隙間から手を伸ばして、何とかそれぞれの電源スイッチをオフにする。

見てみるとやはり軍事用ではなく、そうした技術をベースにして作られた、民間の警備ロボットだった。胸のあたりに、GTセキュリティ社のロゴマークが入っている。

他の警備ロボットが追いかけてくるかもしれないので、僕たちはまた逃げることにした。

「こっちも機動戦闘車を奪ったら？」

小梅が指さす方向には、略奪者たちが逃げ出した戦闘車が放置されたままになっている。

「無人攻撃機にまた狙われるぞ」

「他に逃げ場がある？」

小梅が自転車の前カゴから木刀を引き抜き、戦闘車に向かって走り出したので、僕も仕方なくついていく。

小梅がふり返り、「かけ落ち乗車は危険です」と叫んでいる。

どうも、かけ込み乗車のことを言っているらしい。

小梅は砲塔の車長席に、仁子さんは砲手席に逃げ込む。

仁子さんが、「これ、安全ベルトは？」と聞いてきたが、それに答えている余裕は僕にはなかった。

僕が操縦席へ向かおうとしたとき、小梅が大声で、「この戦闘車、生きてる」と言う。

「どういうことだ？」

車長席をのぞき込んで、僕は聞いた。

「始動時に必要な入力作業が、登録されたままになっている。つまり自由に使えるということ」

彼女の説明によると、戦略コンピュータによってディスプレイに表示されている、この戦闘車のカラーシグナルを変えて敵でないことを示せば、無人機のミサイル攻撃をまぬがれることができるというのだ。

「このコンピュータ、まったくスマホゲームと同じじゃわあ」彼女の嬉しそうな声が聞こえた。「実戦でやれるなんて、夢みたい」

そして彼女はタッチパネルで、手際よく戦闘車の識別信号を、赤から無人攻撃機と同色の青に変えてくれた。自衛隊員が機動戦闘車を奪還したときにまず行う作業と、ほぼ同じだという。

「それでどうするの？」と、仁子さんが聞く。「ロボットにはまだ狙われてるのよ。自衛隊だって、戦闘車を奪い返しにくるかもしれない」

「心配無用」と、小梅が言う。「このまま大学へ行けばいい」

「機動戦闘車で？」

「うん、自転車でえっちらおっちら行くよりはましでしょ」

「操縦できるのか？」と、僕は聞いた。

「ゲームと同じじゃから、チョイチョイとやったらいいだけや」

「お前、運転免許を持ってないだろう」

「大学の住所は？」僕の言うことを聞かず、彼女は仁子さんにたずねた。「位置を入力したら、ナビゲーション・システムで行ける」

それで僕は、操縦席を彼女に譲り、彼女と入れ替わるようにして車長席にもぐり込んだ。後方を見ると、やはりGTセキュリティ社の警備ロボットが数体、こっちに近づいてきている。

彼女は手際よくレバーを操作し、まずバックでその警備ロボットを踏みつぶす。そしてそのまま、戦闘車の向きを大学の方へ変えた。

「初心者マークぐらい、付けた方がいいんじゃないの？」仁子さんが大声で言う。「安全第一で頼むわよ」

小梅は聞いているのかいないのか、戦闘車を急発進させた。

「僕は人類自滅より、お前の運転の方が怖い……」

思わず僕は、自分の座席を握りしめていた。

3

その日の夕方近く、僕たち三人は、大学の正門近くで機動戦闘車を乗り捨てた。風は次第に強くなってきている。

キャンパス内には、もう誰もいないようだった。建物の照明も消えている。それでも僕たちは、何とか大竹先生の研究室を探しあて、ドアをノックしてみた。返事はなかったが、鍵がかかっていないので、中へ入ってみる。

書棚の奥の机に、彼はいた。

「大竹先生！」

大きな声で呼びかけた小梅は、その後すぐに立ち止まると、彼の様子に首をかしげる。

服装はいつもと同じスーツ姿だったが、無精髭《ぶしょうひげ》を生やし、机に頰杖《ほおづえ》をついて座っていた。ノートパソコンの横には、ウイスキーの小瓶《こびん》が置いてある。

「連絡してたのに、何で返事をくれなかったんですか？」

小梅がそう問いかけても、返事をしない。少し酔っているようだった。

僕も彼に声をかけた。

「先生、外は大変なことに……」

「分かっている」彼がつぶやくように言う。「それをまともに考えたら、誰でもおかしくなるさ」

「それで竹ちゃん、何でまだここにいたの？」と、仁子さんがたずねる。

「決まってる。プログラムの虫取り《デバッグ》をしていた。ちょうどさっき、終えたところだ」

「良かった。私たち、そのことを確かめたくてここまで来たの」

「無理して来なくてもいいのに。じたばたしたって、もう仕方ないかもしれない」

「そんなことはないでしょ。ただし、時間はあまりないけど。それに……」

仁子さんは、ここに来るまでにロボットに狙われたことについて、手短に説明した。

「何で警備ロボットなんかに？」と、大竹先生はたずねた。

「いや、分かりません」僕は首を横にふった。「でもボディには、はっきり〝GTセキュリティ〟と」

「つまり、GTに狙われているのか？」

先生がそう言いながら、小梅の方に目をやった。

会議机にいる彼女は、コピー用紙をハサミで切り始めている。

「何を始める気だ？」僕は聞いてみた。

「お面を作るの」と、彼女が答える。「あのロボット、顔認証で追いかけてくるのかもしれないから、顔を隠したらいいのと違うかなと思って」

そんな小梅を横目で見ながら、大竹先生は僕にたずねた。

「ところで、何でGTがお前らを？」

僕は、ビッグデータが操作された可能性や3DOLSIの欠陥疑惑など、これまでの経緯をかいつまんで説明した。

先生はウイスキーに手をのばし、「暴落の原因については、気になっていた」と言う。

「俺が考えた初期条件の、どれとも違っていたからな。しかし3DOLSIの不良とは……」

急に先生が、笑い出す。

「何がおかしいんですか？」と、僕はたずねた。

「だって、おかしいじゃないか。マクロ経済が、ナノサイズより小さい問題でコケるなんて……。酒の肴《さかな》にもってこいだ」先生はウイスキーの小瓶に、口をつけた。「電子一個か二個による誤作動だとしても、電子に責任はない。問題は、そんな電子の動きにまで自らの将来を託すようになった、人類の方だ。市場の過熱ぶりを考えると十分あり得る話だと思うし、自動取引に使ったGTのスパコンを調べれば、もっと何かつかめるかもしれない……。で、俺にも原因究明に協力しろと？」

「そうじゃない」と、仁子さんが言う。「竹ちゃんには、竹ちゃんにしかできないこと──E2計画のことをお願いしに来たの」

大竹先生は、軽くうなずきながら、ノートパソコンに手をあてた。

「さっき言ったように、デバッグまで終えている」

「そのプログラムを走らせれば、何らかの回答が出るわけでしょ。私たちは、それが知りたいの」

「しかし……」

口ごもる大竹先生に、仁子さんが詰め寄った。

「言いたいことは分からないでもない。自分を追い出しておいて、今さら頼ってこられるのは心外でしょう」

「それはともかく、俺は研究者であって、政治家ではない。改善策があるなら、既に為政《いせい》者《しゃ》たちがやっているんじゃないのか？」

「それが当てになりそうにないから、こうして来たんじゃないの。計算結果が出れば、私はそれを首脳たちに進言するつもり」

「用件は大体分かったが、もう手遅れなんじゃないか?」

「確かに竹ちゃんのシミュレーションだと、レベル3に達すれば、通信網のマヒや政府の機能不全で、復旧困難になってしまう。でもまだ、辛うじてレベル2のはず。今ならまだ間に合う。早く何とかしないと、本当にビッグクランチに向かって突き進んでしまう」

「ところが、ご覧の通りさ」大竹先生は、電気の消えた室内を指さした。「大学のスパコンは使えない」

「だからやけ酒を?」と、小梅が聞いた。

「じたばたしても仕方ないと言ったのは、そういうことだ。もう、どうしようもない」

「大学の状況は、大体察しはついていた」仁子さんが言う。「それで、うちの計算センターにプログラムを送って、計算させてはどうかと思っている」

大竹先生が、仁子さんの方を向いた。

「使えるのか?」

「正直分からない。でも、何人かのスタッフは残ってくれているし、プログラムだって、私が使っている官僚用の回線なら比較的安定して送れる」

「大学のスパコン用に書いたプログラムだから、計算センターで走らせるには若干のアレンジが必要になってくるぞ」

「不可能ではないわけでしょ。あっちにいる野洲さんと依理ちゃんが協力してくれるはず」

「計算センターだって早晩、人がいなくなるだろうし、電力だって……。もし、警備ロボットの攻撃がGTのさしがねだとすれば、計算センターも危ないんじゃないのか？　チップの欠陥の、証拠探しもしてたんだろ？」

仁子さんが、大竹先生の顔をのぞき込む。

「駄目？」

先生は、またウイスキーに口をつけた。

「ここまで考え抜いた研究テーマだ。俺だって、答えは知りたい」

彼女は嬉しそうに、先生の肩をたたく。

「じゃあ、やってくれるのね」

仁子さんは早速、計算センターの野洲さんに電話を入れた。

彼は、恐慌の原因調査よりE2計画の方を優先させることに合意してくれたが、未来シミュレーションのプログラムに組み込んで時間短縮を図ったとしても、結果が出るまでにはやはり時間がかかるのではないかという。

計算そのものは、仮に停電しても自家発電に切り換えれば辛うじて続行できるだろうが、問題はやはり、スタッフだった。全員撤退が現実味を帯びてきているらしい。野洲さんと依理さんは残るつもりらしいが、確約はできない状況のようだ。

結果が出る時点でのネット環境なども読めないので、僕たちに計算センターまで来てもらった方がいいのではないかということだった。

「つまり計算結果を確かめて為政者たちに報告するためには、私たちも計算センターへ?」

小梅が目を瞬《しばた》かせている。

大竹先生はノートパソコンでE2プログラムのアレンジを続けながら、つぶやいた。

「どうやって行くつもりだ。直線距離でも、約三百キロメートルだろ?」

「また機動戦闘車で?」と、小梅がたずねる。

「今度こそ自衛隊につかまるぞ」僕は彼女に答えた。「燃料だって足りないだろう」

すると彼女は、「転送装置があるとええのにね」と微笑んだ。

「ヘリしかないでしょう」

仁子さんはそう言いながら、堀近さんに連絡を入れた。

大学とウェブ万博の事務所程度の移動だと勝手に解釈していた堀近さんは、相当驚いていたらしい。

電話の内容は僕にも分からないが、仁子さんが「誰のせいで私がこんな目にあったと思っているの!」と叫んだ直後、大学の北側にある第一グラウンドで合流ということで、話はまとまったようだった。

E2プログラムを計算センターに送付した直後、大竹先生はため息をもらした。

「あまりの可能性の低さに、余計に鬱《うつ》になるぜ。そもそもE2はまだテスト段階で、ちゃんと動くかどうか分からんし、動いてもちゃんと答えが出るかどうか分からん」

「何もしないよりはましでしょ」と、仁子さんが言う。「じっとしてたら、どのみち自滅してしまう。とにかく、スパコンが出す答えを確かめに行きましょう」

僕はみんなと外へ出ようと思い、研究室のドアを開けた。

すると廊下の隅に、一匹のロボット犬がいるのが見える。

僕はあわてて、ドアを閉めた。

「どうしたの?」

仁子さんにたずねられた僕は、事情を説明した。事務所の通用口やヘリポートの正門にいたのと同じタイプの、警備用ロボット犬――ガードッグだった。

「ヤバいかもしれないわね……」と、彼女がつぶやく。「とはいえ、ここに籠城《ろうじょう》しているわけにもいかない」

結局みんな、武器になりそうなものを持って外へ出ようということになった。

仁子さんがナップザックを〝後ろ前〟に装着してプロテクターのようにしていたので、僕たちも見習うことにする。

小梅を見ると、さっきまで自分で作っていたお面をかぶり、アパートから持ち出した木刀を手にしていた。

銘々、傘や椅子などを手に、ドアへ向かう。

案の定、ロボット犬が首の赤色灯《せきしょくとう》を点灯させ、警報音を鳴らして迫ってきた。

僕たちはグラウンドへ向かって逃げたが、なおも追いかけてくる。

小梅に飛び掛かろうとするロボット犬を、僕は椅子でたたいた。

「嫁入り前の娘に、何するの！」小梅がお面を外しながら叫んだ。「これ、ちっとも役に立たなかった。匂いで分かるのかな」

「グループとして、僕たち全員がターゲットになってしまっているらしい」僕は椅子をふり回しながら言った。「背中の電源スイッチを切れば……」

ロボットなんだからいずれバッテリーが切れるだろうが、それまでこっちがもたないのではないかと思った。

「何で俺たちが狙われることになったんだ？」傘で応戦しながら、大竹先生が聞いた。

「ハッキングがバレたんじゃないのか？」

「依理なら、そんなヘマはやらないはず」と、仁子さんが答える。

「じゃあ、このことを誰かに話したか？」

「いいえ。危ない情報なのは分かってたから、誰にも。ここにいる連中と、それから柳井先生ぐらいよ」

「それじゃないか?」と、大竹先生が言った。

「じゃあ、柳井先生が、GTに?」

「いや、分からない。通話を傍受《ぼうじゅ》された可能性だってあるだろう。しかし自社製のロボットに襲わせるなんて、チップが恐慌の原因だと、自分で白状しているようなものじゃないか」

僕が椅子で押さえつけている間に、大竹先生がロボット犬の電源をオフにしてくれる。

僕たちは、とにかく建物の外へ出ることにした。

グラウンドの中央へ向かって走っていくと、他のロボット犬や人型ロボットが、僕たちの周囲に集まってくる。

みんなで必死に追い払っているうちに、ようやくヘリコプターの姿が見えてきた。

土煙をあげて降下したヘリに、僕たちは急いで乗り込んだ。

コックピットの堀近さんが自動小銃をかまえ、追いかけてくるロボット犬を狙い撃ちする。

「その小銃、どうしたんですか?」と、僕はたずねた。

「物々交換《ぶつぶつこうかん》さ」と、堀近さんが言う。「自衛隊員に『銃が欲しい』と言ったら、弾薬のおまけを付けて、俺の持っていた〝おにぎりせんべい〟と交換してくれた」

小梅は首をかしげながら、「さるかに合戦みたい」と、つぶやいた。

4

僕たちは着席し、ヘッドセットを装着する。

「ああ、命拾いした……」仁子さんが座席にもたれかかった後、ヘッドセットに手をあてた。「何か、音楽が聞こえるけど？」

「BGMさ」と、操縦席で堀近さんが答える。「『地獄の黙示録』という映画で、フランシス・フォード・コッポラ監督もやってただろ」

「何て言う曲？」

「これは『悪魔を憐《あわ》れむ歌』――ローリング・ストーンズだ。BGMがある代わりにというわけでもないが、携帯は切っておいた方がいい。少なくとも離発着と低空を飛んでいるときはな。目的地を特定されるおそれがある」

「もしそうなら、このヘリ自体が追跡されている可能性もすでにあるわけでしょ？」

「それもそうだ」堀近さんは軽くうなずいていた。「じゃあ降りるときは、覚悟した方がいいかもな」

「このヘリコプター、何で〝つる〟っていう名前なん？」周囲を見回しながら、小梅がつぶやく。「ツーと飛んできて、ルンルン気分で着陸するから？」

「それだと機名は〝ツールンルン〟になるじゃないか」

堀近さんは、ネーミングの経緯について簡単に説明してくれた。

ある作家が飛行機に乗っていたとき、ヒマラヤ山脈の高度六千メートルあたりを越えていく渡り鳥を見かけて感動したという逸話があり、その鳥――アネハヅルにあやかって〝つる〟と名付けられたという。同軸反転ローター・ヘリという先進性も、そうした名前にふさわしいのではないかと判断されたらしい。

「これからヘリは、日本アルプスを越えて日本海側へ向かう。まさしく〝つる〟のように」そして堀近さんは、「台風接近の影響で揺れるかもしれないから、注意してほしい」と付け加えた。

窓の外は、もうすっかり暗くなっている。街の灯はほとんど消えていたが、暴動による炎がところどころに見られた。

僕は、大竹先生のシミュレーションを思い出していた。これはまさに、そこで見たような光景ではないだろうか……。

「スマホが使えなかったら、何をしていいか分からんわ」

手持ち無沙汰《ぶさた》なのか、小梅がそうつぶやいた。

「オフラインで使う分には特に問題はないだろう」と、堀近さんが言う。「その携帯もそうだが、下の暮らしは良かったよな。便利で快適で」

「それに、安心で安全な街だったはずだ」僕は街の様子をながめながら、ため息をもらした。「何が間違っていたのか……」

「それが分からないから、こんなことになったわけでしょ」

仁子さんも、窓に額をくっつけていた。

「高みの見物なんて、みんないいご身分だな」と、大竹先生が言った。「忘れてないか？　俺たちだって、いずれまた降りなきゃならないんだぜ」

そのときヘリが、風で大きく揺れた。

「きゃっ」短く叫んだ小梅が、大竹先生にしがみつく。「ウチら、これからどうなるの？」

「経済が止まれば、何もかも止まるんじゃないか？」と、大竹先生が答える。「復興と言ったって、このご時世で、一千兆以上に及ぶ借金を引き受けるような豪気な奴がいるとは考えられないな。政財界のお偉方も、みんな夜逃げするしかない」

「夜逃げって、どこへ逃げるの？」

「そうさ、逃げ場なんかない。それでも人間、生きていかねばならない。食べるものがなければ、世界種子貯蔵庫にあるものさえ、食い散らかしてしまいかねない」

「そんな……」

「文明は、人の一生みたいなものだ。成長期があれば、老化も死もある。しかし自滅しようとしている文明を語るのは、あまりいい気分ではないな。当事者なのに、どこか上から目線で」

「ヘリコプターなんやから、上から目線になるのは仕方ないでしょ」と、小梅がつぶやく。

「問題は、どう自滅するかだ。どうせなら俺は、分かってから死にたいと願っている」

「それはちょっと違うと思うけど」彼女が、大竹先生を見つめる。「ウチら、自滅回避の方法を見つけるために、こんなことをしてるのと違うの？　そのためにE2計画を……」

「それもどうだか……」先生は胸の内ポケットからウイスキーの小瓶を取り出し、口をつけた。「実はE2のプログラミングを進めているうちに、何度も手が止まることがあったんだ。もはや復旧も復興も、あり得ないのではないかと思えてきてな」

「どうして？」と、仁子さんがたずねる。

「どうしてもこうしても、元通りに戻せたとしても、あるいは前以上にできたとしても、仕方ないだろう。どうせまた、壊れるだろうから。人類そのものが変わらない限り、自滅の運命は避けられないのかもしれない」

「それでもやらないと」

仁子さんが、大竹先生の肩をたたく。

「前にリカードの説をめぐって、あれこれ話したことがあっただろう」

「確かレセプション・パーティのときでしたよね」僕は大竹先生に返事をした。「今の経済は地球が有限であることを前提としていないとか、経済学は始まった直後から破綻《はたん》を予測していたとか」

「ああ。経済の行き詰まりは、約二百年も前に、リカードがすでに単純な方法で示していたと、俺は考えている。現行経済というのは、地球よりも広い未利用な土地でもないと、成立しなくなるんだ」

「そんなこと、あり得ないやん」と、小梅が言う。「地球は有限に決まっている」

「そうさ。経済なんて、最初の勘違いに気づかないで、あるいは気づいていても気づかないふりをして回っていただけだ。だから、いつコケてもおかしくはなかった。そうした根本的な問題に対して、明確な解答を見いだせるかどうかは疑問だな。どの経済理論も施策も救いにならなかったことは、歴史を見れば明らかだ」

「つまり我々は……」仁子さんがつぶやく。「あまりに明快すぎる未来予測から、目をそらして生きてきたと？」

「ああ。そしていよいよ、逃れられなくなった」

「そんなものは、ただの説でしょ」小梅が大きな声を出した。「反論もあり得るはず」

「じゃあ、こういう言い方ならどうだ？」大竹先生は、ウイスキーを飲みながら続けた。

「地球レベルで考えてみると、生命というのは、変化を前提に生まれ、進化してきたといえる。安定はあり得ない。人類も然《しか》りだ。他の動物と同様、結果的には絶滅すべく生まれてきた動物だったと言えるのではないか？　人類もこうした生命の原理には逆らえず、誕生時の矛盾を解消できないまま、それを肥大化《ひだいか》させてしまった。人類が人類であり続ける限り、やがては絶滅にいたる……」

「ただし絶滅の原因は、自然災害でも環境の激変でもなかったみたいね」と、仁子さんが言う。

「ああ。そこは他の動物と違っていて、何とも人間らしい。そして笑ってしまうほど、些《さ》細《さい》なことのようだ」大竹先生は、苦笑いを浮かべた。「何しろ、電子一個か二個の動きを読み違えただけなんだからな。何と脆弱《ぜいじゃく》な……」

「まさにバブルね。膨らみ切った風船が、針一本で破裂したようなものよ」

「これは人災――いや、文明災と言うべきものだろう」

「文明災？」僕はくり返した。

「過去にいくつもあっただろう。建築物だけが遺跡となって残り、消えていった文明が。今回だって、そもそも物理的に何かが壊れたわけではない。壊れたのは、情報だけだ。情報の錯誤によって、現実の社会が極限環境にまで変わってしまったんだ。そして街を実際に壊しているのは、自然の猛威などではなく、俺たち人間だ」

「略奪、暴動……」仁子さんがつぶやく。「現代文明のひずみが一気に吹き出したようなものかしら。自分たち自身の手で、自分たちの社会を壊している有り様は、まさに自滅……」

「情報なんて、記号にすぎない。時代が進むほど、それが高速に、巨大に、一方で基盤は脆弱になっていった。しかも量子である電子の動きは、確率的にしかとらえられない。我々の社会基盤も、その上にある現代文明も、そんな電子一個でコケるようなものに成り果てていたんだ」

「電子一個で……」仁子さんはくり返した。「どうせ現代文明がつぶれるんなら、もうちょっと、もっともらしい理由でつぶれてほしかったわね」

「〝バタフライ効果〟などと言うが、蝶《ちょう》の鱗粉《りんぷん》よりはるかに小さな電子一粒の動き方で、人類の未来は大きく変わってしまった。まさに史上最大のスケール比にして最悪のバタフライ効果さ。量子の不確定性など、本来、人間の営みには影響してこないはずのものだったんだ。しかし、情報技術が極微の世界にまで及べば、否応《いやおう》なくコミットしてくる。そしてひょっとすると、そこは神の住処《すみか》でもあったのかもしれない」

「神の住処？」僕は聞き直した。

「不確定性原理というのは、科学的帰結であるにもかかわらず、神秘主義の傾向を払拭《ふっしょく》できずにいる。つまり、人間がすべてを知ることはできない。〝確率〟と言ってしまえばそれまでだが、それを誰が決めているのかということだ。不可知にして絶対的な存在が、人類の文明など電子一粒でひっくり返ると知っていた上で操作していたとしても、誰も否定できないわけだ」

　小梅が首をひねりながら、大竹先生の話を聞いている。

「神様が遠く人智《じんち》の及ばないところで、電子よりも小さいサイコロを振っているのではないかということ？」

「そもそも俺たち、何で生まれた？　何で自分なのか？　何故この時代、この星なのか？偶然の出会いが、もし偶然でないとしたら？　自分の運命が、何者かに操られていると感じたことはないか？」

「するとこの恐慌も、神の配剤ということ？」と、仁子さんが聞く。

「神の領域、というべきか……。すべてのものに神が宿るのなら、電子一個にも宿っているのではないか？　その電子の塊《かたまり》であるコンピュータは、神の領域にあるんじゃないのか？　人は電子技術を究《きわ》めることで、神の領域と出会ってしまった。そしてチップのエラーというのは、何らかの啓示《けいじ》なのかもしれないじゃないか」

「サイコロを振るたびに、神様が出る目の数を決めているわけでもないでしょ」

「神でないとすれば、やはり悪魔――ラプラスの悪魔かもな」

「ラプラスの悪魔、か……。その話、パーティの席でしてたわね」

「人間、電子の性質についてはすでに解明したつもりでいるが、本質的な面はまだ分かっているとは言えない。そもそも電子とは何か、素粒子《そりゅうし》とは何かについては、物理的性質はおろか、その正体すら、いまだによく分かっていないんだ。そんなものを利用し、それに頼り切って、我々は現代文明を築き上げ、世界経済を動かしていた。要するに文明なんて、未知なものの上に成立していたわけだ。だからこの先、文明がどうなるかなんて、人間にどうこうできるものではない。神なのかラプラスの悪魔なのかはともかく、未知な何者かの、気まぐれで決まっているんだ」

「つまり神の住処か悪魔の住処かも分からないところをついて、我々はお金儲《もう》けをしていたということ？」

「そう。そしてついに、人類の運命をそいつに委《ゆだ》ねることになってしまった。そいつがへそを曲げれば、さじ加減一つで人類は自滅する。情報機器を高速化、高精細化させたことで、奴にそういう機会を与えてしまったんだ」

　そんなふうに言われると、ずっと前に小梅が気づいていたように稼働中のスーパーコンピュータにおける発光ダイオード《LED》の点滅などは、悪魔が何かをささやいているように見えなくもないなと僕も思い始めていた。

「結局、どっちなの？」小梅が口をとがらせる。「神なのか、悪魔なのか？」

「いずれにせよ、人類が知り得る限界の、向こう側にいる存在だ」と、大竹先生は言う。

「宇宙の果ても分からなければ、すぐそこにある電子一個の振る舞いも、人間には分からないんだ。ちなみにその不可知な領域は、宇宙の始まりにも関係しているらしいんだが、問題はそうしたあれこれを、誰が担《にな》っているのかということだ。だから、真犯人を問われれば、GTハートではないかもしれない」

「ラプラスの悪魔？」僕は先生に聞いた。「だとすれば、どう戦えばいいのか……」

「そもそもラプラスの悪魔は、どうして我々を苦しめるの？」と、仁子さんが聞いた。

「俺にも分からない」大竹先生は、窓の外に目をやった。「好き勝手をやってきた、その報《むく》いかも」

「つまりこれは、天罰だと？」

「もっともラプラスの悪魔なんかいなくても、人間は自滅するに違いない。そんな人間をだらだらと生かしておくのは忍びなくて、自滅させることにしたのでは？　いずれにせよ、人間がかなうわけがない。奴が定める運命には、誰も逆らえないのではないか？」

「本当にそう思うの？」

「量子力学的確率の中に悪魔が潜《ひそ》んでいるとすれば、超高速自動取引システム《SFT》の誤作動だけではなく、E2計画についてもコミットしてくるかもしれないと俺は考えている」

「どういうこと？」

「計画が首尾《しゅび》よく進んだとしても、電子の塊であるスーパーコンピュータを使うのであれば、最後の一手を決めるのは俺たちじゃない。ラプラスの悪魔だということだ。自滅が悪魔のご意思であるなら、それに抗《あらが》うことはできないのではないか？」

「私たちのやろうとしていることは、無駄な抵抗だと？」

「だから悪魔が相手じゃ、勝ち目はないと言っているだろ」

小梅が大竹先生を見つめた。

「人間が苦しんでいるところを見れば、ラプラスの悪魔だって……」

「それはどうかな？　仮にＥ２がうまくいったとしても、以前と同じように、ただ生きるためだけに生き続けていては仕方ないだろう。悪魔の本心も、そこにあるのかもしれない」

「どういうことですか？」

「そもそも、文明とは一体何だったのか？　人類とは何だったのか？　人類は、宇宙の真理にも届くことができたはずだ。それが何でこうなった？　何もかも中途半端じゃないか。一体自分たちは、何のために生まれてきたのか？」

大竹先生はまた、ウイスキーに口をつけた。

「もうお酒は、ほどほどにした方が……」と、小梅が言う。

「余計なお世話だ。とにかく人類は、真理を解くべき知恵を授《さず》けられているのに、それをいまだに解ききれずにいる。肝心なのは、真理なんだ。未完の〝知〟に対して、人類はどのように〝落とし前〟をつければよいのかということなんだ。何より、この宇宙にとって人類の意味は何だったのか」

「そのことは先生、前にも言ってましたね……」

「ああ。いずれ自滅する運命にありながら、いまだに真理に届けずにいる人類を、嘆かわしく思えてならない。それならいっそ、ここで滅んでしまった方がいいのではないかと悪魔が考えたとしても、おかしくはないだろう。そもそも真理への到達なんて、電子一粒でコケるような人類にできるはずがなかったんだ」

大竹先生を見つめていた小梅は、急に笑い出した。

5

「何がおかしい」と、先生は聞いた。

「だって、笑うしかないでしょ。ふさいでいても、何も解決しない。先生、未来学者なのに、何でそんなに考え方が後ろ向きなん？」

「おい、失礼だぞ」僕は小梅に注意した。「シミュレーションが的中したことで一番まいっているのは、きっと先生なんだ。現実的な未来像なんて、考えれば考えるほど、ペシミスティックにもなる」

「そんなことで悩むくらいなら、最初から考えなかったらええのに」

「考えなかったら、人間ではない」と、先生がつぶやいた。

「ほな、ウチは何なの？」小梅が先生をにらみつける。「大体先生は、未来のことばっかり考えてて、ちっとも現実を見てない」

「お前はどうなんだ。享楽的《きょうらくてき》に、今を生きているだけじゃないか」

「まあまあ……」僕は二人の間に入った。「だからこそお互いを、認め合っていたんじゃないんですか？　先生は、今を楽しもうとしている小梅を。そして小梅は、未来を探求している先生を」

しかし小梅は、大竹先生に言われたことを気にしているようだった。

「ウチかて、悲しいことは一杯ある。落ち込んでても仕方ないから、無理してでも元気を出してるの」

「そんなことを言っていられるのは、お前がまだ、人類にとって重要な問題に出会っていないからだ。人類とは何か？　文明とは何か？　そして宇宙とは何か？」

「そうかなあ？」小梅が横目で彼を見つめる。「先生は、どこかで問題をすり替えてないですか？　答えが分からない自分を正当化し、ナルシシズムを感じているだけやないの？」

「何だと？」

「『人類とは』とか言うてるけど、先生にとってこれは、宇宙の問題でも文明の問題でも人類の問題でもなく、先生自身の問題じゃないですか？」

「何だと？」

　大竹先生はまた、そうくり返した。

「大体先生は、個人主義でいつも自己中心的やないですか。人類の未来がどうのこうのと言いながら、実は自分の将来のことを心配していたのと違う？　本当は自分が死にたくないだけで、先生にとっての問題は、人類のことよりもきっと自分のこと――いずれ自分が死ななければならないということなんよ。研究熱心だったのは、それが怖かっただけやないの？　人類がもし自滅へ向かうのなら、何とか自分だけは生き残れる方法を見つけ出そうとしていた……」

「違う！」

「おい、お前ら」堀近さんの声が聞こえた。「ただでさえ山の上で酸素が薄いのに、大声で言い合いなんかしてくれるな。それでなくてもこっちは、風が心配でピリピリしてるのに」

「いや、すまなかった」大竹先生が、いつもの落ち着いた調子で答えた。「しかし死ぬのが怖いのも、自分とは何かが分からずに生きているのも、みんな同じではないのか？　小梅だって、本当は不安で仕方ないんだろう。だから、このプロジェクトに参加しようと思ったんじゃないのか？　俺の研究も、確かにそれがモチベーションになっている。

俺が本当に知りたいのは、自分が生まれてきた意味なんだ。何故この時代なのか、何故こんな自分なのか……。神か悪魔かは知らないが、何のために俺を生み出し、何故苦しませるのか？　それを探るためのステップがE計画であり、E2計画だったと言ってもいいのかもしれない」

大竹先生は、窓の外をながめながら話し続ける。

「けれども仮にE2で世界が元通りになり、便利で快適な生活を取り戻したとしても、俺の疑問は解消されずに残ることになる。そしてまた、何で自分が生まれてきたのかも分からず、死ぬことに怯《おび》え続けるだけではないのか？

俺だけじゃない。誰もがこの宇宙のことはもちろん、自分のことも分からず、運命に翻《ほん》弄《ろう》されて死んでいくんだ。こんな残酷なことはないだろう。少なくとも俺は、この問題を自覚し、恐怖している。お前はどうなんだ？」

先生が小梅に目をやると、彼女は首を横にふった。

「ウチかて、別に逃げてない。ちゃんと問題と向き合っているつもり」

「そうかな？　いつも冗談ばかり言っているのは、問題からの逃避と言えるんじゃないのか？」

「先のことが分からないのなら、少しでも今を楽しんで生きた方が得やと思うからよ」

そう言うと彼女は、口をとがらせたまま、うつむいてしまった。

「自分とは何か、か」堀近さんが、そうつぶやいた。「ヘリコプターが突然、何故今まで飛べていたのか説明できないことに、気づいたようなものかな」

堀近さんの言っていることは分かりにくかったが、外れてもいないような気がした。

小梅にとって、未来を研究する大竹先生は、あこがれの存在だったはずだ。ところがその彼は、自分の問題に突き当たり、答えを見いだせずにいるらしい。それは彼女が直視したくなかった問題でもあり、そのことが彼女をひどく不安にさせているのかもしれない。

小梅はゲームでも始める気なのか、自分のスマホを取り出した。

「やめとけ」僕は彼女に注意をした。「バッテリーの無駄遣いだぞ」

「何かしてないと、気分が落ち着かなくて」

「不安だからどうだと言うんだ。生きていくことに変わりはないじゃないか。立ち止まってどうする。どんなに怖くても、前へ踏み出さないことには、未来なんて来るわけがない」

「ウチかて本当は、どうしていいか分からないんよ」彼女はスマホを、床に投げ捨てた。「けど心配いらない。ウチはタレントの卵やし、お笑い好きやし、いくら傷ついていても笑えるんやから……」

彼女は僕から目をそらし、窓の外に顔を向けた。

ヘリコプターは暗闇の中、時折強風で大きく揺れながらも、ひたすら山間部を飛び続けている。

「とにかく、Ｅ２計画を遂行しようよ」と、仁子さんが言う。「私たちの疑問にも、スパコンが答えてくれるかもしれないじゃないの」

「そうだな」大竹先生がうなずいた。「コンピュータのご託宣《たくせん》に耳を傾けるとするか……」

突然、機内にアラーム音が鳴り響いた。

「人が落ち込んでるのに、横から大きな音を出さんといて」と、小梅が怒鳴《どな》る。

仁子さんが堀近さんにたずねた。

「どうしたの？」

「いや、分からん。何かが接近してくる」

「まさか、ミサイル？」

その質問に彼は答えず、ヘリを急旋回させる。

次の瞬間、ヘリが大きく揺れた。何かに衝突したようだった。

仁子さんが叫び声をあげた。

「何が起きたの？」

「テールに何かぶつかった」

堀近さんが落ち着いて答える。

「バードストライク？」

「それよりヘビーだ」

「じゃあやっぱり、地対空ミサイルか何か？」

「だとすれば、俺たちはもう死んでる。とにかく、不時着するしかない」

「不時着って、ここがどこかも分からないのに？」

「墜落よりはましだろう」

僕は窓から下をながめてみたが、暗くてよく見えない。

その闇に向かって、ヘリコプターは降下し続けていた。

第六章　消滅の可能性

1

着陸後すぐ、堀近さんはみんなの無事を確かめた後、全員にヘリから降りるようながした。火災の危険があるからだという。

彼に指示されるまま、とにかく外に出る。

〝つる〟は、荒れ地の中にあった。雑草が膝のあたりまで生い茂ってはいるが、堀近さんは樹木のない平地を選んで着陸してくれたようだ。ただ山の中腹らしく、周囲はゆるやかに傾斜している。

彼は早速、懐中電灯で照らしながら、損傷箇所を探してまわった。そしてヘリの尾部の付近で、立ち止まっている。

「やはり、攻撃されたんですか？」と、僕はたずねてみた。

「ドローン――無人操縦機の一種だな」テールを照らしながら、堀近さんが答える。「それが体当たりしてきやがった」

見ると、破損した推進プロペラに、何かが挟まっているのが分かった。それは大破していたが、ローターが四方に分かれている小型機で、ある種のドローン独特の形状をしていたことがうかがえる。

「メインローターに当たっていたら、間違いなく墜落していた」堀近さんがつぶやく。

「自分の操縦テクニックのおかげだと言いたいの？」と、仁子さんが言う。

「まさか……。おそらく、向こうが狙いを外したんだろう。季節外れの台風に感謝するんだな」

衝突したドローンは警備用で、GTセキュリティ社のロゴマークらしきものが見受けられる。

「GT……」仁子さんがため息をもらす。「まさか、飛んでいるヘリを狙ってくるとはね」

「もうじき企業の体面など、どうでもよくなるというのにな……」

大竹先生は、あきれたようにつぶやいた。

「ところで、ここはどこなん？」と、小梅が聞いた。「ウチ、スマホがないと、場所も時間も分からへん」

彼女はスマホと木刀を取りに、ヘリコプターへ戻っていった。

「スマホがあっても、圏外じゃないか？」堀近さんが彼女に言う。「とんでもないところには違いない。大体の場所しか分からんが、福井県を流れる九頭竜川《くずりゅうがわ》の源流近くだろう」

「これからどうするの？」仁子さんがたずねた。「通信機が無事なら、救助の要請を……」

「やめとけ」大竹先生は、ぶっきらぼうに答えた。「来るのはどうせまた、ＧＴのドローンだ」

「それよりヘリの損傷を詳しく調べて、応急処置をした方がいい」と、堀近さんが提案する。

「できるの？」仁子さんは即座にたずねた。「て言うか、飛べるの？　ローターをやられたんでしょ？」

「〝つる〟の場合、尾部にあるのはテールローターじゃない。推進プロペラだ」

「どちらにせよ、動かないと困るんでしょ？　推進しないのでは？」

「確かに機体は安定しないし、高速では飛べなくなるかもしれない。しかし、同軸反転方式のメインローターに損傷がなければ、従来のヘリコプターと同じ理屈で何とか飛べるはずだ。安全に注意しさえすればな」

「本当？」

疑《うたぐ》り深そうに、仁子さんがたずねる。

「そもそもテールをやられても、墜落しなかっただろう。不時着するまでの間、しばらく飛んでいられた。それが証拠じゃないか。それに〝つる〟の動力伝達系は、油圧でなく、電気制御がほとんどだ。ダメージは小さいと考えられるし、おそらく修理は可能だ」

「修理可能と言われても、推進プロペラはもうオシャカなんでしょ。とてもじゃないけど、乗る気になれないわね」

「ジェットコースターやフリーフォールより怖いかも」と、小梅が言った。「乗っていて気がついたら、飛んでいくプロペラを見上げていた、いうことも十分あり得るもんね」

「ヘリはもう、あきらめるべきだと思う」仁子さんは、周囲を見回した。「この山を下っていけば、何とかなるんじゃないの？」

「ちょっと待て」堀近さんが片手を突き出す。「ただでさえ、台風が接近しているんだ。徒歩は無理じゃないか？」

「推進プロペラなしで飛ぶ方が無理なんじゃないの？」

「いや、それは教習や訓練でやったことはあるし、問題ない。言っておくが、俺たちの目的地が相手にも分かっているのなら、その手前で待ち伏せしていることも考えられる。そうしたトラブルは、ヘリの方が回避しやすい」

「壊れたヘリで計算センターまで行く方が、余計に無理な気がするけど」

「俺は〝つる〟の性能を信じる。徒歩なんてやめておけ。たどり着けるわけがない」

「私には、ヘリが直せるとは思えない」

「お前、俺の腕前をなめんじゃねえぞ」

そんな具合に、僕たちと壊れたヘリを放っておいたまま、二人の口論は続いていた。

「まったく、堀近ちゃんの言う通りにすると、いつもろくなことにならないんだから」

「何を言いやがる。メインローターだけでも立派に飛んでみせらあ」

「飛べたら飛べたで、また狙われる心配があるわけでしょ」

「向こうはもう、撃墜したと判断しているはずだ。そのヘリがまた飛ぶなんて、考えもしてないだろう」

「それは私だって同じよ」仁子さんは僕たちの方を向いて言った。「みんなはどうなの？」

堀近さんは、〝つる〟のボディにもたれかかった。

「俺はこいつを見捨てるわけにはいかない」

僕たちはお互いの顔を見合わせていたが、結局、堀近さんを除く四人が、徒歩で計算センターを目指すことになった。

「自力で山を下りるとしても、食料は？」

そうたずねる堀近さんに、仁子さんが答える。

「ヘリにいくらか積んであるんでしょ？」

彼は首を横にふった。

「ヘリを見捨てる奴《やつ》にはやれないな」

「じゃあ、いいわよ」彼女は背中のナップザックに目をやる。「こっちにだって、非常食ぐらいあるから」

たこ焼き風スナック菓子のことを言っているのだと、僕は思った。

とにかく仁子さん、大竹先生、小梅、それから僕の四人は、堀近さんと別れて歩き始めることにする。

「いいんですか？　彼を放っておいて」

僕は仁子さんにたずねた。

「大丈夫よ。殺したって死ぬような男じゃないし」と、素っ気なく彼女が答える。「修理が無理と分かれば、彼だって山を下りるでしょう。私にはその時間がもったいないわけ」

「街に出ても、ＧＰＳは使わない方がいいぞ」後ろで、堀近さんの声がした。「また狙われるかもしれないからな……」


比較的歩きやすい、けもの道のようなところもあったので、なるべくそういう場所を選びながら下りていくことにする。

しかしお昼を過ぎても、僕たち四人は雑草の生い茂る山の中をさまよっていた。

仁子さんのナップザックの中が気になって仕方なかった僕は、思い切って彼女にたずねた。

「ねえ、もうそろそろ、いいんじゃないですか？」

「いいって、何が？」

ぶっきらぼうに彼女が答える。

「何がって、たこ焼きですよ」

「まだ駄目。この先、何が待っているかも分からないんだから」

「でも仁子さん、役人だったんだし、買ったお金は、元々、俺たちが払った税金みたいなものでしょ？　タコとは言わない。せめて青海苔《のり》だけでも……」

「ちょっと考えてみればいい」歩きながら、大竹先生が言った。「たこ焼き一袋で、一人だと十日は生きられるとして、二人だとその半分、四人だと四分の一しか生きられない計算になる」

僕は先生にたずねた。

「そんなものを、人にやるわけがないと？」

「あるいは、奪い取るかだな。俺はさっき歩き始めたときから、争って誰か一人が生き残るか、それとも仲良くみんなで死ぬかという、ギリギリの選択をしたんだと思っている」

「そんなことは……」

「そうさ、人の道からは外れるかもしれない。けれどもそれが正しいかどうかではなく、強い者が生き残るというだけの話だ。それがサバイバルだろ？　そして生き残った者が正しい者となる」

先生の言ったことを僕が頭のなかでくり返していたとき、小梅が仁子さんのナップザックを指さした。

「このたこ焼き、地面に植えたら増えないかな……」

「増えるか！」

僕はほぼ反射的に、彼女に向かって怒鳴《どな》っていた。

少し先の雑木林の下で、僕たちはしばらく休むことにする。疲れと空腹のために、それ以上進む気がしなくなっていたのだ。ここがどのあたりなのかも、まだ分からずにいた。

「酔いがすっかり醒《さ》めてしまったな」と、大竹先生がため息まじりに言う。

「ああ、ダイエットなんてやらなきゃ良かった」仁子さんがグチっている。「体に蓄《たくわ》えていたあの余分な脂肪分で、一息つけていたかもしれないのに」

「今度こそ、もういいでしょう」僕は彼女に手を合わせた。「どうか、そのたこ焼きを……」

「駄目。これは非常食なんだから」

「とか言って、一人で食べるつもりなんじゃ……」

「人にやるわけがないだろ」大竹先生が首を横にふった。「何せ、結婚資金をはたいて買ったそうじゃないか。みんなのいる前では食べられないので我慢しているんだ。一人になったときが、要注意だな」

先生は、シニカルな微笑《ほほえ》みを浮かべていた。

「だからカンナを持ってくれれば良かったのに」と、小梅が言う。「木の皮を削って、湯がいて食べられたかもしれない……」

「さて、じっとしていても仕方ない」

大竹先生が、立ち上がろうとする。

「もうちょっと待って」仁子さんが先生を見上げた。「まだ歩けそうにないの」

「どうした？　何なら、荷物を持ってやってもいいぞ」

「いえ、結構」

仁子さんはそう言うと、立ち上がってさっさと歩き始めた。

きっと彼女は、たこ焼き風スナック菓子を狙われていると思ったのだろう。しかし僕は、そんなふうに勘繰る自分にも嫌気がさしていた。

どうやら人間は、腹が減るとつい本性が出てしまうようだ。気をつけないと、本当に大竹先生の言った通りになるのかもしれない。こんなところで、たこ焼きを奪い合うのは情けないし、それだけは避けたいことだ。

「誰が食べるにせよ、たこ焼きを食ってしまったら、次は人間しか食うものがなくなるかもな」と、大竹先生がつぶやく。

「つまりウチらは、お互いが〝非常食〟の関係ということ？」小梅が僕たちの顔をながめていた。「焼くなら、ウェルダンにしてね」

「その手の冗談は、もう聞き飽きた」僕は小梅に注意した。「余計に腹が減る……」

もうそろそろ日が傾きつつあった。

「このまま死ぬんだとすれば、俺は一体、何で生まれてきたんだろうな」

大竹先生が空を見上げてつぶやいた。

「石に自分の名前でも刻んでおけば？」と、仁子さんが言う。「この世に存在していたという、確かな証拠にはなる」

「そんなもの、誰が見るんだ……」

「でも人間、死んだらどこへ行くのかなあ」

「そんなことは、死んでから考えればいいでしょ」と、僕は答えた。

こんなふうに空腹をかかえながらさまよい続けていると、お互いもっとみっともない姿をさらけ出すことになるのではないかという気がしてならなかった。

やはり台風の影響なのか、このあたりでも強い風が吹きつけてくる。

その風音の合間から、何やら歌声のようなものが聞こえてくることに、僕は気づいた。

最初は空腹による幻聴かとも思ったが、そうでもなさそうだ。

向こうの方からやってくる老人が口ずさんでいたのは、『リンゴの唄』のようだった。

2

手拭《てぬぐ》いを首に巻き、野球帽をかぶった老人は、顔中皺《しわ》だらけで、よく日焼けしていた。背中に籠《かご》を背負い、腰のベルトには鎌《かま》らしきものを挟んでいる。

ぼんやりと見つめている僕たちのそばまでくると、彼は歌うのをやめ、笑顔で話しかけてきた。

「あんたら、松茸《まつたけ》か？」

仁子さんが、思わず聞き返す。

「は？」

彼は空を見上げ、「日も暮れてきたし、そろそろ帰ろか……」と言うと、一人で歩き出した。

「どうする？」

仁子さんが、みんなに聞いた。

「ひょっとして、あの人も道に迷ってるんじゃないですか？」と、僕が答える。

「籠の中身は、おそらく山菜か何かよ」

「まさか仁子さん、それを奪う気じゃ……」

「でも気をつけないと」と、小梅が言う。「ウチらをいいように連れ回して、もっと疲れたところで、たこ焼きを奪う気かも」

「現状で行き詰まっているんだから、他に選択肢はないでしょ」

老人はふり返り、手招きをした。

「来ないんやったら、おいていくで」さらに僕たちの話が聞こえていたのか、「わしの松茸やったら、欲しかったらなんぼでもやる」と言って、自分の股間を突き出す。

「何か、最低……」仁子さんが横を向いた。「ただのセクハラじじいじゃないの」

「でも鎌を持ってるし、下手《へた》に逆らうと危ないかもしれないぞ」と、大竹先生が言う。

それで僕たちは、黙って老人についていくことにした。


この先に人の住めるところがあるとは、ちょっと考えにくいと思いながら、僕は細い道を歩き続ける。

大竹先生が進行方向を指さした。

「おい、墓がある」

見ると、コスモスが咲いている丘の向こうに、雨風にさらされたような古い墓石がいくつも並んでいた。

「ということは、人が住んでいたということ?」と、仁子さんがたずねる。

しかし老人は、ときどき替え歌バージョンなどを交えながら、『リンゴの唄』を口ずさんでいるだけだった。

「やっぱり変よね」仁子さんが首をかしげる。「私たちに『どこから来たの？』とか、ふつう聞くでしょ、初対面なんだから」

「それはお互いさまだ」と、大竹先生は言った。「俺たちだって、あの人のことを聞いてないだろ。ひょっとして、俺たちを知り合いの誰かと勘違いしてるんじゃないか？」

「いや、勘違いというか……」

仁子さんは、前を行く老人を見つめていた。

雑草だらけの平地の隙間に、石垣が見えるところもあった。

「このあたりは、棚田か段々畑の跡みたいだな」

周囲を見回しながら、大竹先生がつぶやく。

「そういえば、ヘリが不時着したところも耕作放棄地だったのかもしれませんね」と、僕は言った。「あのあたりに樹木がなかったのは、少し前まで人の手が入っていたのかもしれない。すると……」

僕は、今まで雑草にしか見えなかったところに踏み込んでみた。そこにあるのが、ジャガイモの葉やツルではないかと思えてきたのだった。他に、大根やナスビの葉らしきものもある。つまりこのあたりに生えているものの中には、野生化した野菜も交じっているようなのだ。

　僕は大声でみんなに向かって叫んだ。

「掘ったら、イモが出てくるかもしれませんよ」

　すると老人が立ち止まり、あきれたように僕を見た。

「晩飯ぐらい、ちゃんと食わしたるがな」

　そしてまた、彼は歩き始める。

　もう少し行くと、食べごろの柿もあったが、我慢して老人についていくことにした。

「手つかずの山林と、となり合わせに田畑の跡……」大竹先生がつぶやく。「俺たちが最初、迷い込んでしまったのは、山の方みたいだな。地形からして、こっちはかつての〝隠し田〟じゃないかと思う」

「隠し田？」僕は聞き返した。

「かつて年貢《ねんぐ》を逃れるために、届け出をしないで耕作していた土地だ。何年か前までは人が手入れしていたようだが、とうとう放棄したみたいだな。あの老人なら、何か事情を知っているかも」

　大竹先生の話していることが聞こえていないのか、老人は鼻唄を歌いながら、どんどん先へ進んでいくのだった。

　しばらくすると、道沿いに茅葺《かやぶ》きの民家がいくつかあるのが見えた。ただし屋根が傷《いた》んでいて、人が住んでいるような気配はない。

「廃村なのか？」

独り言のように大竹先生が言う。

その先にあった水車小屋は、古びてはいたがしっかり回っているようだった。

小梅はそれをながめながら、「何かタイムスリップしたような気になるなあ」と微笑んだ。

ちゃんと手入れをしているらしい畑が、あちこちに見えてきた。肥《こえ》だめもある。

「ということは、トイレは汲《く》み取《と》り？」仁子さんがつぶやく。

老人はふり返り、「水洗便所がなくても、用は足せる」と言った。

「他にも、誰かいるかもしれませんね」

僕が仁子さんにそう告げた直後、畑のあたりに数人の人影を見つけた。お年寄りに交じって、若い人もいるようだ。

進行方向に、集落が見えてくる。

「廃村と言ったのは、撤回だな」大竹先生が頭に手をあてた。「限界を超えた限界集落、とでも言えばいいか……。とにかく、この国から消え去ろうとしている、過去の姿だ。それがこんな山奥に、まだ残っていたとは……。田畑が隠し田だとするなら、ここは元々、隠田《おんでん》集落だったんじゃないか？　いくつかは観光地化して残ったものもあるが、ここでは限界集落化していったんだろう」

とにかく僕は、適当に食べ物をもらって帰るつもりで、老人の後を歩いていた。

老人は、木造の古い家屋の前で立ち止まった。表札に〝中松《なかまつ》〟と書かれている。

彼について、僕たちも中に入れてもらう。

すると広い土間の奥から、「おかえりなさい」という、若い女性の声が聞こえた。

長い黒髪を後ろで束ね、ラフな服装の上から割烹着《かっぽうぎ》を着ている。

彼女は、老人から背中の荷物を受け取りながら、「あら、お客様？」と聞いた。

小梅がため息交じりに、「やっと話の分かる人が出てきた」と言う。

僕たちは簡単な自己紹介と、ヘリコプターが不時着したことなどを彼女に伝えた。

彼女は自分たちのことも教えてくれた。この老人の名前は、中松毅《たけし》。彼女は彼の孫で、妙子《たえこ》と名乗った。そしてこのあたりは、末歩村《すえぶむら》というらしい。

彼女は微笑みながら、僕たちに言った。

「ちょうどこれから、晩ご飯の支度《したく》をしようかと思っていたので、ご一緒にどうぞ」

「いいんですか？」と、仁子さんが聞いた。

「お客様なんてめったに来ないし、逆に有り難いくらいです。そのかわり、お爺《じい》ちゃんの話し相手になってあげてくださいね」

見ると中松老人は、居間の方へ上がり、神棚に手を合わせていた。

居間の中央には囲炉裏《いろり》があり、テレビなどはないみたいだった。

「用意ができるまで、そのへんを見物《けんぶつ》してててください」

妙子さんはそう言いながら、台所へ向かっていった。

仁子さんと小梅が、彼女を手伝うという。

どうもご飯は、釜で炊いているようだ。ガスも水道も見当たらない。

気になったので僕がたずねると、中松老人が「そんなもん、なくても生きていられる」と答えた。

妙子さんに聞いてみたところ、ご飯は藁《わら》と薪《まき》で炊き、水は沢の水を濾過《ろか》して使っているということだった。

僕たちは中松老人に連れられ、すぐ隣にある納屋《なや》を見てまわった。人が苗を手で植えて手で刈るための農具が、一通りそろっている。

「とても、村全部の田畑にまで、手がまわらんのでな」と、老人がつぶやく。「できるところだけ、耕《たがや》しているんや」

そのため荒れ放題の田畑が散在しているということらしい。

「この国が自らの針路を突き進むにあたって、事実上、面倒を見切れなくなった地域なんだろう」と、大竹先生が言う。「それで孤立し、下界の騒動からも、いまだに免《まぬが》れている」

「有り難い。おかげで助かりました」

僕が礼を言うと、老人は苦笑いを浮かべた。

「こんな村、どこにでもあるがな。あんたらがどこを旅してまわっても、わしらみたいな人間と出くわしていたはずや。珍しいことでも、有り難いことでもない……」

3

妙子さんが呼びにきてくれたので、僕たちは囲炉裏のまわりに集まった。大鍋の粕汁《かすじる》を、彼女がみんなに分けてくれる。

昨日から何も口にしていなかった僕は、無我夢中でそれを食べた。釜炊きのご飯だけで、十分おいしいと思えた。

中松老人は酒好きらしく、焼酎《しようちゆう》を飲み始めている。

大竹先生も僕も、少し、いただくことにした。

「野菜も哀れだな」大竹先生が、小松菜のおひたしを箸でつまんでいる。「人間によって、生きる意味をゆがめられた植物……。そんなふうに見えないか?」

妙子さんは、不思議そうに先生を見つめ、「どんなお仕事をされているんですか?」と聞いた。

先生は、大学で未来学の研究をしていることを簡単に説明した。

「ミライガク?」横から、中松老人がたずねる。「それ、食べられるんか?」

冗談を言ったつもりなのか、本当に未来学のことを知らないのかは、僕には分からなかった。

ただ老人は、一人で笑っていた。

「こんな状況で、どうして笑っていられるんだろう」大竹先生は、独り言のようにつぶやく。「死ぬことが恐ろしくないのだろうか……」

「何も恐れるために生まれてきたわけやないやろ」焼酎を飲みながら、中松老人が言う。

「先を見通すのも大事やが、行きっ放しでは困る。落語みたいに、話にはオチがないとな」

「オチ?」僕は聞き返した。

「月まで行ったっちゅうお人でも、必ず自分の家に帰ってくるがな。〝生きる〟いうのも、似たようなものと違うか? 妙子もそれで帰ってきよった」

「そういえばこの村、原則的に自給自足ですよね」と、大竹先生が言う。「自己完結していて、いわばオチがついているようなものだ。太陽など自然の恵みは受けてはいるものの、他に何も入ってこないし、内からも出ていかない」

「実際は、そんなこともないんですよ」妙子さんが微笑む。「車で小一時間はかかりますけれども、私たち若い者が、ときどき買い出しに出てますから」

「ただ、電子一粒でコケるような現代社会のアンバランスさに比べたら、はるかに健全なのかもしれない」

「ところでみなさん、どうしてここに？」と、妙子さんが聞いた。

仁子さんは話を整理しながら、ヘリコプター事故に遭うまでの経緯を説明する。

恐慌騒ぎのことは、妙子さんも中松老人も知っているようだった。ただ、今のところ大きな被害はないし、特に対策も講じていないという。

僕は、あの騒ぎの影響を受けていない人たちがいることに、少し驚いていた。案外大騒ぎしているのは、世界の総人口からすれば、まだほんの一部なのかもしれない。僕はあえて、忠告することにした。

「でも、いずれこのあたりも、どうなるか分からないですよ」

中松老人が、いきなり僕の肩をたたく。

「また秀《ひで》ちゃん、悪い冗談を……」

僕は肩をさすりながら、妙子さんの方にたずねた。

「秀ちゃんて、誰ですか？」

「さあ」笑いながら彼女が答える。「村にいた友達か誰かと勘違いしているのかもしれませんね。みなさんがいらっしゃるのが楽しいのか、古き良き時代を思い浮かべているみたいで……」

「それより、台風が近づいてるらしいのが難儀《なんぎ》やな」と、中松老人がつぶやいた。「今ごろ、台風の心配をせなあかんとは、困ったこっちゃ……」

大竹先生が、真顔で答える。

「台風ならいずれ、熱帯低気圧に変わる。台風より、問題は人類自滅でしょう」

「自滅がどないやっちゅうねん」老人は焼酎を飲みながら続けた。「そんなことに煩《わずら》わされて生きていても、面白くないだけやないか」

「それが分からない。面白おかしく生きようにも、未来がなくなるのであれば、元も子もないじゃないですか」

「まあ、心配しなさんな。それでも地球は回っている」と、老人が言う。「誰も、死ぬことからは逃れられんし、生き延びることがええとも限らん」

「いや、俺は自滅を受け入れられない」

「ほな、近い将来やのうて、遠い遠い先のことを考えてみたらどないや？」

「近未来じゃなくて遠未来を、ですか？」

「せや。また人間やのうて、生命で考えてみなはれ。全部つながってるんやから。あんさん、十年後、二十年後で考えるから分からんのとちゃうか？　十万年後、二十万年後で考えてみなはれ」

先生が首をふる。

「想像もつきません」

「実はわしにも分からん。けど、人間がどないなろうが、地球は回ってるはずや。それを止めるほどの力は、わしらにはあらへん。それで仮に他の動物が生き残っていたとして、それは嘆かわしいことか？

食べ物を探し、分け与え、そして子孫を残す……。ひょっとしてそのくり返しのなかに、生命にとって大切なことがあるんではないか？　生命が進化とやらで勝ち得た答えなんかもしれんやないか。あんた、何を迷ってはるのかは知らんが、生命の歴史がそのことの確かさを証明しているようには思わへんか？」

こんな具合に二人の議論は、かみ合っているのかいないのかよく分からないまま続いていった。

「だから、それが分からない」と、大竹先生は言う。「何故《なぜ》そんなふうに生きられるのかが……。状況は、どんどん悪くなっている。俺は早く、それを知りたい」

「あんさん、わしより頭ええねんやろ？　それでこれ以上、何を知る必要があるねん。わしなんか忘れるのに忙しくて、覚えているひまがあらへんがな。今のお人は、情報とやらにものすごいエネルギーを使ってるみたいやが、人と人がふれ合うのに、本来、何もいらんはずや」

「そうそう……」小梅が横から口をはさんだ。「特に男女のふれ合いなんか、電気消すしね」

「それに世の中、考えて分かることばっかりやないやろ」

「どういう意味？」

彼女が首をかしげる。

「たとえば、汗を流して分かることもあるっちゅうこっちゃ。自分のすべきことというのは、大昔から、さほど違わなかったんとちゃうか？　それがどこかで変わってしまい、分からなくなったのかもしれん」

「快楽暴走のことかな」と、大竹先生が言った。「この現代文明は、人間の知恵がどんどん膨らみ、快楽を無制限に追い求めた結果だと、俺は思っている」

「そうそう、その暴走」中松老人はうなずいた。「それを下敷きにして考える未来も、快楽の果てでしかないのと違うかな。幸せとは、また別物や。それは、あんたらのライフスタイルたらいうもんのなかには、ないのかもしれん」

「だったら、幸せというのは？」

小梅は真顔で、中松老人にたずねていた。

老人は一つうなずくと、彼女を見つめて答えた。

「アオカンや」

小梅が首をかしげる。

「〝アオカン〟て、何？　芋羊羹《いもようかん》みたいなもの？　それとも格闘技か何か？」

「爺ちゃんが、教えたろか？」

「え、教えてくれるの？」

僕は小梅に忠告した。

「教えてもらうな」

「いいわよ、携帯で調べてみるから」

「ここは圏外だろ」彼女の耳元で、僕は続けた。「それと、この爺さんの言うことは、真に受けるな。アオカンを教えてもらった後で悔《く》やんでも、僕は知らないからな」

「とにかく、自分だけが生きる道を探していても、見つからない」再び焼酎をあおりながら、老人が話し続ける。「自分のために何をやっても、満たされることはない」

「自分のために生きなかったら、何のために生きるの？」と、小梅がたずねる。

「それは逆や。一人やと無理でも、みんなとなら生きられるもんや。それでようやく、人は満たされるし、死んでもいける」

「確かに、他者を気づかう能力がないと、自滅に向かうのは分かるが」大竹先生が、ため息をもらした。「その先はよく分からない。それでどうして、幸福な気持ちでいられるのか。また自分とは何なのか……」

先生はさらに聞きたかったようだが、中松老人との議論は、そこで中断してしまった。

老人が横になり、そのまま寝てしまったからだ。

「いつもこんな調子なんですよ」苦笑いを浮かべながら、妙子さんが言う。「大切なことを言っているようだけど、私にもよく分からなくて」

「このお爺ちゃんの話し相手になるには、なかなかテクニックがいりそうね」仁子さんが、老人の寝顔をながめている。「やはり……、認知症なのかな?」

黙ったまま、妙子さんがうなずいている。

仁子さんは、大竹先生の方を見て言った。

「何故彼のような生き方ができるのかの答えって、案外、そういうことなのかもよ」

納得がいかない様子の大竹先生に、妙子さんが声をかけた。

「まあ、うまく話を合わせてやってくださいな……」

僕たちはその後、妙子さんからこの村についてあれこれ聞かせてもらった。大竹先生が推察していた通り、やはりここはかつての隠田集落で、最近は過疎化や高齢化が大きな問題になっているようだ。

「村おこしの話はあったみたいです」と、妙子さんは言う。

しかし人手も金もないし、交通の便も良くないなどの理由で立ち消えになってしまった。その間にも人口は減り続け、村を捨て切れない人々が残っていったのだという。

「そんなふうにして暮らしているのは、きっと私たちだけじゃないと思いますよ。ただ人手が足りないし、ご覧の通り、ほとんどの田畑は荒れたまま……」

「でも、あなたは？」と、大竹先生がたずねた。「お若いのに、どうして？」

「私ですか？」

妙子さんは、自分を指さした。

実は、彼女の父親が結婚前にもう村を離れていたので、彼女もこの村へはお盆に帰ってくるぐらいだったらしい。

「あとは、よくある話ですよ」と言って、彼女がうつむく。

自分がやりたかったウェブデザイン関係の会社に就職したものの、時間に追われ、人間関係などで精神的に追い込まれていったのだという。

「一時期、SNSに熱中していましたけど、何か違うんじゃないかと考え始めて、次第に距離をおくようになっていきました」

小梅も興味深そうに、彼女の話に耳を傾けている。

「それであちこち一人旅を続けているうちに、結局、この村に帰ってきちゃったんです。ここだと何とか生きていけそうな気がしたから……」

彼女は、急に涙声になる。当時のことを思い出してしまったようだ。

「ここでの暮らしは、大変では？」と、仁子さんがたずねる。「街にあるようなものが、ほとんどないわけでしょ」

「正直、楽ではないです。でもそんなふうにして村に帰ってきた人は、私だけじゃないですし……。それに、パソコンがなければコンピュータ・ウイルスの心配もいらないようなもので、財産がなければ失う心配もしなくていい。何事もそんな感じです。それに何もないだけじゃなくて、ないことで見えてくるものもある」

「ないことで、見えてくるもの？」

「そう、たとえば星空とか。今日は曇っていて、見えないですけどね。そんなふうにここで暮らしていると、街では分からなかったようなことが、ふと感じ取れたような気がするときがあるんです……」

　現在この村では、彼女のように出戻ってきた若者たちが力仕事などを助け合ってやっていて、老人たちからは農作業について教えてもらっているという。中松老人も、指導しているときはどういうわけか、ボケずにしっかりしているらしい。

「みんなで作物を作って、それをみんなで分け合って何とか生きていける、ギリギリの世界です」と、妙子さんが言う。

「まさしく限界集落だな」大竹先生がうなずいた。「のどかなようだけど、一人では生きられず、一人でも欠けると、村全体が維持できなくなるかもしれない」

　だからこそ、感じ取れるものもあるということなのかなと、僕は思った。

「でもこのまま村にいたら、略奪者たちに襲われるかも」

仁子さんが心配そうに、妙子さんを見つめた。

「私たち、ここ以外に行くところなんてないですし……」

「そうだろうな」大竹先生が中松老人の方をながめている。「ある意味村人たちは、万策尽きてここに留《とど》まっているようなものだ。今さら、どこにも逃げ場はない。この村と心中する気じゃないか?」

寝ていると思っていた中松老人が、目を開け、むっくりと上半身を起こした。

「もうじきあの世に行くというのに、じたばたしても、しゃあないやろ」と言って笑う。

まだ飲み足りなかったのか、彼は焼酎に手をのばした。そして妙子さんのすぐそばにいる大竹先生をにらみつける。

「どさくさに紛れて、ナンパしとるんか?」

「いえ、そんな……。興味深いお話をお聞きしていただけです」

「それで先生は、何の研究をしてなさるんやったかな?」

「はあ、大学の教養学部で、未来学を……」

「ほう……」

「究極の目的は、この宇宙にとって人類の意味は何かを探ることなんですが、これがいまだに分からなくて……」

小梅が横から口をはさむ。

「けどこの人、ほんまに知りたいのは、自分の意味なんだって」

「そないに、むきにならんでもええがな」と、中松老人が言う。

「どうしてですか？」

大竹先生は聞き返した。

「どうしてもこうしても、たいしたことやあらへん。大体、意味を考えるのは、人間だけや」

先生は、呆気《あっけ》にとられたような顔で中松老人を見ていた。

「何がしかの意味があるとしても、未来にだけあるとは限らんのやないか？　朝起きて、働いて、食べて、飲んで騒ぐ……。そのくり返しが生きているということやし、他に何を知る必要がある？　そないに考えることか？　じっと考えるより、生きた方が手っとり早いがな」

「でも、この先どうなるかを研究することは、今を理解することにもつながると思いますけど」

「それも難しいことやない。人間、何のために知恵を授《さず》けてもらったと考えなさる？　欲望のおもむくままに生きるだけやのうて、その制御までを見越してのことやないのか？　それができずにつぶれるのなら、人間、そこまでの生き物だったということや。

さっきも言うたみたいに、未来と言うても、明日も分からん人間が、十万年後、二十万年後にどうなっているかは分からない。言えることがあるとすれば、それでも地球は回っているやろうし、生命に満ちあふれているやろうということや。そのとき残っているものが、生命の真理とやらではないのか？　遠い未来に残っているのであれば、それは過去にも、今この瞬間にもあるはずや」

老人は、僕たち一人一人を見つめながら続けた。

「わしらはそんなふうにして与えられた〝生〟の可能性を十分に使い切り、楽しかったよ、幸せだったよと言って、次の世代に託していく。自分の意味もくそも、それができれば、もういいんやないのか？」

妙子さんは、またかといった顔で、後片付けを始めている。

しかし大竹先生は、真顔で中松老人の話を聞き続けていた。

「荒れ地であろうが何であろうが、まだ土はあるし、水もある。今日やることをしっかりやってたら、未来のことなんか心配せんでも、また明日はやってくるがな」老人はまた、その場に横になった。「今日はこれぐらいにしといたるわ」

4

みんなで食事の後片付けを手伝ったあと、座敷に布団を敷き、薪でわかしたお風呂に交代で入らせてもらった。

「何だろうな……」ふいに、大竹先生がつぶやく。「自分の故郷でもないのに、どこか懐かしく感じるのは……」

そう言われてみれば、僕も何となく既視感をおぼえていた。前に見たことがある古い映画の記憶か何かと混同しているのかもしれない。

「ウチもや」と、小梅が言う。「会ったこともないお爺ちゃんお婆《ばあ》ちゃんと一緒にいるような、不思議な感じがする」

「日本の原風景だからじゃない？」仁子さんが、座敷をゆっくりと見回している。「いわば現代文明の、スタート地点みたいなもの。私たちの遺伝子に刻み込まれた記憶のようなものが、呼び起こされているのかもしれない」

「だとすれば俺たち、ここを離れて、一体どこへ行こうとしていたんだろうな」と、大竹先生が言う。「生活様式だけではない。生き方も……。そりゃ、いいことばかりじゃなかっただろうけど」

妙子さんが、苦笑いを浮かべている。

「原風景にすぎないのだとしても、私、見当違いなことをしている気はしないし、場違いなところにいる気もしないんです。街で暮らしていては、得られなかった感覚かな？」

「ダイレクトに生きることと向き合って生きているからじゃないのか？　だとすると、俺のやっていたことは何だったんだろうと思わないでもないが……。そんなものとは直接向き合いもせずに、立ち止まって考えてばかりいたんだから」

仁子さんが、中松老人の寝顔を見つめている。

「まるで達観して生きているみたいね」

「ただ食べ物を作って生きているだけのような気がしないでもないけど」小梅が口をとがらせる。「それでも、ウチや先生にないものを持ってはるのは確かみたい」

「竹ちゃんは未来を予測し、現実を憂《うれ》えている。それでいくと中松老人は、過去のまま現実を生きているって感じかな？　ちなみに小梅ちゃんは、こんな現実を、逃避しながら生きている」

「何でやねん」

小梅が仁子さんの肩をたたいた。

「それにしても、どうしてあんなふうに生きていられるんだ？」

大竹先生も、老人に目をやる。

「文明の利器には頼らずに、過去の暮らしぶりのままで、ということ？」仁子さんがたずねる。

「それもあるが……。この村は、いずれ滅びる運命にあるのは確かなことだろう。それが間近に迫っていると分かっていて、どうしてあんなにも穏やかにしていられるのかということだ」

仁子さんが、小声でささやいた。

「はっきり言って、ボケてるから？」

「どっちがボケてるんだという気がしないでもないがな」

「確かにね。私たちだって、文化ボケしてたり、ゲームボケしてたりするし」

「ウチのこと？」と、小梅がたずねる。「仁子さんだって、欲ボケしてるじゃないですか」

大竹先生が、笑いながら話を続けた。

「俺も、小梅に指摘された通りだったかもな。胸に手をあててみれば、俺はずっと、自分の身を守ることだけを考えていたような気がする。けど何だか、彼は違うみたいじゃないか。見ず知らずの俺たちに、何故親切にできるのか？　何か特別、難しいことを理解しているわけでもなさそうだし。もっとも、この人だけが特別とも思えないが」

「〝知〟による〝理解〟ではなく〝情解〟だと、前に聞いたことがあります」妙子さんが、大竹先生に言った。「つまり、〝情〟で分かるのだと」

「情解か……」

大竹先生はそうつぶやくと、黙り込んでしまった。

僕もその言葉の意味は、よく理解できずにいた。

「よく分からないなりに、妙な安心感はある」と、小梅が言う。「こういう世界があったんだというような。こういう生き方もあったのかというような……。難しいことはよう分からんけど、ウチ、生きててもいいんやと素直に感じられる」

「俺もだ」大竹先生がうなずいている。「自分がより良く生きたいがために未来のことを考え続けてきたが、何も知らなくても良かったんだと、ふと思えてしまう……。それで、いくら知識を吸収しても届かなかった世界に、自分は今、いるような気がしている……」

小梅が静かに立ち上がり、黙ったまま部屋を出ていく。

実は僕も、二人と似たような印象を受けていた。現代は科学技術の発達によって便利で快適になり、さまざまな情報を瞬時に得ることができるようにはなった。しかし〝生命基盤〟とでもいうべきものは、むしろ脆弱《ぜいじやく》になっていたのかもしれない。情報まみれの世の中で暮らしていることで、かえって見えにくくなっていたこともあるのだろう。

そんな現代文明が、呆気なく崩れてしまうものだとしても、この消滅しつつある村に残っているものは、むしろ確かなような気がするのだ。電気や通信などの基盤が未整備でも、彼らはたくましく生きているわけだし、本来人間に必要なものとは、それらとは別の何かなのだろう。

　そして真理にアプローチするには、大竹先生が積み上げてきたような知識だけでなく、中松老人が秘めているプリミティブな要素も求められているのかもしれない。人間は進化し過ぎて、自分が従属栄養生物であることさえ見失っていたのではないだろうか。自然とうまく循環しなくなった人間に、自然や宇宙の本質など、分かるはずがなかったのだ。ここは、そうしたことにも気づかせてくれる。

　エネルギーや資源の問題だけではない。人間との関係も、自然との関係も、さらに言えば宇宙との関係もそうかもしれない。自分は、何か大きなものの一部であることが、ここにいると体感できるような気がしてくるのだ……。


　小梅が部屋から出ていったまま戻ってこないので、僕は様子を見にいくことにした。

　彼女は、玄関の柱にもたれかかり、ぼんやりと空をながめていた。僕に気づいた彼女が、ふり返る。

「ちょっと、考え事がしたくなって……」

「分からないでもないが」と、僕は答えた。「もうそろそろ、中に入った方がいい」

　彼女は急に、僕に向かってぺこりと頭を下げた。

「ありがとう。ヒカリン」

僕は目を瞬《しばたた》かせた。

「何が？」

「ウチがアパートで襲われそうになったときのことや。ほんまは、来てくれたことに感謝してる」

いつになく真面目《まじめ》な彼女を見つめていると、急に彼女は首をふった。

「あかん、ここにいたら、変に素直になって困るわ」

「じゃあ、大竹先生とも仲直りしておいた方がいいんじゃないのか」と、僕が言う。「ヘリの中で大喧嘩《おおげんか》してただろう」

「それもそうやけど、先生はどうも、ウチではダメみたい。ウチ、先生の孤独を癒《い》やすどころか、余計に孤独にさせていたのかもしれない……」

彼女の言っていることが、何となく分からないでもなかった。お互い、相手の個性には魅力を感じていたものの、一緒にいると、お互いの矛盾をぶつけ合うだけになっていたのだろう。

「さて、一休みしたら、計算センターを目指さないとな」

僕は話題を変えた。

「そうやね。E2計画で世の中を復旧させて、ウチらの濡《ぬ》れ衣《ぎぬ》も晴らさないと。それからウチ、まだ夢を捨てていないんやから」

「夢？」

「ウェブ万博のイメージ・キャラクターを足掛かりにして、自分の力で生きていくの。芸能界に入れたら、言うことなしなんだけど」彼女は僕を見つめた。「ヒカリンの夢は？」

「僕か？　今は特にないなあ。少し前は、ＣＧアーティストを目指していたんだが……」

「そんな、情けない。名前が〝ヒカル〟なんやから、もっと輝いて、元気を出してよ」そして声のトーンを変えて続けた。「ひょっとしてヒカリンも、仮想世界に逃げてるのと違う？」

「僕が？」

「そうや。しっかり現実を見つめておかないと、一生結婚できしませんよ」

「余計なお世話だ」

僕が怒っているのを見た小梅は、笑いながら部屋へ戻っていった。

5

朝食の後、僕たちは国道へ出るまでの道を妙子さんに教えてもらった。

中松老人からは、今晩も泊まっていくように言われる。

仁子さんが代表して、約束できないと答えた。

「もう、ここにおったらええがな」と、老人が言う。「村には人手が必要なんやし」

「いえ、僕たちには、どうしても他にしなければならないことがありまして……」

僕がそう答えると、老人は軽くうなずいた。

「さよか。何をなさるおつもりかは知らんが、自分のすべきことをしなされ。それでまた、来たくなったら来てくれたらええ」中松老人は、何かをひらめいたかのように手をたたく。「せや、秋祭りがええ。今年の祭りは終わったから、来年来るといい。何があっても、みんなで騒げばすっきりするで」

妙子さんは黙ったまま、僕に向かって首を横にふっている。

僕は小声で「そうですね」と答え、老人から目をそらした。

「ところで、どうやって国道まで?」

そうたずねる妙子さんに、仁子さんが自信なさそうに返事をする。

「徒歩しかないかなと思ってましたけど」

「自転車ぐらいいなら、村にもありますが」

僕は首をかしげた。

「下でも略奪騒ぎが起きているとするなら、自転車だと無防備に等しいかも」

「ほな、車に乗っていきなはれ」中松老人がまた手をたたいた。「軽トラックでよかったら」

「でも、お借りしても返せませんし。それに国道に出たら、ゴミや投石で進めないかもしれない」

「だったら、トラクターは?」と、老人が言う。「村を出ていった人が置いたままにしてたりして、使ってないものが何台もある」

　僕たちは中松老人の後について、納屋までトラクターを見せてもらいに行った。大型で、後ろに荷台をつければ、余裕で四人乗れそうだった。

「戦車にはかなわないけど、そのへんのRV車よりは頼りになるかも」と、小梅が言う。

　僕は運転席に座らせてもらった。燃料もあるし、ちゃんと動くようだ。

　妙子さんは、僕たちのお弁当と、柿やニンジンなどの野菜を袋詰めにして渡してくれた。雨の心配があるので、カッパなどの雨具も用意してもらう。

「さて、じっとしていても腹がふくれるわけはない。働かんと」

　中松老人は、昨日と同じ格好で家を出ていこうとしている。

「爺ちゃん」小梅が大声で呼び止めた。「今度会うとき、アオカンのこと、ちゃんと教えてね」

　老人は笑顔で手をふり、一人で山の方へ歩いていった。

「意外とサバサバしてたわね」と、仁子さんが言う。「また会えると思っているのかも」

「むしろ逆じゃないか?」大竹先生が首をかしげる。「もう会えないと、思っているのかもしれない。だとすると、一緒にいればいるほど、別れにくくなるからな……」

そして僕はトラクターの運転席に、他の三人は荷台に座ってもらい、妙子さんに見送られて出発することにした。

「でもいつか、食事のお礼ぐらいはしにこないと」仁子さんが、口をとがらせる。

「田舎暮らしか」大竹先生が、村をふり返った。「やっぱり、俺のいるべき場所ではないかもな。今さら過去に戻る気はない。俺の関心はあくまで、未来にある」

「ウチも、暮らすとなると考えてしまうなあ」と、小梅がつぶやく。「食べ物を作って、それを食べるためだけに生きるというのは……」

「第一、この村がいつまであるか分からんだろう。略奪者がいずれ嗅ぎつけて来るかもしれない」

「そうよね」仁子さんが大きくうなずいた。「とにかく私たちは、E2計画を遂行しないと。でないと、誰の未来もないような気がする……」


未舗装の山道をしばらく走ると、見晴らしのいいところに出たので、荷台に座ってもらっている三人のためにも少し休憩することにした。

「下は今、どんな様子なんかな」

景色をながめながら、小梅がつぶやく。

「ここからだと、まだ何も分からないわね」仁子さんも街の方を見下ろしている。「まるでここは、限界集落と都会の中間地点といった感じかな」

大竹先生が苦笑いを浮かべている。

「考えてみれば俺たち人間は、このあたりで何か選択を間違えたのかもしれないな……」

雲行きが怪しいので、僕たちは先を急ぐことにした。

「もしかすると、着けないかもしれないわね」仁子さんが心配そうに言う。「この先また、警備ロボットか何かが襲ってくるかもしれないんでしょ？」

僕は返事をせず、トラクターを前進させた。

しばらくして、ようやく舗装された国道に抜けることができた。

駐車場のあるドライブイン跡を通り過ぎようとしたとき、突然進路をふさぐようにして、若い女性が飛び出してきたのが見えた。髪が長く、ベージュのコートを着ている。

仕方なく僕は、トラクターを急停止させた。

「どうした？」

荷台の大竹先生が、僕に聞いた。

「いや、人が……」

僕が事情を説明しかけた直後、道路の側面から出てきた男が、こちらに拳銃のようなものを向けた。どこにでもいそうな若者で、髪を金色に染めていたが、生え際から黒髪に戻りつつある。

さっきの女性は、その男の腕をつかみ、後ろに隠れた。

「いきなりか」

大竹先生が、がっくりと肩を落とした。

「おい、降りろ」と、男が言う。

仕方なく僕たちは、言われるままトラクターから降りることにした。

どうやら彼らは食料だけでなく、トラクターごと奪うつもりらしい。

僕は、二人の略奪者に事情を説明し、トラクターが必要なことを訴えた。

「知ったことじゃない」と、男が答える。

僕はようやく、女性のお腹《なか》が大きいことに気づいた。

小梅が「おめでたですか？」とたずねる。

女性は、面白くなさそうに答えた。

「何がめでたいもんか……」

そして彼女は、小梅のナップザックを奪い取る。

その直後、どこからか騒がしい物音が聞こえ出したかと思うと、次第に大きくなっていった。

空を見上げた僕は、ヘリコプター〝つる〟が接近していることに気づいた。

呆然《ぼうぜん》とヘリをながめている男から、僕が拳銃を奪い、大竹先生と二人で押さえ込む。

女性の方は、仁子さんと小梅が腕をつかんでいた。

その間に〝つる〟は、ドライブイン跡の駐車場に降下した。

小梅が嬉《うれ》しそうに手をふっている。

小銃を構えた堀近さんがドアを開け、大声を出した。

「乗っていくか？」

そして略奪者の二人に気づくと、「お、新顔か？」と言った。

押さえつけられた男は、命乞《いのちご》いをしている。

「頼む、警察には言わないでくれ」

大竹先生があきれたように、「そんなもの、機能していない」とつぶやく。

「だったら事情を聞いてくれ」

「今、他人の事情を聞く気がしない」

堀近さんが苦笑いを浮かべている。

「行きずりの略奪者にも手こずるんじゃ、計算センターに着くまでに死んじまうぜ。ヘリにした方が良くはないか？　手間取ったが、何とか飛べるようにはなった。お前らが無事なら国道に出てくるだろうと思って、国道沿いをトレースしていたところだ」

仁子さんが、しぶしぶうなずいている。

僕たちは二人から荷物を取り返し、ヘリに積み込んだ。

男の拳銃は、僕が押収する。

「それ、ウチが持ってよか」小梅が片手を差し出した。「銃の扱いなら、きっとウチの方がうまいで。シューティング・ゲームで使い慣れてるし」

少し迷ったが、拳銃の方は僕にまかせてもらうことにする。

お弁当や食料品を取り返そうとしたときだった。

「お願いです。何も食べてないんです」女が僕たちに頼み込んだ。「赤ちゃんのためにも」

「街の騒ぎから抜け出して、ようやくここまで来たんだ」と、男が言う。「こんなところで死にたくない」

堀近さんが、じっと彼らを見つめている。

「実は、ヘリの燃料が残り少ない」そして弁当を、彼らの前に置いた。「荷物は、少しでも軽い方がいい」

「じゃあ、これも。まだ残っている」大竹先生が、ウイスキーの小瓶《こびん》を男に渡す。「妊娠中の彼女には勧めないが、これでちょっとは体が温まる」

それを黙って見ていた仁子さんが、自分のナップザックを開けた。そして、例のたこ焼き風スナック菓子を、女に渡したのだ。

僕は思わず、「でもそれ……」とつぶやいた。

「もういいの」彼女が首を横にふる。

「ちゃんと味わって食べるのよ」と、小梅が言った。「この人の結婚資金なんだから」

「え？」女が聞き返す。

「いや、こっちの話」

男が不安そうに、仁子さんを見上げた。

「この先、俺たちはどうすれば……？」

仁子さんは、県道のあった方向に目をやっている。

僕は彼女に小声で伝えた。

「あの村のことを教えたら、略奪されるかもしれませんよ」

「私たちが教えなくても、時間の問題で、きっと村の存在は気づかれる。それに彼らでなくても、他の略奪者たちが村を訪れるかもしれない。問題は、そこで略奪行為が起きるかどうかだと思うけど……」

仁子さんは覚悟を決めたように、彼らに言った。

「このトラクターを返してきてくれる？」

そして彼女は、県道の先に、村があることを説明した。

「事情を説明すれば、助けてもらえるかもしれないわよ」

男は首を横にふった。

「そこで歓迎されるかどうかは分からないじゃないですか。必要とされるような何かが、俺たちにあるかどうか……」

「どうすれば迎え入れてもらえるかは、道中ゆっくり考えればいいんじゃない?」

それから二人は、仁子さんに言われるままトラクターに乗り込み、僕たちが来た道へ向かっていった。

「仁子さん、どうしてたこ焼きをあげてしまったんですか?」僕は彼女に聞いた。「あんなに大事にしていたのに」

「分からないわ」彼女がため息交じりに答える。「でも、あげちゃったら何だかすっきりしたし、むしろ自分が生きているっていう気がするの。不思議よね」

大竹先生が、自分の胸ポケットのあたりを軽くたたいている。

「実は、俺のアルコールもだ……」

座席についた僕たちは、ヘッドセットを装着した。

さらに堀近さんが、「無いよりましだ」と言って、みんなにヘルメットを配る。

「推進プロペラは、結局直せなかった」操縦席に座った彼が言う。「それでも飛べるのは飛べるんだが、従来のヘリコプターに近い揺れ方をする」

仁子さんが機内を見回している。

「いや、それよりは揺れそうね」

「確かに手負いの〝つる〟は、ちょっと気が荒いかもな」

　上昇後すぐに、機体は大きく前傾した。予想以上の傾斜だったので、僕も小梅も思わず声をあげてしまった。

「仕方ないだろ。推進プロペラがやられたんだから」堀近さんが独り言のようにつぶやく。「これでまたドローンに攻められたら、もうお陀仏《だぶつ》だ」

　強風にあおられ、機体が大きく揺れる。

「みんな、いい？」小梅が一人で叫んでいた。「いくときは一緒やからね」

　その後もヘリは、時折揺れながらも低空で飛行を続ける。

「無事目的地まで着けたとして、それからどうするか打ち合わせておいた方がいいだろう」と、堀近さんが提案する。「取りあえず、ＣＥＮが入っている旧館のすぐ近くに下ろすつもりなんだが」

　仁子さんが首をかしげた。

「警備ロボットが玄関で待ち構えていそうな気がするなあ。何せすぐ隣が、ＧＴハートの新館なんだから」

　大竹先生が軽くうなずいている。

「あとは二階にある制御室で、計算結果を確認すればいいだけのはずなんだが、スタッフはおろか、野洲君も依理もいるかどうか分からんしな。電源だって、切れているかも」

「連絡してみる?」

「馬鹿《ばか》な。こっちの現在位置を教えるようなものだ」

「じゃあそれは現地で確かめるとして、停電していたら、非常電源を立ち上げましょう」

と、仁子さんが言う。「それで制御室だけでも回復させる」

「そんなことをしている余裕があるのかどうか……。警備ロボットがいるんだろ?」

「妨害される可能性は、大いにあるでしょうね」仁子さんは、操縦席の先を見据えていた。「とにかく、行くしかない……」

第七章　E2計画

1

日本海側にある広大な田園地帯跡に、太陽光や風力発電施設に囲まれるようにして、学研都市が整備されている。

しばらくして、その一角にある計算センターが見えてきた。約百メートル四方の大きな体育館のような建物が、道路をはさんで二棟あり、連絡通路でつながっている。

古い方はCENが入っている旧館、竣工《しゅんこう》したばかりの方はGTハートが入る新館である。僕たちが目指しているのは最新鋭のスパコン〝Z−JPN〟を擁《よう》する新館ではなく、E2プログラムを計算したスパコン〝極〟がある旧館の方だ。

「センターには誰もいないみたいだな」堀近さんがみんなに言う。「やっぱり、逃げ出したんじゃないのか？」

「野洲君と依理ちゃんは、中にいてくれるかもしれない」仁子さんが、大竹先生にたずねた。「計算の方は？」

「おそらく完了している」先生はあごに手をあてている。「ただしどんな答えが出たのかは、俺にも分からんが……」

ヘリコプター〝つる〟は、計画通り旧館の玄関前に着陸した。

僕たちはまた、ナップザックをプロテクター代わりに使い、ヘルメットをかぶったままヘリを降りる。堀近さんは小銃を、僕はさっき略奪者から押収した拳銃を、そして小梅は木刀を手にしていた。

内部の電気はまだ切れていないようだ。

ロビーにいた人型警備ロボットを、堀近さんが狙い撃ちし、僕が電源をオフにする。

「ロボットの攻撃は、思ってたよりも緩慢《かんまん》ね」と、仁子さんが言った。「これはまるで、侵入者に対する通常業務の範囲内じゃないの？」

「我々に対するコマンドが変更になったか、あるいはリセットされたのではないか？」大竹先生が首をかしげている。「ここまでヘリコプターへの攻撃がなかったのも、腑《ふ》に落ちないな」

「とにかく、私たちが侵入したことはもう気づかれている」

僕たちは、先を急ぐことにした。

二階の制御室からは、正面の大きなガラス越しに、白と青がシンボル・カラーのスパコン〝極〟を見下ろすことができた。制御卓には、ディスプレイがいくつも並んでいる。しかし、室内は無人だった。野洲さんも依理さんも、やはり脱出してしまったのかもしれない。

堀近さんが、制御室の入り口をガードしてくれている。

僕はキーボードを操作し、大型のメイン・ディスプレイに映像が表示されるようにした。

「大竹先生のE2プログラムは、ウェブ万国博日本館のアンバサダーとして作成したCGキャラが答えるように修正されていますね」僕はプログラムをチェックしながら言った。

「対話式――つまり我々の質問にCGキャラが答える形で回答が返ってきます」

仁子さんがうなずいている。

「あらかじめこっちにあったシミュレーション・プログラムになじむよう、野洲さんたちが修正してくれたみたいね」

「ちょっと違和感はあるかもしれないが」と、大竹先生が言う。「確かにその方が、計算時間が短縮できたかもしれない」

「そうみたいですね。実際、E2の計算自体は終了しています」僕はディスプレイを確認した。「しかも、すでに再生履歴があるようですけど」

「一体誰が？」仁子さんが首をかしげる。「かまわない。私たちも回答をチェックしましょ」

僕がエンター・キーを押すと、みんなはメイン・ディスプレイに注目した。

ウェブ万国博日本館のアンバサダー、ヒューちゃんが登場し、笑顔で、〈皆さん、こんにちは！〉と挨拶した。

「ウチの声や」小梅がディスプレイを指さす。

彼女の声をサンプリングして作成したのだから、よく似ているのは当然だった。

ヒューちゃんは早速、動作を交えて自己紹介を始めようとしている。

「そんなことはいいから」いらだたしそうに、仁子さんがマイクを握りしめる。「E2の計算結果を教えて」

〈了解しました〉ディスプレイのヒューちゃんは敬礼するようなポーズをすると、計算結果を僕たちに告げた。〈ズバリ、それは〝戦争〟です〉

みんなは呆然《ぼうぜん》とした表情で、ディスプレイで微笑《ほほえ》むヒューちゃんを見つめている。

「何で……？」と、仁子さんがつぶやく。

〈世界経済全体が破綻《はたん》しつつある現状からの合法的な立て直しは、事実上不可能です。どのような経済政策を施そうとも、自滅は免《まぬが》れないでしょう。とすると残された手段は、ガ

ラガラポンです！〉

ヒューちゃんは、快活に説明を続けた。

〈国としての機能が残されているうちに、開戦すべきです。どこの国にだって、食べ物はなくても、負の財産ならいくらでも残っているでしょう？　今や兵器は重要な資産です。この際、それを有効活用しましょう。

世界大戦になれば、各国の内戦状態は収束に向かいます。人口減少により、食糧問題やエネルギー問題は緩和されるでしょう。地球温暖化にも、しっかり歯止めがかかります。経済面でも、戦中は軍需《ぐんじゅ》によって、経済の活性化に寄与いたします。〝廃墟《はいきょ》〟という名の未利用土地も、いずれ皆様のお役に立つことでしょう。そして勝っても負けても、戦後は復興で特需がガッツリ見込めますよ〉

「しかし次の大戦となると、やはり人類滅亡では？」と、大竹先生が言う。

〈確かに最終戦争になってしまわないよう、細心の注意を払って進めることが望まれますが、制御は可能です〉

「するとサイバー戦争か何かを始めろと？　それでもエスカレートしてしまうだろう」

〈いえ、E2計画は、EMP戦争を推奨いたします〉

「EMP？」小梅が聞き返す。「新しいアイドルグループか何か？」

「エレクトロマグネチック・パルス——電磁パルス兵器だ」僕は彼女に説明した。「被弾すると、車やパソコン、ロボットなど、電子部品が入っている製品はすべて使用不能になる。宇宙空間で炸裂《さくれつ》するタイプのものだと、通信衛星にまで被害が及び、GPSも使えなくなる。もちろん、ネットもつながらなくなるし、修復困難な被害が発生する」

「ゲームもできなくなるの？」と、彼女はたずねた。「スマホに撮りだめした写真も飛んでしまうの？　そんなん、困るわ。雷ガードで防げないの？」

〈そこが大きなポイントの一つです〉ディスプレイのヒューちゃんが、小梅を指さす。

〈電子的な情報が消える。あるいは引き出せなくなる。それは、経済情報も例外ではありません。あらゆる負債が、すべて帳消しになる。国がかかえる莫大《ばくだい》な借金さえ、チャラになるのです〉

「それが狙いか」大竹先生が指を鳴らした。「株価暴落にかかわるデータの消去も、EMPならできてしまう」

〈EMP弾は、いわば現代社会において癌《がん》化してしまった情報を、切除してくれます。それによる経済の再生もあり得ます〉

「負債と同時に、預貯金のデータも消えるだろう。俺たちはみんな、一文なしになるぞ」

〈確かに情報に対するEMPの破壊力は甚大ですが、即効性もあるため、最終戦争にまでもつれ込むリスクを下げられる。しかもEMPだと、壊れるのは電子機器と情報だけ。ペースメーカーなどへの影響は考えられますが、人的被害は抑えられ、きわめて安全でクリ

ーンな戦争を展開することができます〉

「それでも電子機器の破壊というのは、人類にとってかなり強烈なダメージになるんじゃないか？　情報の電子化が進んだために、現代文明のほとんどが消去されることになるかもしれない。しかもある種のEMPはオゾン層を破壊するようだし、環境への影響は皆無ではないだろう」

〈ですからE2計画では、非核EMP弾の使用をお勧めいたします。独自に開発したものを、この国も保有しています。車載も可能ですが、潜水艦からの発射が好ましいでしょうね。潜行すれば、EMPによる反撃を免れる可能性があります。同様に地上の人々も、EMP攻撃を免れるには、防磁シールドが施されたシェルターなどの施設に避難しておくことが望まれます〉

　首をかしげながら、仁子さんが聞いた。

「戦争を始める、そもそものきっかけは何なの？　他国を攻撃するとしても、何か理由がいるでしょう」

〈きっかけは何でもいいんです。どこかの領有権でも、エネルギー資源をめぐる争いでも何でも。単なる初期条件ですから。とにかく起こしてしまうことです。まず自国にミサイルを撃ち、それを口実にして他国に宣戦布告するのもよいでしょう。開戦と同時に、派手に攻撃しちゃってください〉

仁子さんの方を見て、大竹先生が苦笑いを浮かべた。

「言っとくが、これは俺の主義じゃないからな。あくまでスパコンの計算結果だ」

〈肝心なのは、何もせずに自滅するより、はるかにましということです。ある程度の犠牲は避けられませんが、現代文明の崩壊を最小限でくい止め、自滅は免れる。それこそが、E2計画の目的ではなかったのですか?

一旦戦争になると、制空権の確保が重要になりますから、先手必勝です。勝っても負けてもそれなりに益がある提案だと自負しておりますが、勝つ側にまわりたいのなら、早めの宣戦布告をお勧めいたします。以上、報告おしまい〉

敬礼するヒューちゃんをながめていた僕は、全身から力が抜けていくのを感じていた。

「この回答には、データ不足による偏りがあるように思います。計算し直せば、違う答えも……」

大竹先生が、首を横にふる。

「大恐慌の後、打開策として戦争が定石《じょうせき》であることは、歴史が示している。何もスーパーコンピュータに聞くまでもなかったんだ。人間はいつまでたっても同じことをくり返すものだし、それによって生き延びていく可能性はある。理不尽にも思えるが、理にかなっている。自滅したくなければ、この通りにするしかない」

「ねえ、他に答えはないの?」仁子さんは、ディスプレイを見つめた。「答えが戦争だなんて、そのへんの為政者《いせいしゃ》たちと、何も変わらない」

〈ありませんね〉と、ヒューちゃんが言う。〈むしろ、こんな明快な答えを何故《なぜ》避けるのかが分かりません〉

「それだと戦後に経済復興しても、いずれまた行き詰まるわけでしょ。するとまた戦争するしかない。自滅を先延ばしにしているだけで、根本的な解決策になってないじゃないの」

〈それをくり返していくのが、人間の業《ごう》なのでは？〉

「じゃあ一体、人間て何なの？　戦争を選択したとして、どうやって生きていけばいいのか……」

〈心配しなくても、戦争が始まれば、そんなことは考えなくなりますよ。それどころではなくなりますから〉

　制御室内に、重い沈黙が流れる。

〈そうだ〉ヒューちゃんが、手をたたくようなしぐさをした。〈EMPは炸裂の二次的作用として、オーロラが見られることがあります。きっと、ものすごく奇麗ですよ〉

　ヒューちゃんは、落胆している僕たちをなぐさめているつもりなのかもしれないが、効果はなかった。

「恐慌の次は、戦争……」コンピュータの計算結果を、小梅は力なくくり返した。「何か建設的な意見だと思っていた、ウチがアホやった。さすがコンピュータ、血も涙もあらへん。ウチら、何のために、ここまで……」

彼女が、制御卓を拳でたたく。

「人間、これ以上傷つけ合いながら生き続けるのなら、自滅の方が……自滅の方がましやないか！」

彼女はその場にしゃがみ込み、それ以上何も言わなくなった。

「どうした、小梅」僕は彼女に声をかけた。「お前には、オーディションのときに大竹先生が見抜いたような、未知の可能性があるんじゃないのか？　僕だけじゃない、みんな君のバイタリティには、救われ続けていたんだ。だから、そんなに落ち込まないでほしい。元気を出してくれ……」

しかし彼女は、動こうとしない。

そのときドアの外で、小銃を乱射する音が響く。

僕も拳銃を取り出し、ドアへ向かった。

制御室の外では、数体の人型警備ロボットに取り囲まれた堀近さんが、押さえ込まれようとしていた。すでに小銃も奪われている。

ロボットに向けて拳銃を発射しようとする僕を、大竹先生が制止する。

「逃げ道はふさがれてしまっているし、下手《へた》な抵抗はかえって危険だ。もう投降するしかない」

その後、警備ロボットらは僕たち五人を難なく拘束《こうそく》し、歩くよう促した。

「殺さないのかしら」と、仁子さんが言う。「どこへ連れていくつもり？」

警備ロボットは何も答えてくれなかったが、階段を上らされていたので、目的地はどうやら連絡通路の先にある新館ではないかと思われた。

警備ロボットに羽交《はが》い締《じ》めにされながら、堀近さんが僕たちにたずねる。

「おい、どうだった？　答えは出たのか？」

しかし誰も、その質問に答えることはできなかった。

2

警備ロボットらは、旧館側の通路をふさぐと、僕たちから手を離した。

他に行き場のない僕たちは、仕方なく連絡通路を新館側に向かって歩き始める。

広いガラス窓から、外の様子を見ることができた。遠くの街の方では、あちこちから煙が立ち上っているのが確認できる。略奪や暴動は、収まるどころかさらに拡大しているようだ。敷地内には、数匹の警備ロボット犬がいて、不審者が侵入してこないよう見張っていた。

通路の反対側から、一人の女性がこちらへ近づいてくる。アンティーク風のワンピースにおしゃれな眼鏡《めがね》……。倉木依理さんだった。

小梅はかけ寄り、彼女と抱き合った。

「依理さん！」

「みんな無事だった?」と、依理さんが聞く。

「ええ、何とか」仁子さんは、彼女を見つめた。「あなたの方こそ……」

「まだ残ってくれていたのか?」と、大竹先生が言う。

「でも野洲さんはE2の入力作業を終えると、家族が心配だと言って、他の職員と一緒に退去しました」

「他にもいろいろ聞きたいことがある」

警備ロボットが追い立てるように近づいてくるので、僕たちは歩きながら話を続けることにした。

「E2の結果は確認したの?」

依理さんがふり返ってたずねる。

僕たちは黙ったまま、うなずいた。

「依理さんも?」僕は彼女に聞いてみた。

「私だけじゃなく、GTの役員たちも。そして彼らを通して、官僚たちにも報告済みらしい。政府首脳にも伝わっている」

「さすがGT、手際がいい」と、大竹先生が言う。「じゃあ、ひょっとして？」

「その通りです。回答には首脳部の方でも異存はなく、すでに戦争に向けてのカウントダウンが始まっている」

「短期決戦なら、ここも危ないんじゃないのか？」

「どうして？」小梅が先生にたずねる。

「スパコンは、軍事目的に転用可能だ。まず確実に狙われる。しかもそれが、この狭い学研都市で二基も稼働しているんだ」

「そうよ」仁子さんが依理さんに聞いた。「どうして逃げなかったの？」

「どこにも逃げる必要はない」と、彼女は答えた。「だってここには、シェルターがありますから」

「シェルター？」

依理さんが大きくうなずく。

「警備の関係などで公《おおやけ》にはなっていませんでしたが、新館の地下には、百人程度が一年は暮らせる規模のシェルターが完備されています。食糧だけでなく、生活必需品や医薬品も十分に備わっている」

仁子さんは、彼女の顔をのぞき込んだ。

「私たちは、そのシェルターに連れていかれるわけ?」

連絡通路を渡りきった僕たちは、依理さんに導かれるまま、階段を下りていった。

「その前に、〝Z－JPN〟の制御室にご案内するよう言われてます」

「どうして?」

「念のためです。シェルターに入っていただけるかどうかも、そこでのご返事次第」

「返事次第?」

彼女が制御室のドアを開ける。

旧館とよく似たレイアウトで、大きなガラス越しに、赤と黒を基調にデザインされたスパコン〝Z－JPN〟を見下ろすことができる。

そして制御卓の椅子には、シミュレーションの監修を引き受けてくれた柳井教授と、GTハート日本支社の古沢常務が腰かけていた。

二人の顔を直接見るのは、暴落前に行われたウェブ万国博日本館のデモンストレーション以来かもしれない。

よそよそしい挨拶を交わした後、「シェルターのことは?」と、柳井教授がたずねた。

「ざっとうかがいました」仁子さんが、古沢常務の方に目をやる。「GTグループは早い段階で、戦争を想定していたということですか？」

「いや、シェルターは本来、竜巻などの異常気象や、災害対策用として考えられていた」と、常務が答える。「まあ、さまざまな事態を想定して大幅に設計変更したのは事実だが。うちの役員たちやその家族も、今はその中にいる」

「いずれにしてもＧＴ上層部の皆さんも柳井先生も、私たちがシミュレーションで暗い未来を予想する前から、未来の繁栄を心から信じてはいなかったということですよね」

「それが経営者だ」と、古沢常務が言う。「さて、逃げ出してしまった野洲君はあきらめてもらうとして、シェルターには倉木君も入っていただこうと思っている。これは文社長のお取り計らいでもあるんだが、条件次第で、あなた方も」

「条件次第、と言うと？」

「早い話、戦後復興だ。ＧＴにもいないような、有能な人材が必要になる。どうか、我々の役に立ってもらいたい。それともう一つ――。３ＤＯＬＳＩの問題については、一切公表しないこと」

　語るに落ちたと、僕は思った。常務自らが、チップの欠陥を認めているようなものだ。シェルターの話も、事実上の身柄拘束のようなものと考えられる。

「我々を消すつもりだったのでは？」僕は常務にたずねた。「おかげで何度も危険な目にあわされた」

「いや、申し訳ない」彼がぺこりと頭を下げる。「妙な噂《うわさ》が出回るだけでも困ると思った連中が、咄嗟《とっさ》にそういう過激な手段に出たかもしれない。しかし我々は、E2の提案内容を見て考えたんだ。電子機器が壊れるのなら、それを手早く直してくれる人材が要ると。そして先に立ち上がった者が、経済復興のイニシアティブを握れるに違いない……。君たちの仕事ぶりは、柳井先生から聞いている。我々も、君たちチームの実力は高く評価していた。倉木君からの強い推薦もある」

「依理さんが？」

「ああ。君たちのことは、倉木君も心配していたよ」古沢常務が苦笑いを浮かべる。「まあそういうわけで、戦後における戦略的復興には是非《ぜひ》、君たちの力を貸してほしい」

「依理さんは、さっきの条件をのんだんですか？」

僕がそうたずねると、彼女は黙ったまま、こっくりとうなずいた。

「公表するもしないも、僕たちはまだ真実を知らない」僕は常務に言った。「3DOLSI欠陥の証拠は、これから見つけようとしていたところでした」

常務はしばらく、ガラス越しにスーパーコンピュータ〝Z〟をながめていた。

「柳井先生や倉木君から聞いているが、君たちの推理は、おおむね正しい。我々も3DOLSIの欠陥が、恐慌を引き起こしてしまったと考えている」

「アメリカで開発技術者が自殺したというのも、そのためですか？」

彼は小刻みにうなずいていた。

「極めて低い確率ではあるが、誤作動を起こす可能性を消し去ることができなかった」

僕は、ようやくたどりついた真実に、脱力感をおぼえていた。やはり電子一粒か二粒のイレギュラーな動きによって、現代文明はコケたのだ。

「ただしそれは計算上、数年に一回起きるかどうかも分からないレベルだった」と、常務が言う。「市場での競争力を考えると、そんなことのために、実用化を止めるわけにはいかなかった」

「それで、あれこれと工作を？」

大竹先生が、古沢常務を見つめる。

「どのみち株なんて、売るか買うかしかない。だからエラーが出た場合、確率的に売り買いを決定するよう、プログラムの方を修正した。さらにそうしたコンピュータの判断に正当な根拠があるかのように、ビッグデータも操作したんだ。

本社のそうした対応を知っていた我々にとって、大竹先生のシミュレーションは実に恐ろしかった。チップのエラーが、自滅の初期条件になり得ると思えたからだ。それで柳井先生とともに、全面的に内容を変更させてもらうことにした」

「その企画変更の暴露記事は？」と、仁子さんがたずねる。「私、インサイダーの濡《ぬ》れ衣《ぎぬ》を着せられてえらい目にあったんだから。やはりあなた方が情報をリークしたの？」

しかしそれは、常務にとっても予想外の出来事だったという。

「内部告発には違いないようだが、おそらく面白半分か、株の売り抜け目的で情報を売った奴《やつ》がいたんじゃないのか？」常務が首をかしげる。「そもそもあの暴露記事では、我々だって少なからずダメージを受けたんだ」

そして直後に、チップによるエラーが発生したのだ。

その対策として用意していたプログラムは、現実的な株価予測と逆を出力した。最先端の超高速自動取引《SFT》システムが強気で買いに出たため、他の高速自動取引《HFT》システムも追随し、市場全体が買いに転じる。カムフラージュのために彼らが設定していたビッグデータの操作もシステムを刺激し、株価の瞬間上昇に拍車をかけてしまう。

しかし、市場の一部で下落傾向が始まったタイミングにおける大量の買い注文には、またしても高速自動取引システムが過敏に反応し、直後に売りが加速していったのだという。

「コンピュータ依存の危うさだな」と、柳井教授がつぶやく。「たかがチップのエラーで、世界経済が短時間で破綻してしまうなんて。危うい基盤の上でやりたい放題をやっていた現代文明が、まさに自己崩壊したようなものだ」

「まるで人ごとみたいに」大竹先生が、制御卓に拳をぶつけた。「あなた方のせいでこんなことに……。その上俺たちは、恐慌の真犯人のように言われた」

黙ったままの柳井教授に代わって、古沢常務が再び頭を下げた。

「すまないと思っている。くり返しになるが、ウェブ万博日本館の企画変更原因説も、君たちにインサイダーの容疑がかけられたことも、我々には予想外のことだったんだ。仕組んだわけでも、責任転嫁《てんか》しようとしたわけでもない。原因説では我々も犯人扱いされているわけなんだから、似たような立場だ。悪く思わんでくれ」

「だったら、ウチらの無実を証明するのに協力してくれてもいいのに」と、小梅が言う。

常務は、首を横にふった。

「申し訳ないが、企画変更原因説の否定にも無実の証明にも、協力できない。チップの欠陥を認めることになる」

「黙って汚名をこうむっていろと？」

仁子さんが常務をにらみつけた。

「いや、だからシェルターへの避難を許可しているじゃないか」

「ただし、あなた方グループが企《くわだ》てる戦略的復興とやらに協力するという、条件付きでね……」

「真実が分かったところで、どうしようもないということか」大竹先生がため息交じりに言う。「しかも自滅したくなければ、戦争するしかないなんて……」

「いや、復興には誠心誠意取り組む」常務は僕たちに向かって、手を合わせた。「だから力を貸してほしい。支社長だけじゃなく、本社も期待しているんだ。協力してくれるのなら、もちろんシェルターにも入っていただく」

「さあ、どうする？」柳井教授が、仁子さんにたずねる。「こんな状況だ。断ると、命の保証はしかねる」

「小梅と堀近ちゃんも一緒でいいのね？」

「それぐらいは、何とでもなる」古沢常務が大きくうなずいた。「さて、ここにいても仕方ない。間もなく戦争だからな。歩きながら考えてほしい」

先に制御室を出た常務は、警備ロボットをそれぞれの持ち場に戻らせた。

「考えるまでもないことだ」と、柳井教授が言う。「助かりたいのなら、すべきことは決まっている」

「良いも悪いもないわね」仁子さんがうなずいた。「ここで放り出されたら、確かに死ぬしかなくなる。死にたくなければ言うことを聞いて、シェルターに入れてもらうしかない」

それが僕たちの回答だと、常務は解釈したようだった。

「これも、ラプラスの悪魔が定めた運命の延長線上かな」階段を下りながら、大竹先生がつぶやいた。「だとするとやはり、逃れようがない……」

地下にある大きな鉄扉の前には、GTハート日本支社の端山支社長とともに、GTハートのCEOでグループの総帥《そうすい》であるレオン・ハルトマン氏がいた。

背が高く、知性的な感じのする初老の男性だ。政財界のトップ連中が行方《ゆくえ》をくらましているという話はちょくちょく耳にしていたが、彼もこんなところに雲隠れしていたのかと僕は思った。

ハルトマンCEOは、通訳機能をオンにしたスマートフォンを胸ポケットに入れている。

「中は全面禁煙なのでね」そう言うと彼は、葉巻を一本取り出した。「ニューヨークは騒々しいので、早い段階でこっちに来たんだ」

「どうだ。凄《すご》いだろ」端山支社長は僕たちを見ながら、鉄扉に手をあてた。「どんな災害にも、びくともしないぞ。もちろん、戦争にもな。すでに百人近い仲間が、中でくつろいでいる……。さあ、案内しよう。どうぞ奥へ」

古沢常務と柳井教授に続いて、僕たちも入りかけようとしたとき、小梅がよく通る声で言った。

「ちょっと待って」

3

端山支社長は、小梅の顔をのぞき込んだ。

「どうした、お嬢ちゃん。早くしないと、戦争が始まるんだよ」

「問題はそこや」彼女が支社長を指さす。「自滅回避も復興も結構だけど、戦争が前提になっているのがウチには引っかかる。未来は、作っていくものと違うの？　それを壊してどうするんよ」

「今、シェルター入りを拒否すると、その戦争に巻き込まれることになる」柳井教授が小梅を見下ろす。「他に選択肢はない」

「もちろん、ウチも死ぬのは嫌や。けど、他の人たちはどうなるの。戦争以外の解決策は、ほんまにないの？」

「ついさっき、自分の目で確かめたんじゃないのか？　スーパーコンピュータの回答を。だったら、他にあるわけがない」

「けどウチらは、コンピュータやない。人間や。人間だからこそ考えつく方法もあるのと違うやろか。何か、コンピュータに入力できないような要素もあるのと違う？」

「入力できないような要素？」

「たとえばその、やる気とか、負けん気とか……」

　端山支社長が吹き出した。

「政治経済上の難問がそんな精神論で解決するのなら、世話はないよ」

「そもそもコンピュータに聞くのが間違っていたのかもしれない。株かて、コンピュータにまかせるからおかしくなったわけでしょ。自分たちの未来なんだから、やっぱり自分たちで考えないと」

「そういえばヘリコプターだって、マニュアル操縦でここまで着いたんだぜ」堀近さんが自慢げに言う。「この状況も、自分たちで何とかすべきかもな」

　端山支社長が首を横にふった。

「経済は、ヘリの操縦とは違う」

「理屈は同じじゃないか？　コンピュータにまかせ切るんじゃなくて、利用するにとどめる。最終的には、やはり人間が舵取《かじと》りすべきだろう。コンピュータに言われたからといって、いちいち墜落なんかしてられないぜ」

「せや」小梅が何かひらめいたかのように、手をたたいた。「株が下がって不景気になったと言うのなら、株を上げたらいい」

　端山支社長はハルトマンCEOと顔を見合わせ、苦笑いを浮かべていた。

「そう簡単に言うな」

「何で？　誰かが株を買えばいいだけと違うの？」

「誰が買うんだ？」

「投資家がいてるでしょ」

「金はどうする？」

「投資家たちが持っているのと違うの？　なかったら、銀行かどこかに借りればいい」

「担保は？」

「タンポ……。お湯を入れるやつ？」

　みんなは、笑い声をあげた。

「君は本当に、ユニークな娘《こ》だな」柳井教授が小梅を見つめる。「そもそも、証券取引所がもうダウンしているんだから、株の売買も成立しないだろう」

「いや、すべてがダウンしているわけじゃないだろう」と、堀近さんが言う。「大手はともかく、ローカルなところなら、まだ開いているはずだ」

「とにかく、今、どこかに投資しようという投資家はいない。もっとも、戦争が始まれば別だが」

「それまでに誰かが率先して買えば、立ち直るきっかけになるかもしれないやないの」小梅は、端山支社長とハルトマンCEOの顔を見つめた。「GTは？」

「それも一案だな」大竹先生がうなずく。「高速自動取引なんかで投資をまかされてるんだから、登録している投資家たちにも株を買わせればいい」

「それはニューヨークでやっていることだ」古沢常務が不機嫌そうに答えた。「ここでは無理だ」

「そんなはずはない。ここの〝Z－JPN〟は、ニューヨークにあるスパコンと同規模らしいし、自動取引の運用開始直前だから、ソフトも顧客データもそろっているはずだ」

「しかしうちの会社が、リスクを背負ってまで、何故そんなことをしなければならない？」

常務だけでなく、支社長もCEOも、まったく気乗りしない様子だった。

「そもそも、どこに投資しろというんだ？」葉巻をふかしながら、CEOがたずねた。

「起爆力を期待するなら投資先はある程度絞った方がいいだろうが、結局それらの企業の損失を穴埋めして終わりになるのでは？」

「確かに今の上場企業の有り様だと、どこの株を買ったとしてもそうなるかな」と、堀近さんが言う。「ただ、こんな状況でも成長の余地があるとすれば、途上国の開発援助関係かもしれない。たとえばアフリカや南米になら、日本企業も多く進出している。そこに思いきった投資をして、途上国の経済を刺激すれば、進出している企業の株が上がることは期待できる」

「なるほど。〝急がば回れ〟か」大竹先生がうなずく。

「途上国の市場は、確かに世界の巨大市場ともつながっているが」と、端山支社長が言う。「それらの市場はまだ脆弱《ぜいじゃく》で、巨額の投資をさばく能力に疑問があると言わざるを得ない」

「それなら、そういう関係を専門に扱っているところに投資をまかせればどうだ？ 世界《W》自由《F》銀行《B》あたりならどうかと思うが。あなた方もそこの行員とは面識があったんじゃなかったのか？」

大竹先生の方を向いて、仁子さんが手をあげた。

「担当さんの名刺なら、私もいただいてるわよ。確か、工藤係長とナンシーさん」

古沢常務がうなずいていた。

「大量の資金をそうしたことに使えるのなら、確かに戦争の必要はなくなるかもしれない。そのことは為政者たちにも、分かってもらえるはずだ」

「夢みたいなことを」端山支社長が横を向く。「今はみんな、自分を守るので精一杯だ。投資するような、太っ腹な奴はいない。目減りした自分の財産を、さらに捨てるようなものだ」

「だからGTが率先して……」

小梅が支社長に詰め寄る。

「グループの資産のほとんどを、世自銀に投資しろと？」

「それで足りなかったら、自動取引の顧客の資金もまわせば」

「運用をまかされているとはいえ、最終的な責任を負わねばならないのは、やはりわが社だろう」

「罪滅ぼしに、それぐらいのことはしてくれてもいいのと違う?」大きな声で、小梅が言う。「ここの計算センターでもできるんでしょ?」

「理屈だけなら、できないことはないかもしれないが……」

端山支社長は、ハルトマンCEOに目をやった。CEOは、首を横にふっている。

「未来の運命がかかってるの。投資してもらわないと困る」

「だから何故、そんな投資をしなければならない? とてもじゃないが、成功するとは思えない」

「しかしあんた方は、常に最善と思われる投資をしてこうなったんだろう?」堀近さんが苦笑いを浮かべている。「この際、最悪と思える選択をしてみたらどうだ。案外うまくいくかも。こんな馬鹿《ばか》げた世の中が救われるとすれば、きっと馬鹿げた方法によってだ」

「投資するとしても、審査も役員の決裁もいる。こんな立ち話では決められない」

「コンピュータに入力すればいいのと違うの?」と、小梅が聞いた。

「それだって、IDとパスワードがいる」

「だったら、それを教えてちょうだい。あとはウチらでするし」

仁子さんが小梅を軽く小突いた。

「そんなの、教えてもらえるわけがないでしょ」

「何で？　そこにいる偉い人がOKを出せばいいだけでしょ？」小梅は仁子さんに小声で言った。「それとも、ハッキングするとか」

仁子さんがまた、彼女を小突く。

「ここでハッキングの話はNGよ」

「けど戦争が始まるいうのに、違法も何もないやん。あんたらがやってくれないんやったら、ウチは自分の貯金をはたいてでもやるから」

「そんな額で、世界経済は動かない」僕は小梅にアドバイスした。「やはり最低限でも、GTグループの資金力程度は必要だろう」

端山支社長が、首を横にふる。

「いや、GTグループの全資産、さらに顧客の投資能力をトータルしても、今の市場を刺激するには、力不足ではないかな……」

「できるかどうかは、やってみないと分からない。何もしないよりは、ずっとましや」

小梅は端山支社長とハルトマンCEOの方を見て、大きな声を出した。

「そんな奇麗事は、通用しないのがこの世の中だ」と、端山支社長が言う。「世知辛《せちがら》い浮世《うきよ》にもまれながらでも、生きてりゃ、いいこともある」

「奇麗事じゃない。成功の可能性がどうのこうのでもない。ウチらが世話になった人や大切な人が大勢、シェルターの外に取り残されるんよ。ウチらが今生きていられるのは、そんな人たちのおかげやと思てる。そんな人たちを苦しめたり死なせるようなことになって、いいはずがないやないの。

未来が明るくないことぐらい、ウチでも感じてる。けど戦争で問題解決しようとしても、再び戦争をしなければならなくなるに違いない。人間なんてどうせ、同じことをくり返す存在やと言ってしまえば、それまでかもしれんけど、そんなふうに何の希望も見いだせないまま、生き続けても仕方ないでしょ。ウチら、殺し合わないと生き残れないなんて、ひどすぎる。みんなで生きられる方法が、何かあるはず」

「ほう、どういう方法なんだ？」端山支社長がたずねた。「こんな私たちに、何ができるというのだ」

「ウチにもまだ分からない。けど少なくとも、戦争じゃない。コンピュータに頼り切って、シェルターみたいなところに引きこもってしまっては何も解決しないことも確かや。ウチ、世話になった人たちを見殺しにするようなことはしたくない。いや、他の人もみんな……。ゴミゴミしていて、あちこちで喧嘩《けんか》ばっかりしていても、うちには愛すべき星なんやもん。

人間だって、もっとすばらしいものに変わっていけるはずやと思う。ウチはその可能性を信じたい。生きていることは、きっとすばらしいことなんよ……」

そこまで一気に語り終えると、彼女は隣にいた僕の腕を握りしめた。

そんな小梅の肩に、僕はそっと手をさしのべていた。

「結局、どうするんだ?」と、端山支社長がたずねる。

「出ていくと言っても……」仁子さんは、口をとがらせた。「戦争へのカウントダウンは、もう始まっちゃっているわけでしょ。略奪も暴動も続いてるし、おまけに天気まで荒れている」

「ウチは出るよ」

小梅は急に、シェルターの入り口から離れると、玄関ロビーへ続く階段に向かっていった。

「おい、待て」僕は彼女を追いかけた。「お前一人じゃ、危ないだろ」

大竹先生と堀近さん、そして仁子さんもついてきてくれる。

仁子さんはふり返り、「依理はどうする?」とたずねた。

僕も彼女の方に目をやった。

うつむきながら、彼女が話し始める。

「私、E2は最後の希望だと思ってた……。その結果があんなことなら、もう他にどうしようもないじゃないの……」

依理さんは目に涙を浮かべながら、壁の方を向いている。

彼女に声をかけてやることもできず、僕たちはシェルターを後にすることにした。

「馬鹿だな」端山支社長が大きな声で言う。「君たち、もう生きられないんだぞ」

仁子さんは、軽くうなずいていた。

「信用してもらえないかもしれないけど、外へ出ても、あなた方の秘密は守るわよ」

「ご厚意は有り難いが……」支社長は、腕時計に目をやった。「一時間以内に口外しなければ、もう問題にはならないだろう」

「一時間？」

「最初のミサイルの発射予定は、一時間後だからだ。証拠も何もかも、ＥＭＰが消し去ってくれる。いずれは君たちの存在も」

「それは良かったわね……」

仁子さんはそう言いながら手をふり、階段を上り始める。

僕たちも彼女と一緒に、玄関ロビーに向かっていった。

4

僕たち五人が新館を出るとすぐに、警備ロボットが玄関をガードした。

外は、さらに風が強くなっている。

「啖呵《たんか》を切って出てきたのはいいが、どうするんだ?」堀近さんが舌打ちをした。「うかうか街に出て行けば、略奪や暴動に巻き込まれるぜ」

「戦争になれば、それも片がつくんじゃない?」と、仁子さんが言う。「このあたりで、EMP弾の炸裂を見守るしかないようね。花火見物みたいにさ」

「くそ、ヘリコプターを壊された仕返しだ」

堀近さんは、警備ロボットの方を向いてズボンのファスナーを開け、立ち小便をするような姿勢を取り始めた。

しかしその彼なりの復讐《ふくしゆう》も、未遂に終わることになる。僕たちが、数匹もの警備ロボット犬に取り囲まれたからだ。

「話が違うんじゃないの?」仁子さんが悲鳴に近い声をあげている。「何もロボット犬なんか使わなくても……」

「ロボット犬はおそらく、通常の警備業務をしているだけだろう」と、大竹先生が答える。「俺たちのことは、侵入者だと判断している」

「じゃあ、私たちを無力化して拘束するということ? そんなの、もう意味ないじゃない。EMPが爆発したらロボット犬だって壊れてしまうのに」

小梅が、僕たちに残された唯一の武器である、木刀をかまえている。

「もう、こうなったら、死ぬまで生きてやる……」

「そんなので太刀打《たちう》ちできない」僕は彼女に言った。「敷地の外に出るしかないだろう」

堀近さんが小梅から木刀を受け取り、ロボット犬をにらみつける。

「いや、ヘリの方が近い」

それで僕たちは、ヘリに向かって全力で走り出すことにした。


何とか乗り込んだ後も、ロボット犬たちはヘリにまとわりついてくる。

しかし堀近さんがエンジンをかけようとしたとき、急に犬たちは騒ぐのをやめた。

「どうしたんだろ？」

仁子さんが、窓の外を見下ろしながらつぶやく。

「バッテリー切れかな？」と、小梅が言う。

「それにしては、様子が変よ」

確かにロボット犬たちは、みんなお座りをして、尻尾《しっぽ》をふり始めていたのだ。

その犬たちが見つめる方向から、一人の女性が近づいてくるのが確認できた。

依理さんに間違いない。彼女はロボット犬たちに向けていたラージサイズのスマホをポケットにしまうと、ステップに足をかけ、ヘリのドアを開けた。

「うちのビルにいたのと同じタイプだから、書き換えも楽なの」と、彼女が言う。「GT

が私たちに期待していた技術って、まさにこういうことじゃなかったのかな」

小梅が彼女を抱きしめた。

「依理さん！」

落ち着いた口調で、依理さんは僕たちに話しかけた。

「ロボット犬は、私たちの味方よ。と言っても、EMP戦争が始まるまでの短い間だけど」

「それより、何で出てきたの？」仁子さんも彼女とハグしながらたずねる。「シェルターにとどまっていれば、助かったものを」

「ちょっとモメたけどね」依理さんが舌を出した。「でもやっぱり、私にはこっちの方が居心地良さそうだったから」

「で、どうする？　このままヘリで逃げる？」

「やめとけ」堀近さんが首を横にふる。「少なくとも遠出は無理だな。EMPが炸裂したら、今度は即墜落だ」

「問題はその戦争や」と、小梅が言う。「何か防ぐ手はないの？」

「ないな」即座に大竹先生が答えた。「人類にとって周期的な戦争は、地球が有限である限り避けられないようだ」

「GTの資金で市場を刺激するという作戦は、本当に無理なの？」

「同意を得られなかったじゃないか。無理に決まっている」

「ハッキングすれば？　依理さんも戻ってきてくれたし」

「できないことはないかもしれないけど」依理さんが首をかしげる。

「仮にできたとしても、やはり資金不足だろう」と、大竹先生が言う。「そこは連中の読みの方が正しいと思う」

「そうなんや……」

小梅が口をとがらせた。

「それにあのとき、一時間後に開戦とか言ってなかった？」仁子さんは空をながめていた。「一発目がどこで炸裂するかは知らないけど、あと五十分もない。何をしても、多分もう間に合わないわよ」

小梅が急に膝をたたいた。

「せや！」

「どうかしたの？」と、仁子さんがたずねる。

「ウチら、戦争、戦争って騒いでるけど、考えてみたら、そもそも何が壊れたわけでもないやないの」

「そう言われてみれば、そうかも」

「あえて言えば、情報や。大竹先生も言ってたと思うけど、情報だけが壊れて、その壊れた情報にふり回されているだけ」

「何が言いたいの？」

「だったら、そんな情報を操作してやればいい」

「具体的には？」腕組みをしながら、仁子さんがたずねる。「市場にハッキングして、株価を吊《つ》り上げるとか？」

「あまり気乗りはしないわね」と、依理さんがつぶやく。「バレたら、余計に混乱するだけだと思うけど」

「いや、何か手はあるはず」小梅は自分のスマホを取り出した。「ゲームにかて、裏技がある。合法的な裏技を探せば……」

「裏技？」仁子さんが聞き返した。

「実はウチ、ゲームの世界では、ちょっと名の知れたポイント成り金なんよ。武器やツールは、売るほどゲットしてる。うちのやってるようなゲームが虚構と言うのなら、今の経済かて虚構やないの？　だったら仮想世界でじゃんじゃんポイント稼いで、それで現実世界の負債をあがなうことはできないの？」

　仁子さんが首をひねる。

「いまイチ、よく分からないんだけど」

「現実経済の成長が限界でも、仮想世界があるということや。伸びる余地なら、いくらでもある。何せ地球は有限でも、仮想世界なら無限や」

　大竹先生は、あごに手をあてている。

「つまり仮想世界によって、実体経済を動かすと？」

「だから言うてるでしょ。現実経済も虚構みたいなものなら、仮想世界で十分救えるって。それで仮想世界で得た資金で、現実世界のツケをチャラにするんよ」

　まだよく理解できていない様子の仁子さんに、大竹先生が補足した。

「ガス抜き、と言えば分かるかな？　現実世界に鬱積《うっせき》した負のガスを、仮想世界の方へ流して抜いてやるという見方もできる。小梅の言う通り、地球は有限でも、仮想世界なら無限大の広さがあるからな。GT主宰の〝イマジナリー《I》・フィールド《F》〟もそうなってるし、しかも現実社会と同じように機能している。銀行があれば不動産屋もあって、すべてをGTの子会社が一括管理している。そんな仮想世界を舞台にして好景気を起こし、その利益を現実世界にまわせばいいと小梅は言っているんだ」

「可能なの？」と、仁子さんは聞いた。

「理屈の上では」大竹先生が小刻みにうなずく。「仮想世界には、やはり現実と同じで、利潤の追求に上限設定などない。そういう資本主義の大原則は、仮想世界も変わりないんだ。そして、たとえばGTが仕切っている仮想世界〝イマジナリー・フィールド〟などは、規制が緩いし、ユーザーの資産運用をGTの関連会社にまかせるコースも用意されている。それらを最大限利用して、仮想世界に好景気を起こすというのは、無理な話じゃない」

「本当？」

「ＧＴだって、儲《もう》けが出るから仮想世界を開設していたわけだろ。そのバランスに、若干手を加えればいいだけだ。まさにマネーゲームさ。ＧＴの決めたルール内でも、いや、ＧＴが自分に都合よく決めたルールだからこそ、好景気は起こせる。それで得た仮想通貨をリアルマネーに換金すれば、現実世界で使うこともできる」

「でも、まずどうやって好景気に？」と、僕はたずねた。

「いろいろ策はあると思うが……、手っ取り早いのは、仮想土地を担保にして得た仮想通貨を、投資にまわすやり方かな。資金運用をＧＴに委託している何億人というユーザーたちには、取りあえず安価な仮想土地を取得してもらい、それを担保にＧＴハート系列の銀行から金を借りてもらう。

あとはコンピュータの自動システムによって、新たな仮想土地を購入し、それを担保に、また金を借りる。コンピュータの自動操作で土地の転売を超高速で際限なく続けていくうちに、仮想土地の価格は高騰する」

「つまり、仮想世界で土地転がしか……」僕は思わず手をたたいた。「しかも仮想土地は地球の全陸地面積よりも広げられるんだから、土地が有限なら経済が行き詰まるとかいう、リカードの限界説も突破できるかもしれない」

「仮想土地の税金は？」と、仁子さんが聞いた。

「管理しているGTに対して払うことになるが、目的によっては極めて安く設定されている」大竹先生が速《すみ》やかに答えた。「そういう細かいことはあとでいい」

「土地転がしなんてシンプルなプログラム、私の人工知能《AI》を使えばすぐに作成できる」依理さんは自分のスマホを取り出した。「資産運用は契約でGTにまかされているんだから、ユーザーに対しては事後報告でも大きな問題はないでしょう」

　仁子さんが新館をながめてつぶやく。

「でもコンピュータのある新館には、もう入れないわよ」

「旧館ならどうかしら」と、依理さんが言う。「味方につけたロボット犬にも、ガードさせれば。データさえ手に入れれば、プログラムの実行は旧館のコンピュータでもできる」

「むしろその方がいいかもしれない」大竹先生がうなずいていた。「ウェブ万博のプログラムをそのまま活用できる」

「それで大丈夫なの？」仁子さんが、先生の顔をのぞき込む。「CENのスパコンと、GTスパコンをリンクさせることになるけど」

「それはやってみないと分からない」と、先生は答えた。

「とにかく、ここまでがステップ1だ。作戦通り現実世界の余剰金を取り込み、仮想世界が好景気で地価も株価も高騰して金余り状態になれば、ステップ2として、管理しているGTの名義で現実世界に投資させよう。やはり、世界自由銀行のような確かなところを通すのがいいだろうな。債権を一括購入して資金を供給してやるんだ。それでもって、途上国などの支援をする。

出資者には、長期だが安定したリターンがあるだろうし、経済復興の起爆剤としては十分機能するだろう。取りあえず、入金の時点で運用計画を発表してもらえば、戦争は回避されるかもしれない。小梅の言う通り、まったく情報だけの操作だが」

「この現実が情報だけで崩れていったのなら、情報だけで立て直せるかもしれない」と言って、小梅が微笑んだ。「それで計画名は?」

「そうだな」大竹先生があごに手をあてる。「〝E2改〟でいいんじゃないか? 今度はコンピュータじゃなく、俺たち人間が考えた計画だ」

「でもこの計画だと、仮想世界の管理システムとつながないといけないじゃないですか」

僕は独り言のようにつぶやいた。「顧客データも必要になる」

「だからGTのスパコンにつなぐんじゃなかったの?」と、仁子さんがたずねる。

「そのためにはパスワードがいるし、するとやはり、ハッキングしなければならないでしょうね」

「それ、依理の得意分野でしょ。ネット・セキュリティも担当してるし」依理さんの方を向いて、仁子さんが手を合わせた。「GTを裏切ったついでに、ハッキングもお願い」

「株暴落の原因調査のときにすでに段取りしていたので、速やかにできるはず」と、彼女が答える。

「一人でいくつもアバターをもっているユーザーがいるから、効率アップのためにすべて活用しよう」大竹先生が依理さんに言う。「ウェブ万博のデータとつなぐのなら、この際、出展企業にも参加してもらおう」

「入手してもらった仮想土地の用途は？」

僕は先生にたずねた。

「そんなことは後で考えろ。とにかく仮想土地を転売し続けるんだ」

「間に合うのか？」と、堀近さんが聞いた。「世自銀の受領証や運用計画のコピーを為政者たちに送ったとしても、開戦中止の判断と実作業に五分は必要だろう。するとあと、四十分しかないんだぞ」

「プログラミングなら、依理が人工知能ともう始めているみたいよ」

仁子さんが、スマホを両手の指で操作している依理さんの方に目をやった。

「人工知能とは対話しながら進められるし、デバッグまでほぼ自動でできるの」彼女は指を動かし続けながら、大竹先生にたずねた。「むしろ実行してからの方が心配です。仮想土地の転売速度なんかは、もっと加速させたいですね。顧客に土地を買わせるにしても、何か誘因《インセンティブ》があった方がいいかもしれません」

「値段が上がることがインセンティブになると思ってたんだが……」しばらく考え込んでいた先生が、指を鳴らした。「そうだな。仮想土地には適当に金《きん》やプラチナのような希少エレメント——仮想鉱石を埋めておこう。名前は何でもいいが、〝ミラニウム〟なんてどうだ？　転売のたびにリセットしてまた埋めておき、換金もできるようにしておく。その金はまた、投資にまわせばいい。それでゴールドラッシュを起こすんだ」

僕は先生にたずねた。

「それと実行中、もし電源が切れたら……」

「非常用電源は？」

「ディーゼルの他に、今日は風が強いので風力も期待できますが、それでスパコンをフル稼働させるのは難しいですね」

「じゃあ、計算力の方を下げるしかないが、なるべくそういう事態に陥るまでに計画を実行してしまおう」

仁子さんも自分のスマホを取り出した。

「ステップ2だけど、世自銀へは私が連絡しておくから。入金先は、あとで依理に伝える」

「大丈夫なのか？」

堀近さんが、彼女のスマホをのぞき込む。

「もちろん。私のスマホは、政府関係者や官僚も使っている衛星電話なんだから。ＥＭＰは別として、まず切れることはない」

「最大のネックは、その後かも」と、依理さんが言う。「ＧＴの決裁と入金手続き。それにもＧＴサイドのＩＤとパスワードがいる。ハッキングで入手するとしても、こっちのはかなり難しいわよ」

取りあえず彼女は、知り合いのＧＴ社員たちのパソコンやＧＴのスパコンの内部から探る方法と、ＣＥＮのスパコンで計算によって見つけ出す方法の両方を並行して行うつもりらしい。

「いずれにせよ、犯罪行為ね」彼女が舌を出す。

「だから戦争を回避するのに、犯罪も何もないでしょ」と、小梅が大きな声で言った。

「顧客からのクレームは覚悟しないと。不正競争防止法違反ぐらいにはなるでしょうね」

「それはどうかな」仁子さんが首をかしげる。「資産運用をＧＴに一任することは、約款《やっかん》にちゃんと明記されていたと思う。第一儲かれば、文句も出ないわ」

「ただし要望があれば、ＧＴは換金に応じなければならないはずよ。ところが一括で世自銀に入金してしまうと、すぐには換金できなくなる。顧客の多くが換金を言い出した場合、ＧＴは傾くかもしれない」

「戦争よりはましやないの」小梅が不機嫌そうに答える。「とにかくこの危機を救えるのは、もうE2改計画しかない。スパコンでは予想もつかないような、まさに裏技や」

「仕掛けはシンプルなんだけどね。けどこの状況で積極投資なんて、誰もやろうとはしないこと」と、仁子さんが言う。「さて、ここからは急ぐ必要がある。もしEMP戦争が始まってしまうと、E2改計画に必要な通信衛星が使えなくなってしまう」

「これで本当に救えるのかよ……」と、堀近さんがつぶやいた。

「当面は何とかなるんじゃない？　小梅ちゃんが言ってた通り、現実経済が虚構みたいなものなら、仮想世界でも救えるはずよ。他に何か問題は？」

大竹先生が、依理さんのスマホを見つめている。

「最大の問題は、ラプラスの悪魔だと俺は思っている」

「ラプラスの悪魔？」仁子さんが聞き返した。

「メインの情報処理は旧館のスパコンでするとしても、GTスパコンにリンクして情報を引き出すんだろ？　しかも高速処理を強いるわけだ」

「また、ラプラスの悪魔とやらが悪さをして、誤作動が起きるかもしれないと？」

先生が、ゆっくりとうなずく。

「俺たちの救済作戦を、ラプラスの悪魔がどう見るのかによるな。ひょっとすると、また計算外のことが起きる可能性は十分にある」

「やってみないと分からないじゃないの」仁子さんは、先生の肩をたたいた。「そんなことで思案しているひまがあったら、作戦実行よ。あと三十分しかないんだから」

「これは俺が……」堀近さんは、小梅の木刀をつかんだ。「さあ、行くか」

僕たちはヘリから降り、旧館を目指して走り始めた。

5

電源室の方は堀近さんにお願いして、あとの五人は制御室へ入った。

僕と依理さんが、スパコンの操作卓に向かう。

早速僕は、依理さんからスマホを受け取り、彼女と人工知能が作成したサブルーチンプログラムをスパコンの方に転送した。

依理さんは新館にあるGTスパコンを、遠隔操作で強制起動させている。さらにコンピュータ・ルームの状態が確認できるよう、監視カメラの映像をこちらのモニターで見られるようにしていた。

そして二人で、GTの仮想世界〝イマジナリー・フィールド〟と依理さんが作成したプログラムが融合するよう、調整を続けていった。

制御室の外が騒がしくなってくる。また警備ロボットたちが押しかけてきているようだ。

「しばらくは大丈夫、ロボット犬たちに相手をさせているから」依理さんは、自分のスマホに目をやった。「電源室にも、何匹かロボット犬を向かわせている」

操作卓からアラーム音がした。プログラムの改竄《かいざん》が不当ではないかという警告だった。

僕はそれを無効化《オーバーライド》し、コンピュータに作業を続けさせた。

オートデバッグの終了まで確認した僕は、仁子さんや大竹先生に報告する。

そしてメインモニターに〝イマジナリー・フィールド〟の状況を映し出した後、キーボードのエンター・キーを押した。

その後すぐに、ＧＴのパスワード解析プログラムも走らせる。

依理さんは並行して、ＧＴへのハッキングによりパスワードを探り始めていた。

大きなガラス窓の向こうでは、ＣＥＮのスパコン〝極〟が無数の発光ダイオード《ＬＥＤ》を点滅させながら、計算処理を続けている。

それを見つめながら、大竹先生が言う。

「これで仮想世界に何も変化が起きなければ、現実世界の方は戦争突入だな……」

次の瞬間、モニターに映る仮想世界内に、格子状の更地《さらち》がいくつも広がっていった。海は埋め立てられ、森林地帯も切り開かれていく。

「何、これ……」と、小梅がつぶやいた。

「仮想世界内で、好景気が始まったんだ」僕は彼女に教えてやった。「さっき〝マネーゲーム〟と大竹先生が言っていたけど、まさしくゲームだな。このまま進めば、資金はすぐに確保できる」

「俺が心配なのは、やはりラプラスの悪魔だ」大竹先生も、メインモニターを見つめている。「大量のデータを高速処理させ続けたら、GTスパコンの方でまた誤作動が起きるかもしれない。ラプラスの悪魔のご託宣を待っているようなものだ」

監視カメラの映像を見ると、GTのスパコン〝Z〟も、発光ダイオードの点滅をせわしなくくり返している……。

ドアをたたく音に、みんなが一斉にふり向いた。

「まさか、警備ロボット？」と、仁子さんがつぶやく。

「俺だ」堀近さんの声が聞こえた。

仁子さんが急いでドアを開け、「無事だったの？」と聞いた。

「依理のおかげだ。ロボット犬が守ってくれたんで、何とか戻れた」彼は傷だらけの木刀を、テーブルに置いた。「しかし、全員でここから出るのはもう無理だぞ。警備ロボットの方は制御できないのか？」

「人型制御のプログラムは作ってない」と、依理さんが答える。「今はそれどころじゃない。パスワードを見つけないと」

「じゃあ、ロボットのバッテリー切れを待つしかないということか」

「もしも連中に送電系統を切られたら?」仁子さんがたずねた。「システムダウンしてしまうんじゃないの?」

「非常電源はオンにしたから、しばらくは持つはずだ」

「けど決定的に、電力は不足する」と依理さんが言う。「警備ロボットが妙な動きをしないよう、ロボット犬に見張らせてるけど」

その直後、制御室の照明が消えると、代わりに赤色の非常灯が点灯した。

「電源が落ちた」僕は思わず声をあげた。「非常電源に切り替わったものの、スパコンの計算力はダウンしてしまう」

「言わんこっちゃない」仁子さんがテーブルをたたく。「あと二十分ぐらいしかないのに、まだ換金も送金もしてない」

「パスワードの解析作業も残ってます」

「しかし、さすがはスパコン。資金はほぼ確保できたんじゃないか?」大竹先生がディスプレイを見つめている。「米ドル換算で十兆は見込める。時間的にも、もう送金した方がいい。それで残された計算力は、GTのパスワード解析に使いたいな」

「それも問題です」僕は先生に言った。「現実通貨への換金はすぐに取りかかるとしても、パスワードが分からないと送金できません。この非常電源だって、送金するまで確保できるかどうか……」

「じゃあ、送金はどうするの？」と、仁子さんが聞いた。

「送金だけなら、パスワードさえ分かれば仁子さんのスマホでも十分可能ですよ。金額を分割するなどして振込規約はクリアしないといけないけど、ノーマークだし、かえってその方が安全だ」

彼女は自分のスマホを取り出し、見つめていた。

シェルジャケットには、美少女戦士のアニメキャラが描かれている。

「おい、これで本当に世界が救えるのか？」堀近さんが、そのスマホをつまみ上げた。

「しかも電池切れ寸前じゃないか」

「電子一粒でコケるような世界なら、こんなスマホでも余裕で救えるんじゃない？」と、仁子さんが言う。

とにかく僕は、スパコンのデータをそのスマホに転送した。

作業を見守りながら、大竹先生がつぶやく。

「果たして世界経済の起爆剤になるか、それとも蠟燭《ろうそく》の最後のきらめきとなるのか……」

僕と依理さんは、引き続き送金手続きに入った。

並行して、スパコンによるパスワードの解析作業も続ける。

「支社長たちの話が事実なら、あと十分もないぞ」堀近さんが僕たちにたずねた。「おい、本当に間に合うのか？」

「ＩＤは判明した」と、依理さんが叫ぶ。「残すはパスワードのみなんだけど……」

小梅が仁子さんのスマホを手に取った。

「これ貸して」

「どうするの？」仁子さんがたずねる。

「直接話してみる」

「話すって……、ハッキングすると分かっていて、パスワードを教える馬鹿はいないでしょ。場合によっては、グループごと倒産するかもしれないのに」

「それに連中はもう、シェルターの中かも」と、堀近さんが言う。「とすると、衛星電話も通じない」

「かけてみないと分からないやないの」

彼女はスマホの電話帳から、端山支社長を選択した。

「もしもし？」

電話はつながったが、彼女が呼びかけても返事はないようだった。

「支社長さん、聞こえてるんでしょ？　だったらスピーカーモードにして、常務にもＣＥＯにも聞いてほしい。ウチら、シェルター前で話した計画を、さらに進化させて実行中なんや。資金は準備できて、あとは振り込めばいいだけになってる。けど、パスワードが分からないの」

　彼女は、自分を落ち着かせるようにして一度深呼吸をした。

「あなた方みたいに、コンピュータに従って戦争するのも、生き残る道かもしれない。けどそれで生き残れたとして、自分の本当の気持ちと向き合いもしないで、その先、どうやって生きていくの。

　そりゃ、生きていけるにこしたことはないし、自分の将来のことも気になる。でも未来は、どうなるかを予測するものやない。自分の生き方を選択するなかで、ウチらが決めていくものやないの？　コンピュータに入力するようなデータでは出せないもの、計れないものが、ウチら人間にはあるはずや。未来を変えるには、本当に自滅を免れるには、そうした潜在的な力を信じて、一人一人が変わっていかないと……。人間、どうあがいてもいずれ死ぬんだったら、死んだ気になって、生き直してみたらどうなの。過去の自分と決別するのよ」

「それ以上、言っても無駄かも」仁子さんがゆっくりと、首を横にふっている。「聞いているかどうかも分からないんだし……」

　しかし小梅は、スマホを離そうとしない。

「ウチも生まれ変わろうと思ってる。神様にも悪魔にも誓って、今までの生き方は改める。うまくいかないことがあっても逃げたりしないで、現実とはちゃんと向き合う。だからシェルターにいるあなた方も、コンピュータの予測なんかに頼らず、自分で考えて行動してみてほしい。みんなそれぞれに、過去の自分の生き方を裏切ってみようよ。生まれ変わったつもりで、生きてみようよ。本当に明るい未来を望んでいるのなら、ここで何とかふんばらないと……。

確かに社会を動かしているのは、経済かもしれない。でもウチらを動かしているものなら、他にもいっぱいある。試しに、新しい人生は一度ぐらい、数字以外のモチベーションで動いてみたらどう？　競争で生き残れたとしても、そんなことで、未来に対する不安は消えたりしない。不安感は、自分の生き方で克服すべきよ。もしそれで生き長らえることができなかったとしても、本望《ほんもう》やないの？　生き残ることより、悔《く》いなく生きることを考えようよ。人間には、それができるはず。人間を信じなくて、未来なんかあるはずがないもん。未来とは、自分たちが変わっていける可能性やないの？　ウチらが自分たちの可能性を信じないで、どうするの！」

彼女はスマホを握りしめたまま、大粒の涙をこぼした。

仁子さんが、彼女からそっとスマホを受け取る。

その後、制御室が真っ暗になった。

「とうとう非常電源が切れたらしい」と、堀近さんが言う。

ガラス窓の向こうに目をやると、スパコンの稼働を示す発光ダイオードも消えていた。

「パスワードは？」と、仁子さんがたずねる。

僕は首を横にふった。

「まだ計算途中でした」

「もう駄目みたいね」仁子さんが、がっくりと肩を落とす。「残念だけど……」

そのとき、暗闇のなかで、スマートフォンのディスプレイが点灯した。

仁子さんがスマホを手にとり、着信を確認する。

届いたばかりのショートメールには、ＩＤの他に、パスワードが簡潔に書き込まれていた。

エピローグ

自宅のマンションで目覚めた僕は、あれこれと朝の身支度《みじたく》をしながらテレビをつけた。ニュースではまず、食糧不足の地域に対する国際的な支援活動について報じている。あの戦争回避からすでに三か月以上が経過していたが、世界自由銀行《WFB》は直後からプロジェクトチームや監査チームを組んで積極的に活動し、復興銀行としての役割を果たしてくれているようだ。

担当だった工藤係長とナンシーさんは、レオン・ハルトマンＣＥＯをはじめとするＧＴの役員たちだけでなく、僕たちのところへもお礼の挨拶にきてくれた。そして心ばかりの感謝のしるしとして、世自銀の名前入りのティッシュ・ケースをくれたのだった。

以前、株価チャートに〝寄引同時線《よりひけ》〟というのが出た後は一気に上昇に転じる可能性が高いという話を、堀近さんから聞いたような記憶があるのだが、実際市場はその通りになった。そして略奪、暴動に明け暮れていた人々の耳にも、株価回復のニュースは次第に届いていった。

世自銀の活動による経済効果は、途上国の関係だけでなく、その他の企業にも及んでいた。たとえばバイオ燃料の効率的生産など、将来を見据えた研究開発をしている企業の株価も上がっている。

「上がったら上がったで、株はまた大変」というのも堀近さんが言っていたと思うが、そうした意味では市場がある程度の安定感を取り戻すまでには、もう少し時間がかかるのかもしれない。

ちなみに堀近さんの会社——開発航空も景気が上向いたらしく、ヘリコプター〝つる〟の修理に取りかかれたという。多忙にもかかわらず、堀近さんは性懲《しょうこ》りもなく株を続けているらしい。

各国の政府や省庁は次第に機能を回復し、都市部の復旧などにようやく着手し始めていた。こうした復旧における最大の功労者が、世自銀に大量の投資をしたＧＴ社であることは、誰もが認めていた。

日々そうした称賛が高まるなかで、ＧＴ社は自社の３ＤＯＬＳＩに欠陥があったことを、自ら公表したのだった。

これにより、僕たちにかけられていた疑いが、ようやく晴れることになった。

ＧＴ社ではＣＥＯが引責辞任し、スパコン〝Ｚ〟シリーズもリコールとなった。

そのため株の超高速《SFT》自動取引は旧世代のシステムに戻されることになり、それらを主力商品としていたＣＥＮに、大口の受注が舞い込んでいた。

一方で、ＧＴ社の株価は大幅ダウンすると予測する向きもあったが、果敢な投資により恐慌の危機を救ったことや、仮想世界でのビジネスが好調なことなどが評価され、株価は何とか持ちこたえていた。


マンションを出た僕は、コンビニの前で、ジョギングする人とすれ違った。まるで何事もなかったかのように、世の中は急速に復興へと向かいつつある。

しかし、また電子一粒やそこらでドスンと落ち込む危険性がなくなったわけではない。再生しつつある世界経済にしても、仮想世界の好景気に支えられているわけで、それがいつまた崩壊してもおかしくはないのだ。

復興を手放しで喜んでいる連中には悪いが、このバランスがあと何年続くのだろうと思う。情報社会の脆弱性《ぜいじやくせい》があらわになったにもかかわらず、同じことをくり返していて、いいはずがないだろう。もっとも他にどうしようもないのであれば、問題に気づいていても今のまま突っ走るしかないのかもしれないが……。

ただし今まで通りではないこともいくつかある。たとえば資産をめぐる状況で、ＧＴにその運用を委託していた多くの利用者たちは、仮想世界の好景気によって儲《もう》けたことにはなるが、世自銀債は長期債であり、それを自由に使うことができないのだ。

ところがGTは、世界経済を破綻《はたん》から救った功労者とも見られているので、声高《こわだか》に非難する者はほとんどいなかった。むしろ「あれは私が指示したこと」などとネットに書き込む人がいたぐらいなのだ。

それでもすぐにお金がほしいという利用者のために、GTでは一定の条件を満たせば彼らの仮想土地を買い上げることもあった。あるいは固定資産税に相当するGTへの利用料が支払われなくなることもあったので、担保の仮想土地をGTが差し押さえるケースもあった。そして結果的に、仮想世界には広大な空き地が広がっていったのだった。

仮想世界における今回の投資については、手続き上、僕たちの行為にいくつかの問題があったことは認めるが、GTでは僕たちに委託した形を取り、その一切を不問に付そうとしていた。そもそも何かおかしいとすれば、経済のシステムそのものだとハルトマンCEOが言ったらしいが、それは僕も同感だった。もっとも裁判にでもなれば、むしろ表沙汰《おもてざた》にされると困ることが向こうの方には多すぎるので、寛大な処置を取らざるを得なかったのかもしれないのだが。

それと僕は、計算センターの復旧作業をしている野洲さんから、不思議な話を聞いた。

実はあのとき、リンクさせたGTのスパコン〝Z－JPN〟のチップでも、誤作動が起きていたらしいのだ。しかしエラーの修復ソフトによって、結果的に好景気が起きる方に作用していたのだという。確率的に処理されていたこのプロセスが、もし逆の方に出力されていたとすれば、仮想世界は不況となっていたかもしれず、すると僕たちの計画も失敗していたことは言うまでもない。

ラプラスの悪魔とやらが本当にいるのかどうかは分からないが、もしいるのだとすればその瞬間、現代に生きる我々は彼に憐《あわ》れまれたのではないかと僕は思った。

とにかく、戦争の危機は脱した。復興も遂げつつある。けれどもこの状況が、新たな危機の始まりでないとは言い切れない。しつこいようだが、未来に再び大きな恐慌に見舞われる可能性は残されている。

そのとき今回の僕たちのように何らかの打開策を講じたとしても、またラプラスの悪魔が微笑《ほほえ》んでくれるかどうかは、誰にも予測できないことなのだろう……。

日本ウェブ万国博協会の事務所に着いた僕は、いつも通りみんなと朝の挨拶を交わし、仕事に取りかかった。仕事といっても、残務整理がほとんどなのだが。僕が所属していたテーマ課を含めて、博覧会協会企画部の解体がすでに決まっているからだ。

僕は四月から、最初に就職したCENの東京本社へ戻ることが内定している。

ちなみにCENは、〝NPハート〟に社名変更される予定だったが、GT社が方針を変更し、社名は存続されることになった。世自銀への投資で背負った大きなリスクによって、グループ全体が沈没してしまうことがないよう、リスクを分散させておきたいというのが主な理由のようだ。

それから数日後の三月十五日、ウェブ万国博覧会は予定通り開会した。ただしGT社のチップの問題のため、日本館も当初の計画を変更し、全面的にCENのスパコンを用いて参加している。

展示内容の変更はなく、テーマゾーンではやはり、柳井教授が監修したバージョンを公開した。おおむね好評のようで、恐慌騒ぎで落ち込んでいた人々が、希望を求めて入場してくれているようだ。

もちろん、シミュレーションで描かれているような明るい未来など、もう誰も信じていないのかもしれない。それでも一時《いっとき》、現実を忘れ、未来の夢にひたりたいのではないかなと僕は思っていた。

一方、同じ仮想世界では、仮想土地が徐々に増え続けていた。それに比例するように、GTが買い取ったり差し押さえたりした、未利用の仮想土地も増えている。

GTではそれを仮想駐車場にしたり、公園や遊び場にしたりして使うようにしていたのだが、その多くは使い道がなく、空き地のままになっていた。ただあちこちに散らばったままでは利用にも困るので、可能な物件は仮想区画整理によって集約するようにしている。

GTでは試しに、そうした広大な空き地の一角に仮設の小屋を建て、〝懺悔室《ざんげしつ》〟なるものをオープンしてみたところ、今までの生き方を悔《く》い改めたいというアバターが多数押しかけ、新たな人気スポットになったという。ネットでは、GTハート元CEOのレオン・ハルトマンもお忍び用のアバターで訪れ、3DOLSIの欠陥隠しを涙ながらに懺悔したという噂《うわさ》が飛び交っていた。

懺悔室にはもう一つ、予想外の効用もあった。僕たちがシミュレーションで暗い未来予測を明るく書き換えたという、あの内部情報をリークした犯人が分かったのだ。彼のアバターも懺悔にやってきて、その後すべてを告白してくれた。

その人物——柳井教授も大量の株を持っていて、やはり売り抜けが目的だったようだ。ただ、あの暴露記事についてはそれだけでなく、陰で御用学者と言われ続けていた彼の、GTグループや世間に対する精一杯の抵抗だったのかもしれないと僕は思った——。

とはいえ懺悔室などはあくまで暫定案《ざんていあん》であって、広大な土地の利用については、今も検討が続けられている。

なかには実現に向けて動き出した企画もある。その一つが〝人類学博物館構想〟だった。図書館や、関係資料を集めたアーカイブスも併設される。仮想世界ではあるが、そこに人類の知的財産の多くを集め、後世に残していこうというものだ。恐慌の後、何らかの総括が必要ではないかと考えていた僕は、いい企画ではないかと思った。すでに有識者たちによるブレインストーミングがくり返されていて、次の世代に何を伝えるべきかを考えながら、膨大なデータの収集、整理に取りかかっているという。

今回の恐慌では、どのような施策も有効に機能しなかったという苦い経験が、重要なポイントになっているらしい。我々が成長や繁栄にばかり目を奪われていたのではないかという反省もある。そうした意味から、たとえ反面教師的なものであったとしても、既存の博物館では取り扱わないような展示の計画もあるようだ。

ただし仮想世界の施設である以上、ネット社会共通の脆《もろ》さや危うさがある。それを維持し続けるにはどうすればいいのか、考えざるを得ない。その点で、博物館が人類にとって価値あるものとなれば、ＥＭＰ兵器などに対する抑止力となるのではないかという考え方もあるようだった。

人類学博物館は、ウェブ万国博終了後、その跡地にまずプロトタイプの施設が作られる予定になっている。

また財団法人日本ウェブ万国博覧会協会は、閉会後には人員などの規模を縮小した記念協会に引き継がれることが決まっている。もちろん、すでに役目を終えた企画部は、それまでに解体されるということだ。

植田部長や周防仁子課長は内閣府に戻ることになっていたが、仁子さんは根強く残る今回の騒動に対する批判に自ら決着をつけたいとして、辞職を表明した。

依理さんは、恐慌騒ぎ以前にテーマ課からＧＴに戻っていったので、事務所にはもういない。

それから小梅は、日本館のアンバサダー、ヒューちゃんの〝中の人〟としてネットでまず人気者になり、その勢いに乗って芸能界デビューを果たしていた。ちょっとオバカなキャラを前面に出して、今やテレビや雑誌に出まくっている。

そんな彼女をメディアで見かけるたびに、僕には到底、手の届かないところに行ってしまったような気になるのだった。

そして僕は、CENから主任待遇で復帰させるという打診をすでに受けていた。昇進は有り難かったが、自分でなくてもできる仕事ではないかという思いもあり、返事は保留にしてもらっている。ずっといだいていた自分の夢を叶えるべく、起業することも考えていた。きっとその方が、収入はいいはずだ。

しかし、この社会の枠組みのなかで夢を追い続けていいのだろうかというふうにも考えていた。自滅の危機を脱し、元の便利で快適な生活に戻りつつあっても、僕の気持ちはどこか満たされずにいた。

仮想世界の好景気によって救われたこの現実世界だが、何か仮想世界の出来事のように思えてならなかったのだ。そのせいか、ウェブ万博の成功だけではなく、街の復興さえもまるで人ごとのように見えてしまう。確かにインフラは復旧しつつあったが、何か足が地に着いていないような、違和感をおぼえていた。我々が今、インフラと考えているようなものの根底に、もう一層何かがあるべきではなかったのか……。

そんなことを考えながら残務整理をほぼ終えた僕は、次の週末に、ぶらりと一人で出かけることにした。

僕は、道端に咲き始めたタンポポと戯《たわむ》れるように飛ぶモンシロチョウをながめながら、何故《なぜ》か中松老人のことを思い出していた。

〈十年後、二十年後で考えるから分からんのとちゃうか？　十万年後、二十万年後で考えてみなはれ。仮に他の動物が生き残っていたとして、それは嘆かわしいことか？　生命が進化とやらで勝ち得た答えなんかもしれんやないか〉

その言葉とともに、彼の笑顔も頭に浮かんでくる。そういえば彼は、こんなことも言っていた。

〈先を見通すのも大事やが、行きっ放しでは困る。月まで行ったたっちゅうお人でも、必ず自分の家に帰ってくるがな……〉

久々に訪れた末歩村には、すでによく知った人が先に来ていた。

「よっ」

早速、草取りを手伝っている仁子さんが、僕に気づいて片手をあげた。よりを戻したのか、大竹先生は、依理さんと一緒に作業している。

軍手を外して近づいてきた三人と、僕は握手を交わした。

「仁子さんの手、温かいですね」僕は思わず彼女にそう言った。

「かつては絶対零度《ぜったいれいど》の女みたいに言われていたのにね」彼女が大声で笑う。「きっと、ここでちゃんと肉体労働しているからよ」

彼女のすぐ横に立っていた人たちにも見覚えがあると感じていた僕は、しばらくして、あのとき村を出た僕たちを襲った夫婦だと気づいた。どうやら彼らも、この村で働いているようだ。

「その折は、失礼いたしました」

男性がそう言うと、二人は深々と頭を下げた。

女性は、赤ん坊を抱いている。あの後、無事に生まれてきたらしい。

「これで小梅と堀近さんがいれば、もっとにぎやかになるんだが」と、大竹先生が言う。

「二人とも、忙しいみたいだし」僕はつぶやくように答えた。

「小梅はいわば、〝超論理〟みたいな娘《こ》だったな。理屈で解決できないような問題に直面していたときに、ああいう超論理がいてくれたのは救いだったかも。彼女は意識していなかったかもしれないが、なかなか意見の合わない俺たちを、うまくリードしてくれていた……」

僕はぼんやりと、彼女と過ごした日々のことを思い浮かべていた。

依理さんが、僕の肩を軽くたたく。

「とにかく荷物を置いて、ゆっくりしたら？」

みんなは当面、中松さんの家でお世話になっているようなので、僕もそうさせてもらうことにした。

家に入ると、また妙子さんが笑顔で出迎えてくれる。

「にぎやかな方が、私たちも有り難いわ」と、彼女が言う。

ただし僕は、ただお喋《しゃべ》りをするためだけに来たわけではない。居間に荷物を置いてからジャージに着替え、長靴を借りた。


それから僕たちは、休耕田《きゅうこうでん》の草を抜き続けた。草取りが一段落したところから、土地を耕し、野菜の種をまいたり苗を植えたりする予定になっている。

土に触れるのは、本当に久しぶりだった。

いきなり、依理さんが「キャッ」と声をあげる。

毛虫か何かがいたと言って子供のように逃げ回る彼女を、僕たちは笑いながらなだめた。仕事場ではいつも冷静だった彼女の、違う一面を見たような気がする。

しばらくして、妙子さんがお茶とお手製のよもぎ団子を持ってきてくれたので、休憩することにした。

みんなで畦道《あぜみち》に腰を下ろす。

汗にまみれた顔にそよ風が触れると、とても心地よかった。

若いお母さんが、赤ん坊にお乳を飲ませてやろうとしている。

「時代がどう動こうが、子供が生まれてくる限り、未来はあるんだな」母子の方に目をやりながら、大竹先生が言う。「そんな次世代に、何を渡してやれるのかが問題だ」

「先生の新たな研究テーマですか？」と、僕はたずねた。

「研究なんかじゃない。生き方そのものだ。俺はまず、自分の経験を活《い》かして、この村を再生するところから何かできないかと考えている。もともと、ほぼ自己完結していた系なんだから、現代社会の流儀に大きく依存しなくてもいいのかもしれない。村として成立する人数、また村が養える人数を考慮しながら、整備をするつもりだ。それらを効率よく進めるためにも、ＮＰＯを立ち上げようかと思っている」

「ＮＰＯを？」僕は聞き返した。

「当面は、生産力を確保していかないといけないだろう。その上でネットを活用し、野菜の直売などをやってみたい。依理も手伝うと言ってくれている」

大竹先生の隣で、依理さんが微笑んでいた。

「地域再生のプロトタイプにしていけないかなと思っているの」

「この村の課題だけでなく、いずれは食糧問題やエネルギー問題などにも取り組んでいきたい」

「資金は？」と、僕はたずねた。「それからスタッフも」

「そんなことまでは、まだ考えてない」

「何か先生らしくないですね。以前なら実現の可能性も含めて、もうちょっと具体的に検討されていたはずですけど」

「何も決まっていないのが未来だろ」と、先生が言う。「けど、一生懸命やることだけは決めている」

「決まっていないのと同じでしょ？」

「そう心配するな」先生は若夫婦の方を見た。「こうして協力してくれる人だっているじゃないか。一緒に何かやりたいという人のために、NPOが中心になって学校を作ることも考えている。NPOの名前は思案中だが、〝エパフォス〟なんてどうかと思っているところだ」

「エパフォス？」

「ああ。ギリシャ神話ではゼウスの子供で、勇士ヘラクレスはその末裔《まつえい》だとする説があるらしい。まあ他にもいろいろ考えてはいるが、できることからやるつもりだ。それで取りあえず、こうやって休耕田を復活させるところから始めているんだ」

「NPOの認可のためには、設立主旨とか事業の計画書ぐらい書いておかないと」

「それもまだだ。ただNPOと言っても、小難しい理屈など何もないんだ。俺たちがすでにここで始めようとしていることが、主旨を端的に表していると言ってもいい。つまり、ただ目の前の草を取り除き、土を耕し、そして野菜や米を作る。その先の、いわゆる経済効果までは当面考えないつもりだ。

そもそも経済とは、〝経世済民《けいせいさいみん》〟——つまり世を治め、民《たみ》を救うためのものであったはずだ。それがいつの間にか、誰もが私利私欲に走り、国はおろか民さえ滅ぼそうとしている。今回の恐慌騒ぎも、その結果だと言って過言ではない。俺には、そういう過《あやま》ちはくり返したくないという願いがあるんだ」

僕は軽くうなずいていた。

「人間と社会の関係を一から考え直す場にしていきたい、ということですか？」

「ああ。そしてそれは、そう難しいことではないのではないかと思っている。ただ、この村でのくらしを守ること——。それがきっと、自分たちを守ることにもつながる。言葉にする必要さえないほど、素朴なことなんだ。そんなふうに、個々人の意識が変わっていけば、おのずと未来だって変わるのかもしれない。それをここで、実践してみるつもりだ」

「そういえば……」僕はあごに手をあてた。「自滅という結果にいたったE計画には、こうした限界集落のデータは入れていませんでしたよね。先生の新たな計画も入力して再計算すれば、それこそバタフライ効果で未来予測が変わるかもしれませんよ」

「Eの次だと、F計画かな?」と、仁子さんが言う。

「いや、もうシミュレーションはしない」大竹先生が首を横にふる。「未来なんて予測しなくても、俺たちで変えていけばいいじゃないか。そもそも、E計画のモチベーションになっていた不安感を、何故かここでは感じないんだ。俺は今まで、未来に何が待ち受けているのかをずっと心配して、そうしたデータにばかり囚《とら》われていたような気がする。

それがどうだ。ここではスパコンでも予測できないようなことを始めようとしている。そんなものに一喜一憂するのは無意味だという気になれた。

未来は自分たちで決めていくもの——。小梅が確か、そんなことを言ってなかったか? また中松さんに出会えて、未来だけでなく、過去に何もなかったのかと思えるようにもなった。ここからならもう一度、やり直せるのではないかという気がしているんだ。

信じるに足る未来予測なら、結局のところ、俺にもできないだろう。けれども、信じられるもの、確かなものなら、ここにある。ここで自分の信じる未来像が、夢幻《ゆめまぼろし》ではないと自分の手で証明すべきなんだ……」

彼はその場に寝ころがると、笑みを浮かべながら空を見上げた。

「不思議な話さ。ずっと未来のことを思い煩《わずら》ってきた俺が、ここで気になるのは明日の天気のことぐらいなんだ。中松さんが、近未来を考えるには遠い未来を考えるべき、というようなことを言ってたよな。大切なものがあるとすれば、十万年先も続いているのではないかと。十万年どころか、百年後には石油資源なんて使い果たしているかもしれない。もし生命が生き残っているとして、何をしていると思う？　確実に言えるのは、食っているはずだ。もし知恵があるとすれば、そのために助け合っているはず……。

おそらくそれは、遠い過去から続けられていた、普遍的《ふへんてき》なことではないかという気がする。それこそ、〝真理〟なんじゃないか？」

そのとき僕は、ウェブ万国博日本館の〝過去ゾーン〟において大竹先生がこだわっていた、奈良の明日香村のイメージを思い浮かべていた。

「俺たちの新たな活動で、自滅に向かいつつある人類の流れを変えられるのかというと、多分、ノーだろう」と、先生は言う。「ただ、悔いなく生きることはできるかもしれない。死は免《まぬが》れないとしても、生きる術《すべ》とはまた別なのと同じだ。未来がどうであれ、今日やることをしっかりやっていたら、それでもういい――。これも、中松さんが言ってなかったかな？」

先生は苦笑いを浮かべながら、話を続けた。

「こんなふうに自然のなかでみんなと一緒に活動していると、自分のかかえていた難問だって、汗とともに流れ出していくような気がするんだ。かなりダイレクトに、これが生きることの本質だと思えてくる。そしてひょっとすると、来るべき滅亡の日にさえ、穏やかに生きていられるのかもしれないと……。

俺は、ライフラインといえば電気やガスや水道のことだと理解していた。しかし真のライフラインとは、それとはまた別の何かかもしれない。ＮＰＯでは、それも探っていくつもりだ」

僕がインフラについて考えていたのと似たようなことを、彼がライフラインとして言っていたので、僕は少し驚いていた。

「その上で改めて、自分とは何か、人類とは何かを見つめ直していければいいですね」

と、僕は言った。

「さっきも言ったように、そう難しいことではないのかもしれない。俺がいくら考えても分からなかったことが、ここではそんな理屈をすり抜けて、届いてしまっているような気がする」

〝知〟による〝理解〟ではなく、〝情解〟――。

僕は以前に妙子さんから教えてもらったこの言葉を思い出していた。

その意味をかみしめながら団子を口にしていたとき、どこからか歌声が聞こえてきた。

間違いなく中松老人の声で、歌は『銀座《ぎんざ》カンカン娘』のようだった。

僕たちは立ち上がり、彼と挨拶を交わした。

中松老人は背中の籠《かご》を畦道に置くと、「あんたらも、ツクシ取りか？」とたずねた。

仁子さんが、思わず聞き返す。

「は？」

「まあ、うまく話を合わせてやってくださいな」と、妙子さんが言う。「なかなか、かみ合わないかもしれませんけど……」

中松老人は腰かけると、みんなと同じように、よもぎ団子を食べ始めた。

「何だか、奇妙だな」大竹先生がつぶやく。「自分でも、よく分からない」

「何がですか？」と、僕はたずねた。

「だって、俺にとって考えに考えた末の未来が、ここだとすればだ。かつて自分たちが見捨てたところへ、帰っていくようなものじゃないか」

「未来のヒントは、むしろ過去にあったのかもしれませんね」

「ただし、厳しい世界なのは間違いない。自分のことだけ考えていては、おそらく生きられない。厳しい半面、生きているという実感は得られるんだろう。人類の向かうべき方向など、相変わらず俺には分からんが、日々を生きる術なら、確実にここにある」

「そういえば……」唐突に中松老人が話し始めた。「〝文化〟、〝教養〟を意味する〝カルチャー〟は、元々〝手入れ〟とか、〝耕す〟〝耕作〟という意味やったらしいな。それからわしら、どこまで行ったんやろか？　それで幸せになることを目指していたはずが、いつの間にか〝快楽暴走〟や。確かにここでは、自分だけが助かる術はないし、生き残ることに価値があるわけもない。〝文化〟の本来の意味を理解するのに、ふさわしい場所かもしれへん」

　いきなり〝文化〟の話を始める老人を見ながら、この人、本当にボケてるのかと僕は思った。

　大竹先生が、大きくうなずいている。

「確かにみんなと草取りをしたり土を耕したりしていて、何も感じないわけじゃない。何も分からずに死ぬものだと考え込んでいたこともあったが、そうではないかもしれない。ここにいると、そう思える」

「人間だけやない」と、中松老人が言う。「ここにいる鳥や獣《けもの》も案外、そういうことは最初から分かって生きていたのかもしれへんな……」

　そのとき上空から、パラパラという音が聞こえ始めた。それが次第に大きくなっていく。

　どうもヘリコプターが接近しているようだった。

　同軸反転回転翼方式の特徴的なプロペラ音を響かせながら、ヘリコプター〝つる〟が近くの草地へ降下し始めた。

　乗っているのは堀近さんに違いないだろうと思いながら、そばまで行ってみる。

　しかしまず降りてきたのは、僕にとってはまったく予想外の人だった。淡いピンクのオーバーオールを着た小梅は、笑顔で僕たちに手をふっている。

その後ろには、やはり堀近さんもいた。

「みんな、久しぶり！」

小梅はしばらく、みんなと抱き合ったり、握手したりしていた。

「ほう、よもぎ団子か。有り難い」

堀近さんはそうつぶやくと、早速頬張っている。

「ウェブ万博の関係で忙しいんじゃないのか？」

僕は彼女にたずねた。

「仕事は全部、スパコンの人工知能《AI》にまかせてきた。声のサンプルを録《と》ってあるから、問題ないの」

「でもテレビ出演は？　人工知能というわけにもいかないだろう」

「撮り溜めもあるし、ウチでなくてもいい番組がほとんどなんよ。あの業界、タレントの代わりならいくらでもいるみたい。ウェブ万博のＰＲのつもりで出てたけど、もうやめてもいい」

「もったいない。せっかく売れてきたのに……」と、仁子さんがつぶやく。「それで、どうしてここへ？」

「うん、前に来たときに答えを聞き忘れたままになっていて、それがずっと気になってて」小梅は中松老人の方を見てたずねた。「ねえ、結局アオカンて、何のことやったん?」

横で堀近さんが、飲み始めたお茶を吹き出していた。

「爺《じい》ちゃんは、もう無理や」と、中松老人が言う。

そして彼は、僕を指さした。

「この若い衆に教えてもらえ」

どう反応してよいか分からずに戸惑っている僕を見て、小梅が笑っていた。

それから僕たちは、しばらく思い出話や馬鹿《ばか》話をして過ごした。小梅は前みたいにスマホでゲームをすることもなく、また大竹先生はお酒ではなくお茶をちびちびと飲んでいる。

突然、中松老人がまた『銀座カンカン娘』を歌い出したので、僕たちは手拍子をしながら合唱した。

いつも無表情だった依理さんが、楽しそうに笑っている。

僕も今まで食事はほとんど一人で済ませていたのに、みんなと一緒によもぎ団子なんかを食べている自分に気づいて妙な気分になっていた。

ふいに小梅が、一人でヘリコプターの方へ向かっていった。いつも予想外の行動を見せる彼女のことだから、ひょっとしてこのままそっとどこかへ行ってしまうつもりかもしれない……。

そう思った僕は、彼女の後を追いかけた。

余計な心配をしなくても、ヘリコプターの陰に彼女はいた。けれども鼻をグスグスさせながら、涙をぬぐっている。

僕に気づいた彼女は、「何でもあらへん」と言いながら、無理に微笑んだ。

「何でかなあ……。自分の食べるものを作るのに、一人でできないからみんなでするしかなくて、生きていくために当たり前のことをやろうとしているだけ。それなのに、涙が出てくる。まわりには林があって川があって、小鳥がいてお魚もいる。何でもない景色なのに、そこに自分がいてると思うと、何故か涙が出てくるねん」

「いいじゃないか」と、僕は言った。「別に悲しい涙じゃないんだろ？」

「きっとウチ、うれしいんや。家族ができたみたいで、うれしいんよ。ずっと自分の居場所なんか、どこにもなかったのに、それがようやく見つかったみたいで……。そりゃ、楽やないのは分かってる。でもウチ、みんなとなら、生きられる気がする。だからヒカリンにも、会えて良かったと思ってる」

僕も、彼女と同じようなことを感じていたのだと思った。人付き合いの苦手な自分が、ここでは人といることができている。彼らがいなければ、自分が生きていけないことも実感できる。自分は一体、何を悩んでいたのかという気さえするのだ。

「僕たち、ここへ来るために彷徨《さまよ》っていたような気がするな」僕は小梅を見つめて言った。「なるべくなら、君もここにいてほしい」

　僕がそんなことを言い出すなんて、自分でも不思議な気がした。

「そや」彼女が急に、指を鳴らす。「アンバサダーの最終審査の勉強を助けてもらったお礼に、卒業したらヒカリンとデートする約束してたよね」

「でも、卒業はまだだろ？」

「もういいのと違うかな。本当は、中退やけど」彼女は僕に顔を近づけてきた。「ついでに、アオカンも教えてもらわないと」

　せっかくいい雰囲気だったのに、僕は思わず笑ってしまった。

「すぐには教えられないから、それはまた今度にしよう」僕は軽く手をたたいた。「さて、もう一仕事するか……。お前もそのつもりで、そんな格好してきたんだろ？」

　小梅のオーバーオールを僕が指さすと、彼女はこっくりとうなずいた。

　畑に戻った僕は、草引きの済んだところから、トラクターで土を鋤《す》いていった。

　それが完了すれば、いよいよこれからの季節に育つ野菜の種をまいたり、苗を植えたりするのだ。

　畑を耕しながら僕は、「今度こそ」とつぶやいていた。

　この先だって、また何が起きるか分からない。育てた作物はおろか、この土地だってどうなるかは、誰にも分からないのだ。

しかし未来がどのようなものだとしても、ここでなら生きられる。とにかく目の前の畑をしっかり耕しておこうと、僕は思った。

あとがき

実は僕も、一九九五年の阪神淡路大震災《はんしんあわじだいしんさい》によって、少なからず運命を変えられてしまった人間の一人だと言えます。自宅は一部損壊程度で大きな怪我《けが》もありませんでしたが、家族や親戚、友人知人たちとともに、非日常的な光景を数限りなく目《ま》の当たりにしました。当時、映像製作の仕事をしていた僕は、取材先でその後の復旧復興の様子を心強く感じる半面、また何らかの巨大災害に見舞われたらどうなるのだろうかという思いに、ずっと囚《とら》われていました。

そうした〝何らかの災害〟と文明の危うさ、さらにそれらに対していかに臨《のぞ》めばよいのかを描けないだろうかと考えたこともありましたが、多忙にかこつけて果たせないままになってしまいます。

そして二〇一一年三月、東日本大震災が発生——。またその年の七月には、僕がデビューするきっかけを与えてくださったお一人である、SF作家の小松左京《こまつさきょう》先生がお亡くなりになりました。

未来に対する漠然とした不安感は、僕の中に残されたままでした。次に襲ってくるであろう巨大地震や地球温暖化にともなう自然災害に対して、何をどう備えればいいのかというような話はテレビなどでよく見聞きするのですが、果たしてそれで十分なのだろうかという思いも付きまとっています。

そんなことを考えているうちに、現代文明の危うさを描くという以前からの構想に重ねて、小松先生へ僕なりのオマージュを捧《ささ》げる作品、あるいはレクイエムとなるような作品を描きたいと思うようになりました。また先生が生前におっしゃっていたという、「宇宙にとって人間とは何か」などについても、この際、考えてみたかったのです。

執筆に際しては、コンピュータ・シミュレーション関係の資料の他、先生の『SF魂』(新潮社)、『日本沈没』(光文社)なども参照させていただきました。また書籍で調べ切れないような細かな情報のなかには、先生の秘書をされていた乙部《おとべ》順子《じゅんこ》さんにお教えいただいたものもあります。この場を借りて厚く御礼申し上げます。

遅筆なものでまた時間がかかってしまいましたが、文芸出版部のTさん、Oさんの根気強いご協力を得て、何とかここまでたどり着くことができました。そしてさらに、感謝の気持ちを込めて作品の完成を、小松先生にご報告させていただきたいと思います。

二〇一五年三月

機本伸司

文庫版あとがき

『未来恐慌』の単行本が出版されてから約三年になりますが、執筆時にはSF的で聞き慣れなかった「人工知能《AI》」「仮想通貨」「ドローン」といったたぐいの単語も、急速に日常用語化していっていることに驚かされます。

時代はますますややこしく、複雑になっているようです。先もなかなか見通せないものの、何となく良くない方向へ向かっているのではないかという胸騒ぎも感じています。よく分からないことも増えました。「スマホの便利な使い方」というのもその一つでしょうか。おサイフケータイアプリなど、使い方はもちろん、何が便利なのかも僕なんかにはよく分かりません。

けどこんな世の中のことを、何でも分かっているようでいて本当はよく分かっていない人も、結構いらっしゃるのではないでしょうか。「文明とは何か」「何故《なぜ》生きているのか」「どう生きるのか」など、本質的な疑問ほど、僕も含めて分かっている人は少ないように思います。何かのはずみでそんなところをふいに突かれたりすると、何もかもがぐらついてしまうかもしれません。

そんな社会や文明基盤の脆弱《ぜいじゃく》さに潜《ひそ》む喜劇性に着目して取り組んだのが、この作品です。たとえば「マイナス成長」という経済用語も、考えてみれば不思議な表現だと僕は思っていました。何が何でも成長するしかないんだという悲壮感と同時に、可笑《おか》しさも感じてしまうわけです。そんな具合に、シビアなテーマをシリアスに描くよりも、シニカルに、またコミカルに描けないかと思ったわけです。

そういう意図もあって、現代文明に大きな災いをもたらす引き金になるものは、できるだけ些細《ささい》なことにしました。作中にも登場しますが、いわゆる「バタフライ効果」ですね。その小さな原因作りには結構苦心したものの、何とか話の中に盛り込めたかなと思っています。まあ盛り込むほど大きなものではなかったので、ほんのちょっぴりですけど……。もっともそうした脆弱さに潜む喜劇性に僕が惹《ひ》かれたあまり、災害《ディザスター》を扱った話にしては、悲惨さよりも滑稽《こっけい》さが強調されているかもしれません。人が亡くなるような描写も、意識的に避けました。

作品の構想中、大きな流れとして僕は、トルストイの『戦争と平和』をイメージしていました。そのため登場人物のネーミングの多くは、畏《おそ》れ多くも『戦争と平和』を意識したものになっています。

別所暉《べっしょひかる》は主人公のピエール・ベズーホフ、灘城小梅《なだしろこうめ》は明るい少女ナターシャ、大竹阿《おおたけあ》礼《れい》先生は主人公の友人アンドレイ、中松毅《なかまつたけし》と孫の妙子《たえこ》は農民兵のカラターエフをそれぞれ参考にしています。

その他、青年士官ニコライ・ロストフは周防仁子《すおうさとこ》、エレン・クラーギンは倉木依理《くらきえり》、ペーチャ・ロストフは〝勉《べん》ちゃん〟がニックネームの野洲勉《やすつとむ》、アナトーリは柳井亨《やないとおる》、マリヤ・ボルコンスカヤは堀近好雄《ほりちかよしお》といった案配で、こうなるともう、オマージュを通り過ぎて何か無理矢理《むりやり》感がありますね。

また大竹阿礼、中松毅、灘城小梅の三人は、「大・中・小」、そして「松・竹・梅」をシャッフルして名付けています。これも畏れ多いことですし、もうお気づきかと思いますが、僕が敬愛してやまない先生のご名字だけでなく、キャラクターも隠し絵的に、「知・情・意」に分割およびアレンジしてこの三人に投影させていただきました。

混迷の度合いが増したこんな時代とは、真摯《しんし》に向き合うことも求められるのでしょうが、うまく付き合っていくにはこれぐらいの遊び心もあってもいいのかなと、思っている今日この頃です。

二〇一八年二月

機本伸司

（この作品は、平成二十七年四月、小社から四六判で刊行されたものです。また本書はフィクションであり、登場する人物、および団体名は、実在するものといっさい関係ありません）

未来恐慌

一〇〇字書評

切り取り線

購買動機（新聞、雑誌名を記入するか、あるいは○をつけてください）	
□（　　　　　　　　　　）の広告を見て	
□（　　　　　　　　　　）の書評を見て	
□ 知人のすすめで	□ タイトルに惹かれて
□ カバーが良かったから	□ 内容が面白そうだから
□ 好きな作家だから	□ 好きな分野の本だから

・最近、最も感銘を受けた作品名をお書き下さい

・あなたのお好きな作家名をお書き下さい

・その他、ご要望がありましたらお書き下さい

住所	〒				
氏名		職業		年齢	
Eメール	※携帯には配信できません	新刊情報等のメール配信を 希望する・しない			

この本の感想を、編集部までお寄せいただけたらありがたく存じます。今後の企画の参考にさせていただきます。Eメールでも結構です。

いただいた「一〇〇字書評」は、新聞・雑誌等に紹介させていただくことがあります。その場合はお礼として特製図書カードを差し上げます。

前ページの原稿用紙に書評をお書きの上、切り取り、左記までお送り下さい。宛先の住所は不要です。

なお、ご記入いただいたお名前、ご住所等は、書評紹介の事前了解、謝礼のお届けのためだけに利用し、そのほかの目的のために利用することはありません。

〒一〇一－八七〇一
祥伝社文庫編集長　坂口芳和
電話　〇三（三二六五）二〇八〇

祥伝社ホームページの「ブックレビュー」からも、書き込めます。
http://www.shodensha.co.jp/bookreview/

祥伝社文庫

未来恐慌《みらいきようこう》

平成30年2月20日　初版第1刷発行

著　者　機本伸司《きもとしんじ》
発行者　辻　浩明
発行所　祥伝社《しようでんしや》
東京都千代田区神田神保町3-3
〒101-8701
電話　03（3265）2081（販売部）
電話　03（3265）2080（編集部）
電話　03（3265）3622（業務部）
http://www.shodensha.co.jp/

印刷所　堀内印刷
製本所　ナショナル製本
カバーフォーマットデザイン　芥 陽子

 ISBN978-4-396-34389-7 C0193

祥伝社文庫の好評既刊

数多久遠
黎明の笛 陸自特殊部隊「竹島」奪還
情報を武器とするハイスピードな頭脳戦！ 元幹部自衛官の著者が放つ、衝撃の超リアル軍事サスペンス。

一田和樹
サイバー戦争の犬たち
裏稼業を営む尚樹《なおき》。ある朝、何者かによってハッカーに仕立てられていた！ 焦った尚樹は反撃に乗り出すが……。

梶尾真治
壱里島奇譚《いちりじまきたん》
商社マンの翔一《しょういち》は、常務からの特命で壱里島へ飛ぶ。しかしそこでは、奇妙な現象が次々と起こっていた……!!

梶尾真治
アラミタマ奇譚
九州・阿蘇《あそ》山に旅客機が墜落。唯《ただ》一人生還した大山知彦《おおやまともひこ》は、消えた婚約者を捜し始める。そこに怪現象が……！

久美沙織
いつか海に行ったね
「おとーさんげんきですか。」――絵日記に描かれた大海原に、もう一人の少年が「嘘だ！」と噛みついた。そして！

沢村 鐵
ゲームマスター 国立署刑事課 晴山旭《はるやまあきら》・悪夢の夏
ゲームマスターという異能者が潜んでいるとされる高校の校舎から突然、銃声が！ 晴山を凄惨な光景が襲い……。

祥伝社文庫の好評既刊

テリ・テリー／著
竹内美紀／訳
スレーテッド 消された記憶

スレーテッド（記憶消去矯正措置）を施《ほどこ》されたカイラ。頻繁に見る悪夢が消されたはずの記憶の断片だと気づき……。

テリ・テリー／著
竹内美紀／訳
スレーテッド2 引き裂かれた瞳

記憶の一部を取り戻したカイラ。反政府組織の思惑《おもわく》に翻弄《ほんろう》され、葛藤《かっとう》する。そして、彼女が取った行動とは？

テリ・テリー／著
竹内美紀／訳
スレーテッド3 砕かれた塔

過去を確かめるため、一人旅立ったカイラ。本当の記憶を取り戻すことができるのか？　圧巻の三部作・完結編！

夏見正隆
チェイサー91

日本が原発ゼロ宣言、そしてF15イーグルが消えた！　航空自衛隊の女性整備士が、国際社会に蠢《うごめ》く闇に立ち向かう!!

夏見正隆
TAC《タック》ネーム アリス

闇夜の尖閣《せんかく》諸島上空。〈対領空侵犯措置〉に当たる空自のF15J。国籍不明の民間機が警告を無視、さらに!!

夏見正隆
TACネーム アリス 尖閣《せんかく》上空10vs1

尖閣諸島の実効支配を狙う中国。さらに政府専用機がジャックされた！　乗員のひかるは姉に助けを求めるが……。

〈祥伝社文庫　今月の新刊〉

機本伸司
未来恐慌
株価が暴落、食糧の略奪が横行……。これが明日の日本なのか？　警鐘を鳴らす経済ＳＦ。

南　英男
特務捜査
捜査一課の敏腕・村瀬翔平。一課長直々の指令で迷宮入りを防ぐ「特務捜査」に就く！

関口　尚
ブックのいた街
商店街犬「ブック」が誰にも飼われない理由とは？　一途な愛が溢れる心温まる物語。

辻堂　魁
暁天《ぎょうてん》の志　風の市兵衛　弐《に》
算盤侍・唐木市兵衛、風に吹かれて悪を斬る。大人気シリーズ、新たなる旅立ちの第一弾！

有馬美季子
縁結び蕎麦《そば》　縄のれん福寿
大切な思い出はいつも、美味しい料理と繋がっている。心づくしが胸を打つ絶品料理帖。

長谷川卓
風刃《ふうじん》の舞　北町奉行所捕物控
一本の矢が、律儀な魚売りの命を奪った。犯人を追う八丁堀同心の迸る心意気。熱血捕物帖。

喜安幸夫
闇奉行　化狐《ばけぎつね》に告ぐ
重い年貢や雁字搦めの厳しい規則に苦しむ農民を救え。「影走り」が立ち上がる。

今村翔吾
鬼煙管《おにきせる》　羽州ぼろ鳶《とび》組
誇るべし、父の覚悟。未曾有の大混乱に陥った京都で火付犯に立ち向かう男たちの熱き姿。